U0905696

绿化将军

禹宝东　著

LÜHUA
JIANGJUN

山西出版传媒集团　山西教育出版社

张连印 ZHANG LIANYIN

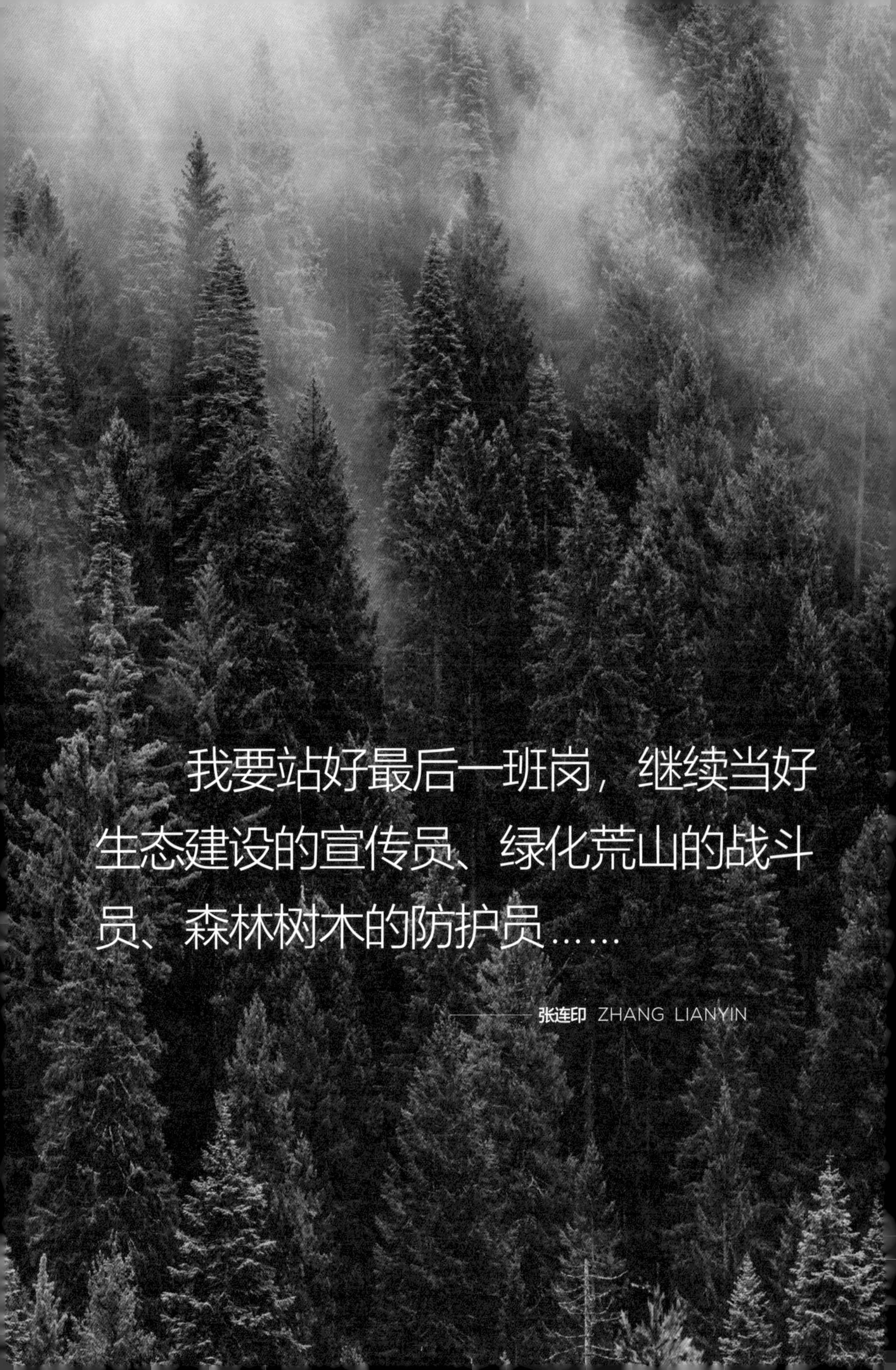

我要站好最后一班岗，继续当好生态建设的宣传员、绿化荒山的战斗员、森林树木的防护员……

——张连印 ZHANG LIANYIN

序一 XUYI

将　军　绿

张子影

如果让我用简短的语言概述这部作品，我想到的是“将军绿”。

“将军”是人物身份，“绿”是概述主人公光辉事迹的关键字，也是全书出现频度最高的主题词。

（一）

主人公张连印，是河北省军区原副司令员，一名退休老兵。老兵张连印的家乡山西省左云县张家场村地处毛乌素沙地的边缘地带，属于京津风沙源治理区，全村超过一半的土地都是荒山荒坡，风起沙扬。2003年张连印少将退休后，放弃舒适安逸的城市生活，带着老伴儿回到了家乡，立志要绿化荒山，改善家乡的自然风貌。他在一处荒地上修建起简易的房舍，拿出了自己的退休费，加上与老伴儿积攒多年的全部积蓄，开渠挖沟，建起了苗圃，开始了大规模的植树造林。年复一年，他风餐露宿，顶风冒雨，带领他的团队防风治沙、改善生态、造福村民。即使身患癌症，依然奋斗不止。这位退休老兵，退休不褪色，用军人顽强无畏和不屈不挠的品质，历经长达十九年的坚持，共植树1.8万余亩、205万株，为家乡左云县环境改善和京津风沙源治理做出了突出贡献。

十九年的风雨寒暑里，这位总是身着一身绿色迷彩服的老军人，日复一日地手持一把铁锹，走遍了左云的山山水水，他俯身落锹的座座山头，那些昔日曾经的荒山沙岭，如今已满目青绿。在他的带动下，左云县林木覆盖率由2003的38.6%上升到现在的45.03%，增长了6.43个百分点。

绿水青山的生态变化，在改良了生存环境的同时，更给当地带来了绵延不断的经济效益，家乡的人们拥有了实实在在的获得感。群众的眼睛是雪亮的，群众的感情也是朴素真挚的，他们亲切称呼张连印为“绿化将军”。

2021年10月18日，中宣部授予张连印“时代楷模”称号。

我相信，在本书面世之前，关于张连印的新闻报道并不鲜见，但这部作品对这位绿化将军的人生经历，特别是扎根故土、立志绿化家乡的种种传奇曲折的过程做了深入细致全面的表达。一位曾经位居将军的老军人，是如何在他人生的晚年，创造出了年轻人也难以做到的创举？退休回乡治沙造林的十九年间，他又经历了什么？具有如此崇高信仰和坚韧品格的人，他的精神驱动力源自哪里？所有的这些疑问，都能在这本《绿化将军》中得到答案。

（二）

我是在军队营院里出生、成长的，少年从军，生命中的大部分时光是在军营里度过的，我熟悉军营生活，也了解军营中的军人，他们无论年纪大小、兵龄长短，普遍都有一种共同的情怀——热爱家乡。这种情愫随着从军时间的增加而日益增长，离开家乡越久，对故土的情意越深厚。老将军张连印在当兵离开家乡的四十多年后，主动回到那块贫困的土地上，自愿投身到艰苦的环境中，同风沙搏斗，与荒原战斗，身患癌症也决不后退……这些行动，在一般人看来，也许类乎传说，也不乏有人会表现出惊异和不解，但同为从军几十年的老兵，我懂。那些热爱家乡、献身家乡的军人，他们既有崇高的理想、坚定的信仰，又有为实现理想和信仰而决不放弃、顽强不屈的意志和行动。我对之深深理解，并对老将军深深地崇敬。

想要为家乡人民做点事，并不是张连印的一时之想，这个念头跟随了他大半生。

张连印1945年1月出生，他年仅四岁时父亲就去世了，因为家庭生活太过贫困，两年后母亲改嫁他乡，六岁的他被爷爷奶奶抚养。但是，疼爱他的爷爷奶奶也在他十三岁和十五岁时相继去世。张连印永远都记得，在那些少年孤独的日子里，善良的同村乡亲们给予了他无私的、温暖的帮助，饥饿时的一碗粥，寒冷时的一件衣，病弱时的一声问候，年节时的一个笑脸……那是人情人心最朴素也最温暖的光辉，照亮了他少年生命的底色。从那时起，少年张连印就把乡亲们的恩情深藏在了心中。1964年3月，张连印十九岁时，村干部和公社领导推荐他报名参军。入伍那天，他骑着高头大马，胸戴大红花，全村男女老少敲锣打鼓来送行，不少乡亲还把一个个热乎乎的馒头、鸡蛋塞进他的口袋……在离开村子的那一刻，我知道张连印是留恋地频频回了头的。他的心中有了一个清晰的念头，正如他后来常说的那句话："乡亲们对我的恩情我一辈子也忘不了。"

张连印入伍后，在部队不断进步，四十多年的时间里，他从一名普通士兵，成长为将军级的领导干部。位置变化了，职务提升了，但是他对家乡的情怀没有改变："是党把我从一个孤苦的放牛娃培养成一名将军，是乡亲们让我过上现在的日子。永不忘这一方水土一方乡亲。党组织是我的家，家乡父老是我的母亲。"知道自己即将退休的时候，那个多年以来一直存在心底的念头迅速浮现出来，他几乎是畅快地对自己说：这回，我有时间了！

张连印将军回乡种树的过程，并不是一帆风顺的，他第一次回家乡那天，就遇上一场昏天黑地的大黄风。作者在书的一开篇，就写下了这戏剧化的一幕：

> 刚下出租车，兜头一股强劲风沙，推着他差点后退一步……风卷沙粒子打在脸上，生疼生疼，眼睛几乎无法睁开。有几次，他不得不背过身去与狂风抗争，以使自己不致被风沙逼呛得倒退。
>
> 他走进堂弟家的院子，双手拢起，遮着风沙喊道："连雄！"
>
> 堂弟隔窗一看，大吃一惊，慌忙出门道："哥，这天气你咋回来啦？"
>
> 张连印答道："我快要退休啦，跟组织上请了假回来看看，打算住个

几天，没想到一下车，就和大黄风打了场遭遇战。”

这场与狂风的遭遇战，并没有吓退张连印，反而更坚定了他要回乡、改变家乡面貌的决心。他选择了种树，用绿化家乡的方式，造福乡亲。出于军人的本能，他把这一行为规划为“人生最后一个战场”。

这真是一场人与自然的争夺战。

种树育林，并不是只有决心就行了。乡里人说：“祖宗三代都栽不活，你回来就栽活了？”乡亲们的疑惑不是没有道理，老将军张连印的一腔热血和满怀斗志，在最初的一段时间里遭遇了惨重的失败：一场大风之后，张连印和家人第一批栽种的一万棵树苗几乎“全军覆没”。挫折并没有让张连印后退，张连印不愧是一名军人，军人骨子里的血性和顽强，在这时完全呈现出来。他懂得，打仗，不光是要勇敢无畏地投入，还要懂天时识地理，讲计划讲战略，习技术懂战术。于是，他一方面四处取经，虚心向苗木专家请教，另一方面加强知识理论学习，认识土地性质，研究植物特性，掌握种植方法，同时开沟挖渠，修建苗圃……经过几番艰苦的努力，大自然终于在他面前退却了“猖狂”，他在沙化土地上栽下的树苗成活率大大提高。张连印乘胜追击，一边巩固阵地，一边开疆拓土，又经过数年的战天斗地，张连印种下的树木满山遍野地长起来了。

面对满目青绿，又有人开始质疑他的动机。老将军心怀坦荡、语气铿锵地表态：200余万棵树，分文不取。他白纸黑字签下协议：“一不要林权，二不要地权，三十年后无偿交还集体。”这是一个共产党员、一个老军人对家乡和人民彻底的、纯粹的奉献。

2011年，张连印被确诊为肺癌中期，随后几年，又相继查出脑梗、肺癌骨转移等多种病症。面对疾病打击，张连印仍然没有退缩，病情稍有好转就又回到了“战斗岗位”。“绿化家乡、造福乡亲，是我人生最后一个战场。”余生的每一天，都交给这绿化家乡的战场，就算倒下，身躯也会朝向他的绿色森林。

（三）

张连印将军的一生，传奇精彩故事颇多，作为一个有五十六年党龄的老党员，张连印初心如炬，信念如磐，不管职位、环境如何变化，他对党的忠诚始终没有变，对老百姓的感情始终没有变，对自己的严格要求始终没有变。他把对党忠诚的坚定信念转化成为民造福的实际行动，一干就是十九年，诠释了共产党人爱党为党、服务人民的政治品格。如何通过琐碎平常的植树活动把将军的高贵灵魂与超凡品格表现出来？如何突破人物流水账式的记录方式，将枯燥单调的人物活动表达得跌宕起伏、生动感人？这无疑是作者要面对的一个重大难题。

作为一本人物报告类型的作品，本书的作者并没有对主人公做全面宏大的历史叙述，而是采取板块式结构，截取人物人生的一些横断面来写，以典型片段和细节，极力描述环境氛围，增加代入感，从而强化读者对人物处境的感同身受，引发对人物理解的情感共鸣。作者立意明朗，情绪饱满，语言别开生面，尤其强调用富有情趣的细节，展示人物的真情实感、个性特征，挖掘主人公的精神世界，凸显人物亲和睿智、外圆内方的个性。

比如，张连印四处寻访造林治沙专家，找到了山西省林业厅治沙办科长桑金海，递上自己的证件。桑金海拿着他的证件愣了好半天，怎么也没办法把眼前这个其貌不扬、背着半袋沙土来找他的老汉，和曾经统领过千军万马的将军对上号，当他终于确认了来人身份后，作者在这里写道：

桑金海连忙请将军坐下，并给他沏了一杯喷香的清茶。

简洁的一句话、一个动作，将桑金海内心复杂、感慨的情绪以及二人的亲切友好关系表达得清清楚楚。

又比如，张连印确诊是癌症，在将要动手术之前，妻子说已经通知三个孩子了。而他却对妻子说："你让晓斌（大儿子）来的时候，把我那套安了军衔的八七式军服拿上吧。"

安了军衔的军服是张连印的珍藏，即将走上手术台，生死未卜，他平静地做好了一去不回的准备。没有悲戚，没有胆怯，有的，只是一个军人坦然的豪迈和不屈的自尊。没有高亢的歌颂，但人物的熠熠光辉，跃然纸上。

真实性是报告文学作品赖以立身的根本，《绿化将军》一书中，像这样有血肉有立意、既真实又独特的细节和故事处处皆是。可以看出作者在资料的掌握上下了大功夫，素材扎实，再加上严谨细致的写作态度，使整部作品言而有据、言而有信。

有意义与有趣味，在阅读与写作中常常是矛盾的，这部作品在这一点上处理得比较成功。作者巧妙地避开了全部正面的写法，落笔重点虽在退休后的治沙种树，但通过及时的一些倒叙和插叙手法，抓取主人公过往人生历史中有代表性和特殊指征意义的片段，用现实倒映历史，用过去观照当下，辅以夹叙夹议，对事件的起与始、推进过程中的曲与折、人物的甘与苦，到最后的兴与果，或深入挖掘，或细微描述，或跳跃简述一带而过，有繁有简，详略得当，既打破了平铺直叙的浅白，又增补了主人公的人生过往，有效延展了主人公的历史纵深度，丰富了作品的结构层次，连缀起人物光彩完整的一生，给出了一个系统完整的人物呈现。

作者在相当程度上用心用力地借鉴了舞台剧的表现方式，人物塑造中，角色与身份语言丝丝入扣，有个性有特征，又很"接地气"。像张连印与妻子的谈话，与儿子女儿的对话，与村里乡民亲戚的对话，都各有各味，各具特色，生动具体，加上在场景气氛的描摹建构上独具匠心，有强烈的代入感，如身临其境，使文本的阅读更增添了意趣性和感染力，体现了作者丰富的戏剧写作功底。

本书的另一个亮点是配置了大量图片。摄影家阿兰·特雷西腾折格说，照片是"文化文本"，它用图像直观地阐释特定的历史时刻，透过一张照片成像背后的故事，能窥见到那个时代人的生存状态及某些社会信息的雪泥鸿爪。《绿化将军》一书中的这些照片，无一例外是都是即时抓取的现场照片，沧桑的面容，关节粗大的手指，沾满泥土的裤脚……不加修饰，不做美化，生动而真实地再现了张连印将军在实施他“将军绿”的漫长战役中的一个个瞬间。图片真实感和现场感并具，给人以强烈的视觉冲击，一图胜过万语千言，令人百感交集。

这里还要特别提到的是左云县委组织部副部长、老干部局局长池恒广同志，他十分关注将军的退休生活，2012年起就加入到了他的绿化事业中，正如他自己所说的，在这十年间，他“自觉自愿地成为将军精神的宣传员、绿化事业的工作员、生活后勤的保障员、先进事迹总结的材料员、基地情况的讲解员”。当年柳青先生深入皇甫村，历经十四年写了《创业史》，池恒广同志关注张连印将军十余年，在平凡中发现不凡，在普遍中发现价值，为这部作品的最终丰满呈现提供了较为全面的重要素材。

读完这部作品时已是凌晨，曙光初照，站在窗外向山西方向眺望，我的眼前清晰地现出那漫山遍野的绿，耳边分明听到了阵阵松涛声。我仿佛觉得自己就置身在万顷绿波之间，我看到了站在波涛之上翠绿群山之顶那位穿着绿色迷彩服的将军老兵，看见了他倔强的身影。他还是一位将军，是一位拄着铁锹的将军，四周围绕着他远远蔓延开去的那一棵棵树、一排排林，就是面他而阵列着的士兵，浩浩荡荡，千军万马，他管理着它们，治理着它们，引导着它们，率领着它们，打赢了一场向生态进军的攻坚战。

去左云你不一定能见到张连印，但左云处处都有张连印，那铺天盖地的将军绿，那漫天满眼的将军绿，都是张连印。左云的风还是有的，你能听见张连印在风中唱歌，那漫山遍野的万顷之绿，在风中波涛起伏，以金戈铁马的恢宏和声，为他伴唱。

（张子影，著名报告文学作家，中国作家协会会员）

序二　XUER

时代楷模　人生榜样

池恒广

2021年10月，山西省退役军人事务厅政策法规处孙宏春处长带领集编导与演艺于一身的禹宝东老师等同志来到左云县清风林教育基地采访张连印老将军，主要任务是编排一部反映将军退役后艰苦奋斗、绿化荒山、回报家乡的舞台剧。我作为将军身边熟悉情况的工作人员接受了采访，全面介绍了将军回乡后的工作和生活情况。禹老师长期在部队从事宣传工作，担任过政工领导，从短时间的接触中，我也感受到了他文笔和表演的功底。2021年12月14日，我陪同张连印将军赴省城太原参加山西省“最美退役军人”发布会，禹老师当编剧的《塞上老兵》首次试演，他在剧中扮演的将军形象给我留下了深刻的印象。当时张连印将军也在现场，我不时地观察他的表情，老将军触景生情，几次用纸巾擦掉泪花。这台近五十分钟的短剧非常感人，由此我对禹老师更加敬佩。

2022年春节前，禹老师打电话告诉我，说山西教育出版社约他写张连印将军的长篇报告文学，他准备来左云找我进行深度采访。当时我也很高兴，乐意配合禹老师完成这一任务。由于当时年关已近，再加上疫情影响，我劝禹老师尽量少出门，我把手头有关张连印将军的先进事迹材料和一百个小故事通过微信全部发给他。春节过后，他很快给我发了他的创作提纲，并征求意见。之后在创作过程中禹老师用电话、微信数次进行采访沟通，每写完一个章节就给我发过来，让我先睹为快。到了3月8日，他把十五个章节全部发到我的微信上。工作之余早起晚睡，我用了近半个月时间进行了一次通读。全篇将近十五万字，生动地再现了将军艰辛的童年生活、奋进的青年时代、火红的军旅生涯、绚丽的晚年风采，他把笔墨重点放在老将军退休后十九年回村植树造林、报答父老乡亲的绿色战场上，书写了一位军队高级干部、优秀共产党员、最美退役军人的家国情怀和生动感人的曲折故事。2022年5月中旬，山西教育出版社薛海斌副总编、郭志强主任和禹宝东老师一行来到左云，再次采访了张连印将军父子。我们还一起研讨推敲，对书稿中的部分章节、内容、文字等认真地提出了一些调整和充实的意见，力求能更真实准确地反映张将军事迹。根据我们的意见和建议，禹老师回到太原后，又用了半个多月的时间，对书稿作了一次较为全面的修改和完善。相信这部书出版后会引起广大读者的强烈共鸣，为传承红色基因、培育时代新人起到积极的教育引领作用。

我与张连印将军近距离工作、生活已近十年。2012年夏季，我以县委组织部副部长、老干部局局长的身份，专程看望张连印将军，开始关注将军的退休生活和绿化事业。2013年5月，我受县委组织部委托，牵头组织拍摄《绿化将军》专题片，为全县党员干部制作培训教材，短短一个半月时间，就完成了任务。这期间，我收集整理了他的主要事迹材料，亲自撰写了专题片解说词，他的人格魅力、奋斗精神、高尚情操深深地感动了我，教育了我，激励了我。过去我在教科书中学习的雷锋、焦裕禄、甘祖昌、杨善洲、孔繁森这些光辉形象在我的现实生活中再现了，他就是我身边可敬可亲可学的绿化将军张连印。从此，我就加入了他的绿化事业中，十年时间自觉自愿地成为将军精神的宣传员、绿化事业的工作员、生活后勤的保障员、先进事迹总结的材料员、基地情况的讲解员。十年时间，我从他身上学到了坚守初心、感恩组织、回报社会、服务人民、谦虚谨慎、严于律己的优秀品质和优良作风，吸取了砥砺奋进、自加压力、顽强拼搏、无私奉献的精神营养，懂得了人生的真正价值就应该是付出与奉献，而不应该是名与利的追逐。就像习近平总书记讲的：一个人选择了吃苦，就选择了收获；选择了奉献，就选择了高尚。张连印将军就是这样一个先进典型。他像小草一样，是一个平凡的人；像松柏一样，是一个四季常青的人；像绿柳一样，是一个随处可以扎根的人。他是一个吃大苦耐大劳的人，是一个把人民捧在心上、俯首甘为孺子牛的人，是一个讲政治、顾大局、听党话、跟党走、以实际行动为党增光添彩的真正共产党人！

2021年10月18日，中共中央宣传部授予张连印同志“时代楷模”荣誉称号。这个荣誉称号是对他十八年艰苦创业、用心血和汗水铸就绿色长城，以实际行动自觉践行习近平总书记“两山论”的高度赞扬。这个荣誉不仅是部队的光荣，也是我们左云县的骄傲。张连印同志获得这一殊荣，实至名归，家乡人民十分高兴和自豪。十年来，我每天都在细致观察、细心琢磨、深刻思考将军身上所闪耀的理想信念的光芒，也在不断地总结研究他身上所体现出来的弘扬社会主义核心价值观、全心全意为人民服务、为乡亲们打造绿水青山的时代精神。我从词汇的海洋里过滤出这一组近义词概括总结他的精神，那就是“坚守、坚持、坚强”这六个字。

“坚守”就是坚守初心不改变。张连印将军从小家境贫寒，苦难生活磨炼了他的意志品格，使他懂得了感恩和回报，成为他一生工作、事业的动力。他从懂事起，就立志要当个好学生；回村务农后，立志要当个好青年。参军入伍后，他敢打硬拼，勤学苦练争第一，服从组织听党话，团结协作讲奉献，谦虚谨慎永向前，圆了他从士兵到将军的梦想，实现了他人生的价值，军旅生涯四十年为军队和国防现代化做出了重要贡献。2003年5月从部队领导岗位退下后，他不忘党的培养之恩、人民的养育之情，脱下军装穿农装，学习开国将军甘祖昌，像杨善洲一样，居住在偏僻的山村，开辟人生第二战场，十九年辛勤耕耘，带领人民群众植树造林1.8亩，205万株，为家乡的生态建设和京津风沙源治理工程做出了突出成绩。他初心如炬，信念如磐，对党的忠诚始终没有变，对老百姓的感情始终没有变，对自己的严格要求始终没有变，彰显了一个党员领导干部坚定的理想信念和赤诚奉献的宽广胸怀。

“坚持”就是坚持到底不停步。毛主席讲过：“一个人做点好事并不难，难的是一辈子做好事，不做坏事。”张连印将军就是这样，他认准的事就要干到底。他在部队是学“毛著”积极分子、“四好”连队指导员，曾两次受到毛主席的亲切接见。他学雷锋坚持天天学、月月学、年年学，被评为全军学雷锋积极分子，左云县同期参军的战友们都打内心里佩服他。现在他仍然坚持学雷锋，利用各种机会做好人好事，帮助困难群众。2016年11月、2018年7月、2021年12月，他先后三次去社会福利院看望孤儿，分别捐款两千元、三千元、五千元。近三年他义务做报告两百多场，没有收过一分钱的报酬。2021年“七一”还给村舞蹈队捐款五千元。而他自己却省吃俭用，坐最便宜的车，穿最便宜的衣服，把省下的钱全部投入绿化中。他学雷锋坚持五十八年，学出了高尚的道德情操，学出了坚强的党性修养，学成了榜样标兵。退休回乡以后，他咬定青山不放松，说干就干，干就干好，克服了资金、技术、人才等困难，打赢了绿化荒山这场硬仗，当地群众称赞他为植树专家，而他靠的就是这样一种“坚持、坚持、再坚持”的不懈奋斗精神。党的十八大以来，他坚持学习习近平总书记关于绿色发展的重要论述，连续六次去现场学习体验“右玉精神”，去阳高学习“大泉山精神”，越学方向越明，越学干劲越大，七十七岁高龄还表示要继续当好“两山论”的宣传员、植树造林的战斗员、生态环境的护卫员、培育青年后代的辅导员，展示了一个老干部、老战士为党的事业鞠躬尽瘁、奋斗终生的豪迈气概。

“坚强”就是意志坚强不动摇。2011年7月，张连印将军身患肺癌做了手术，并做了六个疗程的化疗。出院前专家说他的病很凶险，劝他到海南疗养保健。但他在石家庄家中只休息了两个月就又回到了老家张家场村，和乡亲们同吃同劳动，奋战在荒山造林第一线。2014年底发生肺癌骨转移后，他在住院前忍着病痛还考了汽车驾照。这让常人不理解。其实驾照对他实际用处并不大，这只是他坚强毅力、坚定意志的象征和体现。治疗肺癌骨转移，他没有采纳医生让他取掉两根肋骨的建议，而是选择了靶向用药保守治疗，因为他担心取掉肋骨后再也不能爬山植树，所以决心用有限的时间、有限的精力完成他向父老乡亲许下的诺言。2015年春节一过，他又按时回到村里。在那样的身体情况下，他和乡亲们在一起拜大年，闹元宵，扭秧歌，人们根本看不出他是一个晚期癌症病人。在这以后的七年时间里，他理智面对现实，科学接受治疗，乐观开心生活，和病魔较量，与时间赛跑，向荒山进军，在顽强拼搏中推进他的绿化事业。从他身上，我看到了一个用特殊材料制成的共产党人牢记宗旨、服务人民的坚强党性，看到了一名钢铁军人勇于亮剑、永不言败、轻伤不下火线的战斗精神，看到了一位优秀共产党员干部宁让生命透支、不让使命欠账的崇高境界。

榜样是旗帜，引领方向；榜样是精神，凝聚力量。张连印将军的先进事迹感人至深，催人奋进。我们期待着禹宝东老师这部长篇报告文学出版发行后，能够给广大人民群众提供学习将军精神的翔实资料，以此促进祖国大地掀起一个学先进、赶先进的热潮，为推动我国全方位高质量发展提供强大的精神动力。

（池恒广，左云县委组织部副部长，老干部局局长）

目录　MuLu

4 立约 LiYue

越是难度大、成本高，才越有价值，越要干好它。

5 致远 ZhiYuan

我们多栽一棵树，就能为首都人民减少一粒沙。

6 抗癌 KangAi

我已经活过来了，当初给乡亲们许下的诺言铁板钉钉、必须完成。

7 守诺 ShouNuo

千难万难，树也要接着种。

8 传承 ChuanCheng

一代一代往下种，日子就会越过越好。这是我们送给子孙后代最大的财富、最好的礼物。

只要还有一口气，我就决不当逃兵，就要把种树这件事干到底。

开篇

KAIPIAN

绿化将军(刘松峰　摄)

夕阳如血，暮色苍茫，风在耳边呼呼作响。

远处，古长城、烽火台默默矗立，寂然无声。

张连印站在村头十里河边，起伏的胸膛里，似波涛翻滚。

他的眼中射出如剑的光芒，被紫外线强烈照射、饱经风磨霜侵的紫红色脸膛上，皱纹深刻，写满坚定。

放眼望去，上万棵樟子松浩浩荡荡铺向天际，铁褐色的枝干，苍翠的松针，和着朔风的吟唱，抖落冬日残雪，映着如火晚霞，摇曳起舞，奇瑰而壮丽。

张连印深吸一口气，顿觉沁透心脾，一种久违的畅快充斥全身。

这个曾经指挥千军万马的将军，这个从不信邪的老兵，又扎扎实实踏在故乡的土地上。

癌症没有将他击垮。他那挺直的腰板告诉人们，这个已和老农民毫无二致的老汉，并没有倒下。

时值公元2012年初春，张连印从河北省军区副司令员任上退下后，回老家山西省左云县张家场村种树的第九个年头。

他说："我是长城的儿子，是共和国的将军，说话就要算数，死也不能更改。只要还有一口气，我就决不当逃兵，就要把种树这件事干到底!"

初心映照荒山绿
张连印：退休将军没派头干事有劲头
“绿化将军”张连印：青山
追忆烽火往事
绿化将军张连印
中国青年报
“绿化将军”战风沙
解放军报
银色年华
讨论拟提请十九届六中全会审议的文件
人民日报
RENMIN RIBAO
200万棵树！ 黄土地上绿意浓
红色初心
绿色情怀
继往开来走好新时代长征路

相关报道（丁美宁　摄）

我喝十里河的水、吃张家场的饭长大，乡亲们的恩情永远也报不完。

回乡

HUIXIANG

到农户家中走访(丁美宁　摄)

左云，长城大漠交汇之地。

早在远古时代，原始人类就已在这里繁衍生息。

春秋时期，一支名为白狄的北方少数民族进入此地，在距今左云县城东5里的古城村建起一座白羊城。

至今，古城犹存，残垣尚在。相传汉宣帝后宫美女王昭君出塞时，曾在这里短住，今天的蹄窟岭上还有她的坐骑留下的蹄痕。

在这片古老的土地上，秦汉、魏晋、北齐、明代长城遗址随处可见。

高天流云，荒草摇曳，战火远去，岁月沧桑。

放眼遥望，无数的楼台墩墙沿着起伏的山峦交错构筑，相互叠加，给后人留下无尽的想象空间。

左云“春多风，夏少雨，秋早霜，冬寒冷。全年无霜期仅一百一十天左右，土地封冻期长达一百七十天之多，平均年降水量440毫升。”

“一年一场风，从春刮到冬，白天点油灯，夜里土埋门。”这是几百年来流传在雁北一带的顺口溜，也是左云人民所面临的残酷自然环境。

2003年5月，时令已是二十四节气中的立夏，左云却仍是乍暖还寒，风沙裹挟着寒流，时不时袭来，顺着干涸的十里河滩，由西向东长驱直入。一路上，滚滚黄尘，遮天蔽日，飞沙走石，横扫良田。

五十八岁的张将军回到张家场村的那天，正遇上一场昏天黑地的大黄风。

刚下出租车，兜头一股强劲风沙，推得他差点后退一步。他顺势拉下帽檐，压低身子，顶着狂风，向村中走去，每前进一步都要遇到极大的阻力。虽然对家乡的风沙天早就习以为常，但这场大风还是给了他个下马威。风卷沙粒子打在脸上，生疼生疼，眼睛几乎无法睁开。有几次，他不得不背过身去与狂风抗争，以使自己不致被风沙逼呛得倒退。

他走进堂弟家的院子，双手拢起，遮着风沙喊道：“连雄！”

堂弟隔窗一看，大吃一惊，慌忙出门道：“哥，这天气你咋回来啦？”

张连印答道：“我快要退休啦，跟组织上请了假回来看看，打算住几天，没想到一下车，就和大黄风打了场遭遇战。”

堂弟一边给张连印拍打身上的土，一边把他让进门，埋怨说：“退休不在石家庄好好享清福，回来干啥？跟上我们吃风喝沙？”

张连印一笑：“为啥要吃风喝沙，咱就不能治风治沙？”

堂弟把头摇成了拨浪鼓：“好我的哥呀，谁要能把咱这儿的风沙治住，他就是神仙了。”

是啊，从1964年3月参军入伍到今天，张连印离开故乡已四十年。张家场村经过将近半个世纪的发展虽有进步，但仍被恶劣的风沙天气所困扰；村中还有些人家，依然在贫困线上苦苦挣扎。这一切，让张连印痛心疾首。

随后几天，他先后来到村民李二女、魏如等乡亲的家里看望他们，见到他们已从原先的土坯房搬进了砖瓦房，过上了好光景，他打心眼里高兴。到谁家都是往炕上盘腿一坐，亲亲热热就唠起了家常。

在这些村中长辈眼里，这个当年的苦娃多年来就和他们走得很近很亲，他们也愿意掏出心里话跟张连印讲。

他们告诉张将军，县里、乡里和村上尽管前些年在植树造林上花了不少钱，投了不少力，但张家场这地方风沙本来就大，又开了不少煤矿，风尘沙尘再加上煤尘烟尘，弄得是灰天土地，树种下去也难成活，风沙弥漫的状况多年了也没变样。村里人都盼着能把这糟害人的风沙给治住，能过上天清气爽的舒心日子。

乡亲们的话在张将军心头久久萦绕，挥之不去。

这天，他沿着崎岖的山道，走到村后的北梁，登上高处向四下看去，满目荒草和稀疏的树木，不禁令他眉头紧蹙。

身边，肆无忌惮的狂风不时变换方向，呼啸着从四处掠过扑到他脸上，刮乱他的头发，扯起他的衣襟，又迅即卷起周边毫无遮挡的沙土，打着旋儿飞扬跋扈地冲向天空……

童年时的回忆刹那间涌入他的脑海。

从他记事起，就在山上放牛拾柴，几乎走遍了北梁的每一个角落。如今，黄土裸露、荆棘丛生的山梁上，模样依旧荒凉，风沙还很张狂……与当年相比并无多大变化。想到这些，两行热泪不由涌出眼眶。

回想起他从四岁起，家中接连遭逢的种种变故；回想起乡亲们对他这个孤儿如亲人般的关爱照顾，将军心潮起伏久久不能平静，一个绿化家乡、造福桑梓的计划在心中萌生。

他仿佛听到有个声音轻轻对他说："连印，该回来了。如果说从军四十年，你把青春奉献给了祖国，这是尽忠的话，那么，从今后你该把自己的余热散发在张家场这片热土上，在父老乡亲面前好好尽孝，这样，才好回馈他们的养育之恩哪！"

是的，张家场村父老乡亲的养育之恩对于张连印来说，可谓刻骨铭心……

1945年1月的一天，左云正值隆冬，滴水成冰，狂风呼啸。

张家场村村边的三间土坯房里，贫苦农民张弘的儿子张连印出生了。

奶奶后来告诉张连印，生他的那天，大风吼叫着刮了一天一夜，爷爷为讨吉利，给张连印取了个小名，叫平安。

然而，幼年的平安，日子并不平安。

大漠风沙里，长城雨雪边。苦寒人家的日子总是缺柴短米，少油没盐。日子虽然清苦，但一家人省吃俭用，艰难地把小平安拉扯到了四岁。

张连印模糊记得，父亲的身影瘦弱而单薄，不是扛着农具出门，就是在屋里院外到处拾掇干活，很勤快也很能干的样子。四岁那年，父亲突然去世，当他披麻戴孝被亲戚们拉到父亲棺材前跪下磕头时，他并不清楚父亲的死意味着什么。

那以后，母亲整日以泪洗面，常把他紧紧搂在怀里，坐在炕头上发呆。小平安不想让妈妈哭，却又不知道该咋办。

直到他六岁那年，母亲要改嫁到邻近的猪儿洼村时，平安害怕了起来，他想跟着妈妈走，可妈妈告诉他，他姓张，是男娃，张家得有根，他得留下，让他好好听爷爷奶奶的话，跟着两位老人，长大以后把这个家撑起来。

母亲的话，张连印似懂非懂。但他已经明白，从此以后，他就是个没爹没娘的孩子了。

可那时的他还不觉得十分孤独，因为还有疼他爱他的爷爷奶奶、大爷叔叔，更有时刻关心着他们祖孙三人的张家场村人。

张家场村是个民风淳朴的村子。眼看张家连遭变故，村里人都想尽一切办法，来帮助这一家老小。

支书和村长几次登门，告诉他们说，现在是新中国了，有我们吃的就不能叫你们饿着，有全村人帮衬，咱就没有过不去的坎。

左邻右舍的乡亲们，经常是东家一把米，西家一件衣，不时送到张家小院来，让跟体弱多病的爷爷奶奶相依为命的小平安，感受到人世间的温暖。只是在夜里，他常会梦见母亲，惊醒后，望着窗外的冷月，也会背着爷爷奶奶偷偷地抹眼泪。

爷爷身体不好，经常剧烈咳嗽，一点重活也干不了。咳得厉害时，喉咙里呼噜呼噜的，总大口大口往外吐痰。有时咳起来还会带着尖厉的哮鸣，脸憋得通红，气也喘不上来。天一上冻，老人家在夜里常会咳得无法睡觉，围着件破羊皮袄盘腿坐在炕上，垂着脑袋一坐就是一宿。鸡叫三遍了，才能靠着山墙打个盹。

每当被爷爷咳醒，平安就会一骨碌爬起身来，给爷爷捶背、端水喝，爷爷奶奶总夸他是孝顺的好孩子。

爷爷常对平安说："羊有跪乳之恩，鸦有反哺之意。人活在世上，要记住别人的好。恩要报，怨要忘；报怨短，报恩长。"

奶奶是个心慈面善的农家妇女。尽管家里很穷，别人送来吃的东西时，奶奶也不会藏起来，堂弟们和别人家的孩子来找平安玩时，总要拿出来让他们和平安一起吃。

奶奶眼神不大好，却老是不停地缝缝补补、洗洗涮涮。在张连印的记忆中，晚上一觉醒来，总能看见奶奶凑在昏暗的油灯下，眯起眼一针一线地纳鞋底。自从妈妈改嫁后，他脚上穿的鞋，除了乡亲们送的，就是奶奶做的。

小连印有时放牛拾柴回来，在爷爷不咳嗽时，就会爬到炕上，听爷爷给他讲杨家将一门忠烈的故事。七郎八虎闯幽州、血战金沙滩、穆桂英挂帅等传奇英雄都深深刻进他幼小的心灵。

放牛时，小连印常躺在山坡上，望着天上变幻着各种样子的白云，想象自己就是一个披甲上阵的勇将，骑着大白马，手持亮银枪，南征北战，东打西杀，将敌人杀得丢盔卸甲，狼狈逃窜。想到高兴处，他就会站在北梁上，放声高唱，那时全国刚刚解放，他最爱唱的就是土改工作队员教给他的那首《高楼万丈平地起》:

高楼万丈平地起，
盘龙卧虎高山顶，
边区的太阳红又红，
咱们的领袖毛泽东。
……

他的嗓子很亮很亮，歌声也传得很远很远。

此时，没爹少娘的张连印，就全然忘了自己的忧伤。他感念毛主席，感念新中国，也感念村里的众乡亲。他想着自己长大后，一定要争气，要做个有用的人，让爷爷奶奶过上好日子，还要报答所有关心他们祖孙三人的村里人。

1953年，八岁的张连印到了入学年龄，在乡亲们的帮衬下，他和同村的孩子们一样进入本村小学读书。爷爷奶奶高兴得不得了，千叮咛万嘱咐，叫他一定好好念书，念成个好材料。

连印记住了爷爷奶奶的话。四年级初小毕业后，他在本村一所破庙念了两年高小，以第一名的成绩升入了破鲁中学。村里又为他争取到每月三元的国家助学金，就这样，张连印背着父亲生前留下的一床旧铺盖，来到了离家50里开外的中学报到。

在学校，他一直刻苦认真，活跃上进，品学兼优，是众多父母羡慕的“别

张连印家旧居（清风林教育基地　供图）

人家的孩子”。

他爱体育，不管风吹雨淋，每天出操跑步，前滚翻、单双杠都会，他篮球也打得特别好，从小到大，一直是主力。为了不磨坏奶奶点灯熬油给他做的鞋子，他打球时总爱脱下鞋，光着脚在球场上奔跑。

屋漏偏逢连夜雨。正当张连印满怀信心刻苦读书，向着心目中的高中、大学目标奋斗的时候，生活的不幸又接连降临在他的头上。十三岁时，无比疼爱他的奶奶突然得了急病，当张连印闻讯从学校匆匆赶回家中时，奶奶已经永远闭上了眼睛。针线笸箩里，还放着一只给他纳了一半的鞋底子。

奶奶走后，爷爷的肺心病愈发严重，卧床不起无人照顾。离初中毕业还差一个学期，张连印不得不面临一个痛苦抉择。

“老师，我不想上学了。”这天，张连印找到班主任老师王大国。

“咋回事，是担心学费吗?”

“爷爷病了，我得回去照顾。”

“你现在学习这么好，就这样不上了太可惜了，如果是因为学费的问题，我们可以帮你，还剩半年就毕业了，你可要想好啊!”

“不是学费的问题，我得回去照顾爷爷。”张连印忍住泪说。

其他同学和老师知道此事后，纷纷劝张连印不要退学。关系要好的同学魏宏士找到张连印:“我会瓦工，放假了盖房子能挣钱，我来帮你交学费。”

“我不是在钱上有困难，爷爷病了没人管，我得去照顾他。”

大家都知道张连印非常孝顺，奶奶去世后，爷爷就是他最亲近的人。

随后，张连印又忍痛谢绝走了50里路来家访的王大国老师的返校要求，办理了退学手续。

拿着退学申请，张连印来到肖海成校长的办公室向他告别。肖校长拍着他的肩膀惋惜地说:“连印，你不上学，实在太可惜了。你的学籍，学校一直为你保留着，啥时候回来，啥时候欢迎!”

张连印退学了，篮球场上见不到那个光脚打球、满场奔跑的少年的身影了，师生们心里都有点空落落的……

重病在床的爷爷，每当说起孙子为了照顾他，放弃了学业的事，总是老泪纵横，不住地念叨："平安，是爷爷连累了你，是爷爷连累了你呀……"

没两年，积劳成疾的爷爷也去世了。

临终前，爷爷紧紧握着张连印的手，上气不接下气地说："平安，你要……记住爷爷说的话，再难活……也得往前走，肚子里……要长硬骨头！不管……遇到啥事，你也要……扛住！"张连印泪流满面地答道："爷爷，我记住啦。"爷爷点点头，心疼地看着孙子，久久咽不下那口气。

那一幕，张连印一辈子也忘不了。

爷爷下葬那天，张连印哭成了泪人。从此，尚未成年的张连印成了孤儿。十来岁的他生活更加困苦，有时甚至熬一锅粥撑一个星期。

眼看张家又遭变故，村里人再次发动起来，帮助这个苦命的孩子。衣服没了有人送，粮食没了有人给。特别是那些大娘婶子嫂嫂姐姐们，缝缝补补洗洗涮涮，从头到脚帮他打理得齐齐整整、干干净净。一桩桩一件件看上去不起眼的小事，在张连印心灵深处播下了爱的种子。虽然家里没了亲人，但全村人都成了他的亲人。

环境的"苦度"决定了骨气的硬度。

张连印内心意识到，他不能光靠乡亲们帮助，自己首先得坚强起来，要学会独自去克服一切困难。要像爷爷说的那样，肚子里要长硬骨头，不管遇到啥事，都能扛起来。担水、砍柴、做饭这些活，跟着爷爷奶奶时，他早已学会了。那时，爷爷奶奶还能给他帮把手，现在都由他一人承担。

只有过年时，他才去大爷和叔叔家吃顿饭，其余时间都是自己生火做饭。

因为有初中两年半的底子，又跟着大爷学了一手好算盘，生产队照顾他当了不脱产的记工员兼会计。他记性特别好，全村几百口人，哪个人多少工分他都记得清清楚楚，只要问到他，张口就来，根本不用翻账簿。

每天收工后，他都像大人一样，在野外的十里河畔拾掇沙棘树根当柴火烧，还时常割下荆条编筐卖些钱，一点一点攒起来，为的是还爷爷生病时看病买药欠下生产大队和左邻右舍的钱。

有一次砍柴时，他不小心脚一滑，掉进了圪针窝，尖硬的圪针刺扎在前胸后背和两条腿上，火辣辣钻心地疼，他咬着牙站起身来，拔出身上的刺，顾不上伤口红肿，背起柴火回到家，一声也没吭。多亏了隔壁大娘发现后，给他抹了些锅底的烧草灰，才慢慢好了起来。

没人的时候，张连印也悄悄抹眼泪，但只要一站到大家面前，他就永远一副开心的样子。该唱就唱，该打篮球就打篮球。参加集体劳动时，他虽然干不过成年劳动力，但不缓不歇也要完成一个成年人的工分，乡亲们都夸他是“硬骨头”。

十五岁那年，张连印跟着青壮年们一起，去粮站交公粮。当200斤重的麻袋往他肩背上一压时，个头不高的张连印两腿一弯，稍稍晃了一下，但他咬紧牙关，撑住腰杆，扛起沉重的麻袋，跟着队伍，一步一步走上了颤悠悠的“跳板”，走了不多几步，汗水就顺着脖梗子淌下来砸在了跳板上，每往上走一步背上的麻袋就似乎要加一点分量。他瞪圆眼睛，运足力气，太阳穴憋得青筋直冒，愣是把粮食送到了粮囤顶。几趟下来，他便腰不弯，气不喘，身形矫健，步伐不乱，噔噔噔噔……蹿到高处，居高临下，张连印有一种特别满足的成就感。他在心里暗暗地说：“爷爷，这一回我又扛住了。”

就是在这样异常艰苦的环境中，张连印由少年走向青年，还当上了大队民兵连的指导员，爷爷当年生病借下的两百多元欠款他也都还清了。

1963年冬天，村干部和公社领导考虑到张连印在生产队表现优秀，就推荐他报名参军。

1964年3月入伍那天，张连印骑着高头大马，胸戴大红花，全村男女老少敲锣打鼓把他送到县里。

乡亲们把一个个热乎乎的馒头、鸡蛋塞进他的口袋，像送自家孩子一样一遍一遍地嘱咐：“平安，到了部队一定要好好干，给咱张家场人争气。”

在县城东街礼堂召开的欢送会上，张连印代表新兵立下誓言，那是一段他自编的快板：

你们给我戴红花，
我把决心来表达，
到部队，听党话，
党叫干啥就干啥！

张连印的表态赢得一片喝彩。县委书记当时就伸出了大拇指："这是咱左云的好兵，第一的好兵！"

张连印没有辜负父老乡亲的期望，在部队四十年，他从士兵干起，到副班长、班长、排长、副连长、连长、副营长、营长、团副参谋长、团长、副师长、师长、副军长、副司令员，一步不落地干到退休。其间，在部队党组织推荐下，他上过步兵学院、炮兵学院、空军学院，直到中国人民解放军国防大学，一直都是优等生。

从士兵到将军，这是一个完满的结局。按说从领导岗位上退下来，完全可以在军队的大院里安度晚年，但张连印心里总放不下张家场那块土地，更放不下那里的人，总想着为家乡做点事情。帮助家乡植树造林是他的一个选择，但怎么帮，他还没有完全想好。

和将军共过事的官兵都知道，张连印向来喜欢种树，当连长时，他连里种的树，就是全营最好的；当营长时，他营里种的树，又是全团最好的。随着职务不断升迁，他带头组织部队搞绿化的劲头越来越大，官兵都说他有一种"种树情结"。这个评价之于张连印，或许除了绿化祖国、美化营区的意义外，还有他自己人生经历上的一种独特含义。

也许是因为家乡的风沙太大了，绿树太少了，那种荒芜苍凉的色彩在将军脑海深处的记忆图谱里刻得太深了，他在潜意识里，就总想为那块底色为黄色的图板添上许多绿的色块，于是，远离故乡亲人的将军在大面积绿化营院的同时，也在心底种下了一片长久的绿荫，隐隐寄托着他对家乡美好未来生活的企盼，也是他对多年来远离家乡、无法近距离报答父老乡亲的一种补偿。对张连印来说，"种树情结"说到底，就是一种浓得化不开的思乡情结，那是一种永远

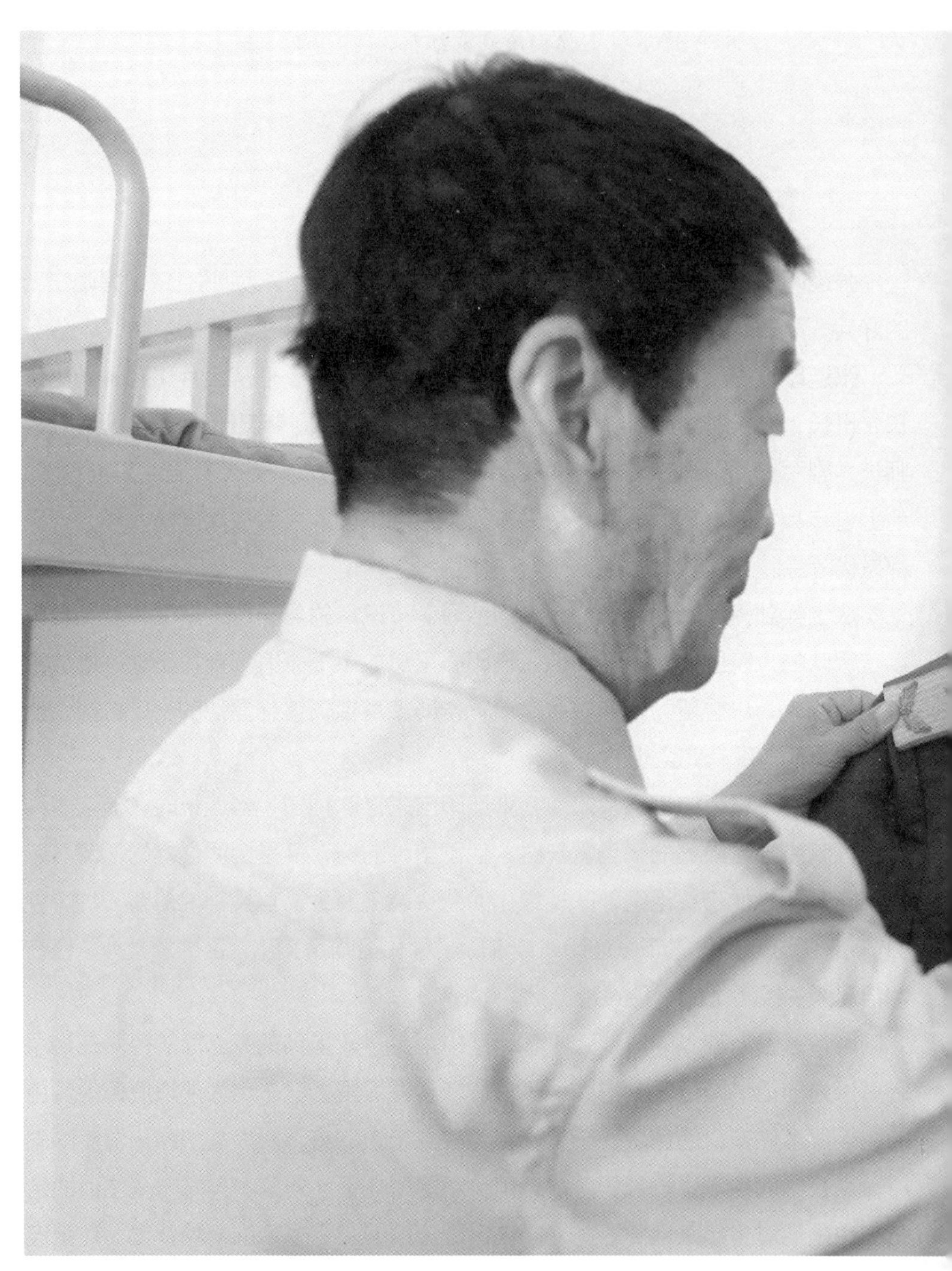

不舍的军人情结（丁美宁　摄）

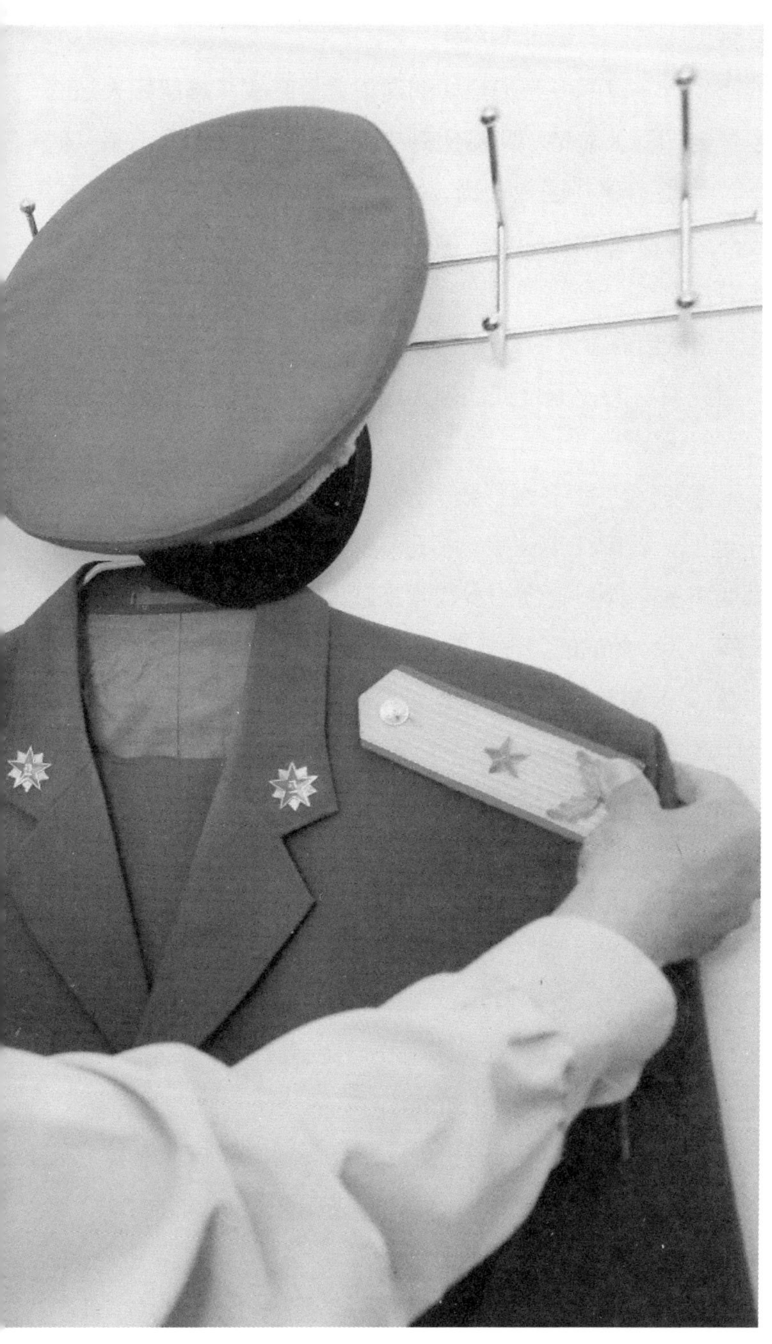

也抹不去的浓浓的乡愁。

这一趟退休前的回乡行，耳闻乡亲们热切的渴望，目睹故乡难尽如人意的现状，张连印的思乡情结如同久藏地下刚掘出的热泉，一下子就喷涌出来，他的思路顿时清晰了——带着老伴儿回乡种树，为改变家乡生态面貌奉献余生。这是他化解乡愁、报答父老乡亲的最好机会，也是他退休生活的唯一选择。

张连印的心情非常激动。

但是，当他把这个想法告诉家人后，却被兜头泼了一瓢凉水。

张连印没想到，首先反对的，竟是被他视为最可靠“同盟军”的老伴儿王秀兰。

王秀兰的理由不无道理：“你都多大岁数了，头脑冷静点好不好？你当了一辈子兵，看了一辈子地图，石家庄离张家场多远，你不会不知道，差不多500公里吧？老话讲，那叫千里之外！咱俩的岁数越来越大了，医疗关系又都在石家庄，将来万一看个病、买个药啥的，多不方便。”

张连印笑呵呵地说：“方便方便，现在火车、汽车快着呢。”

王秀兰一看张连印这个态度，气就不打一处来：“你个老头子，跟你说正经的呢。回家种树，可不像你在部队当领导，一声令下，都跟着你干上啦。别看你当过将军，说白了你现在就是个退休老头，你一无职、二无权，手中无资源，你说你能干成个啥？”

张连印依然面带笑容：“老伴儿啊，左云也是有组织的嘛，咱还可以发动群众嘛，咋就能说干不成啥呢？”

“真要干，还不如你为家乡捐点款，让乡亲们买点树苗自己种，那样不是更实在？”

张连印的拗劲上来了：“要捐我早就捐了，还跟你商量啥？做人不能忘了本，我喝十里河的水、吃张家场的饭长大，我有责任回去改变家乡的面貌。”

王秀兰也不退让：“你说啥也没用，反正我不同意！”

老伴儿这儿卡了壳，儿子那关也不好过。

张晓斌，中国人民解放军石家庄陆军指挥学院在读研究生，中校军衔。

军人父子间的对话，有点斗智斗勇的味道。

“爸，抛去感情因素，您先把要回家乡种树的充分理由摆一摆，真把我说通了，妈和两个妹妹的工作我帮您做。”

“晓斌，我看过历史，远古时期，咱们左云这一带也是水草丰美、郁郁葱葱的地方，千年战乱，烧毁了不少树木。加上近几百年间，人们盲目砍伐，过度放牧，林子没了，牧草少了，左云的自然生态就成现在这个样子了，西北方向的毛乌素沙漠越逼越近，老百姓越来越受它的糟害，咱们必须种树，才能挡住它。”

“这个理由不充分，毛乌素沙漠大着呢，您一个人种树能管多大用？”

“能种一棵是一棵，能挡一点是一点。我打听过了，有些地方在这方面已经有了不少经验，我和你妈加上几个亲戚就算咱张家场植树造林的尖刀班，先探出条路子来，大部队跟着也就会上来了。”

“您这个作战计划不靠谱，太浪漫，对困难估计严重不足。对不起，过不了我这关！”

两个女儿的劝阻则带着浓浓的温情。

大女儿张晓梅说：“爸，您在部队辛苦了这么多年，身体情况又不大好，退了就该待在家里养养花，种种草，安享晚年。”

二女儿张晓花说：“爸，植树造林就不是您这岁数该干的事，您和我妈趁着能走动，最好是出去旅游，放松放松，既锻炼了身体，又能开开眼界。”

反对话说得最直接的莫过于堂弟张连雄：“哥呀，咱那地方几辈人都种不成树，你就比别人尿得远？我劝你别逞能，到时候后悔也来不及。”

还有好心人劝他说：“连印，都这把年纪了，还折腾什么？植树造林虽然是利国利民的好事，但费钱费力没收益，这么做不合算。”

面对种种反对意见，张连印心中的定盘星分毫不移。他说：“回乡种树这条道，我认准了，谁劝也没用。这不仅仅是回报父老乡亲，更是为家乡绿化生态做一篇大文章，是件非常有意义的事，再困难我也要坚持往下做。”

知夫莫若妻。王秀兰先是磨破嘴皮、掰开揉碎跟丈夫辩理分析，后来又与这倔老头子打了两天冷战，光给他做饭不跟他说话。见丈夫不知从哪儿弄回来几本植树造林的杂志每天翻来覆去地看，分明是吃了秤砣铁了心了，知道胳膊拧不过大腿，便不再坚持己见。她说："在家里，小事我说了算，他常让着我。大事他说了算，我只有无条件支持他。这辈子，我早就养成支持他工作的习惯了。"

20世纪70年代初，王秀兰从介绍人那里，看到了回左云探亲的解放军军官张连印的照片，小伙子身着"三点红"军服，面容严肃，英气十足，两眼特别有神。当介绍人告诉王秀兰，张连印在部队表现非常优秀，还受过毛主席接见时，身为东盛庄小学老师的王秀兰，不由从心底生出了敬意。

与此前后脚，张连印也从照片上看到了王秀兰聪慧文雅、端庄大气的模样，听到介绍人说王秀兰有文化，曾是县一中高中毕业的高才生，又是当老师的，当下便答应两人可以相互通信增进了解，而正在朔县师范学校进修的王秀兰也正有此意。

于是，几番书信来往，双方互有好感。字里行间，张连印已感觉出王秀兰文笔很好，通情达理，非常善解人意；王秀兰也觉得张连印诚恳实在，思路清晰，很有上进心。

1971年春天，桃花盛开的时节。

炮兵连长张连印和乡村教师王秀兰，相会于王秀兰仍在进修的朔县师范学校校园里。这是张连印和王秀兰几次书信后，第一次见面。

那个年代谈恋爱，很质朴坦率，两人都很认真地向对方谈了自己的身世。

原来，王秀兰是被王家收养的孩子。

说起王秀兰的养父母，还有一段传奇般的故事。

王秀兰的养母，出生在离张家场不远的西张土窑村一个大户人家，养父则是从河北行唐逃荒要饭来的这户人家的长工。

就像戏文上说的那样，真实生活中的小姐真就爱上了长工。但是小姐的父母坚决不同意，他们把秀兰的养母许给一个国民党军官，并送上了马车。小姐却奇迹般地逃了回来，面对父母的打骂，以死相抗，非要嫁给长工不可。父母无奈，只得同意了这桩婚姻。婚后多年，两口子没生孩子，这才从一户穷人家里，领养了王秀兰。

秀兰的养父母待她视如己出，备加疼爱。秀兰上学时，家里生活已很困难，但她养母说，你啥也别想，好好念书，爸妈就是砸锅卖铁也得供你上学。那年，为了给王秀兰读县一中买住校的用品，再换点粮食，养父砍倒了自家院里的3棵树，换了些粮食和钱。王秀兰心里当时就留下一个印象，树有用，能换粮。

从西张土窑村到县城不通汽车，上学要走四五十公里，一走就是五个春秋，风里来、雨里去，秀兰从未叫苦喊累。在学校她也是出了名的学习优秀、吃苦耐劳的好学生。

相同的命运、相近的年龄和相同的人生观，顿时让这一对青年男女之间产生了一种相见恨晚的吸引力。只是，张连印当时还不太自信，他不敢断定，这位个子高、学历高，聪慧俊俏的王秀兰，能不能成为他这个学历、个头都不算太高，脸晒得黝黑，整天操枪弄炮的炮兵连长的妻子。

张连印怀着忐忑期待的心情回到部队，不久，便收到了王秀兰的一封来信。信中，王秀兰给张连印赋诗一首：

桃树花开满园春，
松柏树下答友人。
预告一事须知晓，
访君探友将赴忻。
此行何意？
消疑云，定终身，倾诉心声。
愿松柏万古长青，
避风月昙花一阵。

张连印看罢此诗，一拍桌子，秀兰这是要来部队跟他确定关系呀！他的心都快跳到嗓子眼儿了，他端起茶缸子，咕咚咕咚灌了几大口白开水，手摸胸口在连部里快步走了好几个来回。门外传来二排长的报告声，见二排长要汇报排里工作，张连印立马按捺住激动，绷起脸来，一本正经地进入了工作状态。

不久，王秀兰来到部队。听着部队领导的介绍，看着张连印在连队的工作表现，感受着官兵们对连长的信任，王秀兰觉得，她找对人了。

王秀兰回到朔县师范学校后，二人书信往来不断，了解日益加深。

1971年夏天，张连印回家乡与王秀兰结婚。不久张连印返回连队，给连里同志带了些糖果、香烟，大家高高兴兴地向连长表示祝贺。从此，张连印同志就进入有家属的行列了。

多年来，在部队里，家属的称谓与地方上截然不同，这个称谓是狭义的、特指的，只指军人的妻子或丈夫，现在虽然有了军嫂这个称谓，但对部队来说，家属这个称谓的内涵依旧未变，军官的妻子就叫家属，如果是女军人的丈夫，那就只能叫男家属了。

随后，结婚不久的部队家属王秀兰请了时间不多的年假，兴冲冲来到连队探望张连印。此时，带队在部队农场抢收抢种的张连印整天起早贪黑，和战士们一起顶着烈日，在稻田地里忙碌着收割稻子。他总是赶天黑回到宿舍，扒拉几口饭，倒头就打呼噜；天不亮就起床，简单收拾几下，很快就没了人影。

想不到来了部队，两人依然是聚少离多，王秀兰心里自然不是个滋味。她心想，张连印呀张连印，我倒要看看你能忙成个啥？于是，她沿着农场小路，来到稻田。

远远地，就看到晒成黑炭样的丈夫，穿着件汗湿透了的背心，娴熟地挥舞着镰刀，弯着腰飞快地割着，一直干在队伍前列。战士们高喊着“向连长看齐，勇敢前进！”的口号，你追我赶、热火朝天地劳动着。此情此景，热浪般撞击着王秀兰的心灵，她再也生不起气来，心疼和自豪的感觉纠缠在一起在胸中涌动。

都说生孩子是女人的一道“鬼门关”。从1972年到1978年，张连印先后在部队担任连长、副营长、营长、团副参谋长，那些年正是训练紧张的时候，张连印基本顾不上家。尽管王秀兰心里早有准备，就在老家的土炕上，自己找接生婆，生下了老大——儿子张晓斌，可她还是希望男人在身边呀！那天，她高喊，她叫骂，她撕心裂肺地咬牙苦撑，她大汗淋漓如脱水般眩晕……那种见不到丈夫的失望和渴盼，那种死去活来的痛苦和无奈，她这辈子也忘不了。

此后的老二、老三，是王秀兰在学校宿舍的土炕上生的。每当怀上孩子时她就想，这回无论如何得让连印回来了，得让他知道，生养个孩子有多不容易。可每次临产前，她又都压下即将发出的电报，临时找来接生婆，独自一人咬着牙，一次又一次闯过“鬼门关”。

1973年12月张连印当上副营长时，根据部队规定王秀兰和孩子已经符合随军条件了。那个年代，随军到部队是两地分居军人家庭梦寐以求的事情，特别是对于身在乡村学校的军属王秀兰来说，更是关系到自己和孩子一生前途的大事。妻子天天盼着能够随军，这样一家人就能团聚了。可张连印理由就一条，“不能影响工作，等几年再来吧”。他不是不爱妻子，也不是不爱孩子，凡当过兵的人都知道，有时候，他真的是顾不了，因为军人这个职业实在太特殊了。

王秀兰这一等就是五年，等到1978年，真正随军到部队，张连印已经是团副参谋长了。这个愿望本可以更早实现，却整整“迟到”了五年。那年，儿子张晓斌六岁，大女儿张晓梅四岁，二女儿张晓花刚刚出生。

刚把王秀兰和孩子们安顿住下，张连印就要到宣化炮兵学院上学去了。王秀兰等于换了个地方，继续一个人照顾仨孩子。

临行前的晚上，张连印对王秀兰说着对不起的话，王秀兰不再那样伤感了，也不会轻易流泪了，她知道，不管情不情愿，什么也改变不了，因为她嫁给了一个有志向的军人。

第二天一大早，她早早起来给丈夫做好饭，送他出门。望着张连印远去的背影，她想起了1977年恢复高考时的情景。为了试试自己的实力，她没跟丈夫打招呼，报名参加了考试，结果，王秀兰这个“老三届”毕业生，以优异成绩考上了大学。那一刻，王秀兰曾冲动地想过，管他呢，这个大学我上定了。把孩子交给我妈带，要不就送到部队上丢给他。但当她看到两个幼小的孩子那可爱的眼神，听到他俩喊叫妈妈的稚嫩声音时，她的心一下子就软了。为了张连印，她犹豫再三，最后还是把入学通知书撕掉，放弃了上学的机会。

她在心里暗暗地说，认了吧，谁让我看上他了呢。

张连印任副军长后，来到河北省会石家庄，王秀兰也办理了随调手续。“老张，你打个招呼，给我找个轻松点的工作，我照顾家也方便。”在安置工作的时候，王秀兰向丈夫开了口，她心想：一个副军长，解决妻子工作问题还是难事吗？别的事情他不管，这么大的事总该管管吧？可张连印笑着一摆手：“我看就不要给组织上添麻烦了，别人咋分，咱们也咋分，啥工作都是给国家工作嘛。”

张连印愣是没管这事。

就这样，王秀兰被分配到动物园工作，成了一名售票员，后来又被调整去饲养大熊猫。当饲养员的工作并不轻松，既需要熟悉动物习性，又需要悉心照料动物，在精力和体力上都需要大量付出。每天不到六点就要起床，准备竹子，调配奶粉，清理笼舍，一不小心还有可能被熊猫抓伤。一天夜里，满腹委屈的王秀兰再也忍不住，哭着对张连印说：“太累了，我不想看大熊猫了！”张连印却说：“哎呀，看大熊猫多有意思啊，大熊猫憨憨的，肉嘟嘟的，国宝级的身份，谁见了谁喜欢，大人小孩都爱看。等我休息了，我也帮你去看大熊猫！”面对丈夫的调侃，王秀兰哭笑不得，只好继续工作，这一干就是好多年，直至她退休为止。

王秀兰知道，张连印认准了的事就非干不可，十头牛也拉不回来。而今，他要回家去种树，不论家人支持还是不支持，他终归是要回去的。此时此刻，她必须和丈夫站在一起。

她说：“谁让我爱他呢？一个‘爱’字，是用真心写、用行动写、用一生写，在最难抉择时写出来，这才叫真爱。”

2003年10月，王秀兰简单收拾了行李，跟着老头子毅然从石家庄回到了老家——山西省左云县张家场村，开始了荒山种树的生涯。从此，城里少了两个颐养天年的老干部，张家场村多了一对开荒种树的老夫妻。

我不是为了挣钱，是想叫咱们的子孙后代再也不受风沙的害。

初战

CHUZHAN

规划蓝图(清风林教育基地　供图)

深秋的清晨，凉风阵阵。灰蓝的天空中，嵌着月亮浅白的轮廓，仍笼在阴影的地面上仿佛覆了一层薄薄的霜。

将军老两口早早起了床。

这一晚，张连印睡得不怎么踏实。蒙眬中，他总是带着一支队伍，在一眼望不到头的崎岖山路上急行军。过了一座山，又是一座山，突然，几十层楼高的沙尘暴如一头凶猛的怪兽，黑压压向他们扑来。他努力在风沙中辨别前进的方向，身边战士却瞬间失去了踪迹……情急中惊醒，天已灰麻麻地亮了。

张连印走出房门搓搓手，用力做了几个扩胸动作，便从墙角抄起一把大扫帚，开始打扫院子。

王秀兰点燃炉灶，煮粥切菜，准备早饭。

将军边扫院子，边回想那天他和老伴儿刚踏进连雄家院门时的情景，不免有些惆怅；望着金色晨曦慢慢越出山头，心中又似乎添了些力量。

“哥，你真要回来种树呀?”

“哎，你这话说的，不种树我带行李回来干啥?”

那天张将军一进门，就见堂弟张连雄大张着嘴，连鼻子加一起，就像个大大的惊叹号，不由得乐了。他心想，种树的阻力看来真不小，亲戚朋友没几个赞成的，我要没点坚持劲还真怕顶不住。

张连印想得没错。

张连雄不仅不赞成，还认定堂哥完全走错了道。

起初，当堂哥提出过些天要和嫂子一起在他家里长住一段时，张连雄并没太在意，以为嫂子多年没回村了，在石家庄那种大城市成天价高楼大厦、车水马龙、好饭好菜的看多了，吃腻了，跟上退了休的堂哥回来多住些日子，换换口味、尝尝新鲜也很正常，撑死了，顶多住上个把来月也就算了。

前不久堂哥回来时，的确是跟他念叨了不少想回来种树的事，他以为那也不过是堂哥一时冲动，头脑发热而已。那阵子，他和连茂兄弟俩可没少劝堂哥，说了许许多多种树的困难，还摆了很多村里种树种不活的教训，堂哥也好像听进了他们说的话。他心想，听人劝，吃饱饭，等堂哥回到石家庄冷静下来自己好好考虑去吧，他要真能接受亲人们的意见，就该趁早打消回家种树这个念头。

没想到，哥嫂这次把被褥都搬回来了，还公开挑明就是要回来种树的。天爷爷，哥这是要拉开常住的架势呀！张连雄的心里真有点毛了，不是怕招呼不起，是怕堂哥砸在种树这件事上。

“哥，你知不知道万金哥当村书记时候，带我们在北梁上种了十几年树，也没种活的事？”

“知道，万金哥种不活，不等于咱也种不活嘛。”

“种树可是要往里贴钱的，那是个无底洞，你贴不起！”

“咋，怕我跟你借钱呀？你放心，我现在还有积蓄，一时半会儿还求不到你。”

“我不是这个意思。”

“那你啥意思？”

“我就问你一句话。”

“你说。”

“你是不是真想为咱张家场乡亲们办事？”

“是。”

“那就别走种树这座独木桥，我来给你指条阳关道。”张连雄说着用手向外一指，“树木十年不成材，还是挖煤来钱快。你们回来的路上，想必也看见了，从大同到左云，拉煤的大卡车排成了队，一眼看不见个头。别看咱左云荒山荒坡，缺树少草，地底下埋着金疙瘩呢。你就跟煤打交道，先带上家里的亲戚们致了富。等咱都挣上钱，别说种树了，咱自己就成了‘摇钱树’，想给乡亲们办啥事不行。”

张连雄说的，正是2003年时左云的情况。

改革开放几十年来，全国煤炭行业逐渐由“计划”走向“市场”，1983年，为了鼓励煤炭行业发展，国家出台政策鼓励发展乡镇小煤矿，提出要积极发展地方国营煤矿和小煤矿，倡导大中小煤矿并举。

一时间，村村点火，处处冒烟。至1997年年底，我国共有大小矿井6.4万处，其中6.1万处为小矿井，占比接近总数的94%。

左云县也不例外，为了响应国家政策，也办了不少乡镇小煤矿，为促进地方经济发展做出了贡献。

2002年，是煤炭行业一大拐点，被称为“煤炭黄金十年”的开启之年。当年1月，国家取消电煤指导价，煤价完全进入市场化。

在高煤价诱惑下，煤炭行业出现“井喷式”发展，跟上这波发展的不少煤老板，挣得是盆满钵满。鼎盛时期，好多人都在从事与煤炭相关的工作，参股煤矿、倒腾煤炭、跑煤炭运输……一时间，煤炭经济风生水起。在那个时候，有的人甚至不用真正生产煤，只要倒腾煤矿的股权，瞬间也能获利几千万元，甚至上亿元。

张连印回到家乡的2003年，正是“黄金十年”的第二年。张连雄这么说，自有他的道理在。直觉告诉他，种树，肯定赔；弄煤，保险赚。

堂弟的想法，张连印能理解。但他很明白他回来是要做什么的，那是用多少钱也买不去的。可以说，在他的心底已然装进了一个梦：一个青山葱茏、绿水潺潺、鸟语花香的梦。他知道那个梦会很长很长，要走的路会很远很远，也许跟现在的长长车队、滚滚烟尘、堆堆钞票格格不入，甚至可以说是逆流而上。但只要他活着，这个梦就要一直做下去，直到越来越多的人认同他的理念，加入他的队伍，成为“梦之队”的一员。

于是，他笑着对连雄说：“眼前看，也许你的想法有道理，往远看，一定是我的想法有道理。不信，咱可以走着看。”

张连雄气得一跺脚：“哥呀，你那叫一条道走到黑！”

张连印哈哈大笑：“是黑是白自有公论，我说了不算，你说了也不算！”

太阳升起来了。天空呈现出全新的蓝色，朵朵白云在高空飘荡，大地一片金光。热气蒸腾着四散开去，身上也暖洋洋的。

真是个难得的好天气！张连印放下扫帚，舒展双臂，全身心地拥抱着家乡这并不多见的蓝天。会多起来的，一定会多起来的。他在心中许下誓言，胸膛里奔腾起滚滚热浪。

张连印将军回家乡种树的消息很快传了出去，不少煤老板还真就找上门来。他们有的单刀直入，进门就找张将军，说种树是个赔本的买卖，不值得干，并当场甩出话来，说只要将军同意到他们煤企当个挂名顾问，上不上班都没关系，钱的事好商量，拿年薪月薪由将军说了算，开出的薪金数目也相当诱人。有的拐弯抹角，说想请将军出去吃顿饭，被将军拒绝后，才露出要高薪聘请将军给他们当代理商的底牌，并把分成比例和盘托给将军。还有请将军入股的，求将军帮助拿车皮的……各种名目，五花八门，无非都是告诉张将军种树这事不划算，目的还是想借张将军这块牌子助他们发财。

面对各种诱惑，张连印不为所动。他真心希望家乡富裕，也不反对开煤矿，但是，对各种乱采滥伐的行为他却深恶痛绝，对个别贪婪的煤老板也从内心里排斥。

张连印和颜悦色地告诉各路来客："我虽然退休了，但还是军人，得守纪律规矩。参与煤炭经营，违背我的本意，更违反党的政策，我坚决不能干！"

同时，张连印还不忘向来人宣传在左云种树的重要性。他说："大伙可不能光顾了埋头在地底下采，还得想办法在地面上建。咱左云地面上的树和草本来就珍贵，吃不住毛乌素沙漠风沙的侵害，眼下挖煤弄得越来越少，也就越显得珍贵，再不赶快行动起来植树造林，将来受害的还是咱自己。明告诉大家，回张家场，我不是为了挣钱，是为了还人类过度开发和破坏大自然欠下的债而回来的。我知道种树赚不了啥钱，甚至三五年内也难见到啥大效果，但这可是'大买卖'，是造福子孙后代的'大买卖'！"

煤老板们三番五次地吃了闭门羹，慢慢也就不来了。背地里，他们都喊张连印是"不合潮流""不讲情面"的"倔老头"。

眼看堂哥油盐不进，张连雄气得够呛，他不客气地对张连印说："哥你行，够厉害，骨头硬，你能不向钱弯腰，可钱它也不会跟你低头。种树话好说，事难办。真干开了，钱得一股劲哗哗地朝里垫，真闹下亏空了，你从哪找钱去？到时候，坐蜡的是你，不是别人。"

钱，的确是个问题，而且，随着工作一步步展开，钱的问题，成了张连印不得不面对的头号大问题。

一开始，张连印的想法比较简单，也比较乐观。就是自掏腰包买树苗，买回来了就种在荒山上。他向乡亲们保证，一定要用几年的时间，把村里的5000亩荒山荒坡都种上树。

那天，张连印把村里的亲戚朋友都招呼到北梁上，人们有拿铁锹的、有拿测绳的，商量着准备大干一场。可是坐在坡头上仔细一合计，问题就来了。

有人说："你种树至少得有个自己的'窝'吧，总住在连雄家也不是个事。盖房也得用股子钱呢。"

又有人说："别看你是将军，可挣的都是有数的钱，全攒起来也没多少。种树总得雇人，不能叫人家白干，5000亩又不是个小数，连种上几年也不一定能种完。我看几年下来，就算你买得起树苗也付不起工钱。"

还有人说："叫我说，你不如先拿钱搞个苗圃自己育苗，这总比买人家的树苗子再来种树划算。"

大家你一言我一语，说来说去，都离不开个"钱"字。

张连印边听边把大家的议论一条条记下来，皱起眉头思考了一会儿，便合上笔记本，站起身来说："大伙说得有道理，有的建议还很不错，我很受启发。但说得再好听，不干起来就没道理。万事开头难，只要干起来就不难！钱的问题咱一点点解决，我和老伴儿这么多年攒的钱，还足够抵挡一阵子。眼下，我想先这么办：第一，我们老两口先扎下根，简单弄个'窝'；第二，咱再商议商议，有可能的话，就建它个大点的苗圃，为将来大面积植树造林源源不断提供树苗子。至于在哪建，咱们回村以后再好好想想。"

亲戚朋友一看将军的确是要动真格的了，表面上谁也不再提反对意见，可暗地里，却都为他捏着一把汗。

张连印雷厉风行，说干就干。

张家场村南头有一大片荒滩，张连印小的时候，十里河水就从这河滩上过。后来河水改了道，挪向了更南边，村里人都习惯地把那里叫作大河湾。听上去

安营扎寨(清风林教育基地　供图)

这名字蛮有诗意，想象中，应该是个薄雾轻绕、河水荡漾、碧树绿草、宛若仙境的地方。实际上，那里当年却是空旷凄凉、尘土飞扬、寸草不生的荒地。

一眼望不尽的石头沙砾夹杂着废旧垃圾，赤裸暴露，灰面朝天，任风吹沙跑，岁月侵蚀，无人问津。

好处是，这里既不占用耕地，也与村民的宅基地无关。张连印跟村委会协商后，决定把他们老两口的“窝”建在这大河湾的最北端，坐北朝南，面向一大片荒滩。

彼时，将军心中已经有了一幅更大的蓝图，做着更远的盘算。

左云10月的天气已经很冷，昼夜温差大，河滩风又硬，老两口白天一身土，晚上一身霜，和乡亲们一道冒着寒风，突击施工。经过近一个月的苦干，十间平房和一座小院盖起来了，张连印夫妻终于在自己的故乡重新安了家。

平房小院屹立在河滩上，在冬阳飞云的映衬下，显得十分醒目。十间平房从东到西，一溜排开，红顶灰墙，大气简单，与当地农民家的房子毫无二致。长长的青砖小院透着诚意，向所有乡亲敞开了胸怀。

火生起来了，烟冒起来了，多少年可怜兮兮的荒滩顿时有了烟火气。

平房小院既是张连印老两口的家，又是将军绿化治沙的“指挥所”和“大本营”。

人们由衷地向老将军表示祝贺，是他们老两口的到来，让这里从此有了生机。

可将军却无法高兴起来，因为有了“窝”毕竟才走出第一步，更重要更急迫的是怎么才能让“窝”的周围、让张家场全村和周边乡村乃至整个左云县尽快变绿。

2004年年初，张连印制定出了《张家场生态园林村建设总体规划》，在反复调查论证后，他的目标渐渐清晰起来：种树这件事，要想走得远，还真就得有自家的树苗做保障，靠购买、靠支援都不是长久之计。自此，建苗圃基地的事情最终拍板定案。

张连印决定，以妻子王秀兰为法人代表成立连丰种养基地有限公司，拿出他们自己的积蓄，建设苗圃基地，自己培育树苗。

育苗基地就打算建在“大本营”对面的那片荒沙滩上。将军建房之初，已盘算好要让这里首先绿起来，既然要建苗圃基地，这里必然成了首选。

可建基地不同于盖房建院，想动工，必须得经县、乡两级有关部门批准才行。那些日子，张连印穿一身迷彩服，裹着棉军大衣，心急火燎地一趟一趟跑县、乡政府汇报、协调，有时为了赶路顾不上吃饭，就在公交车上啃一口面包、就一口矿泉水充饥。

县、乡工作人员都非常感动，说：“将军，您回去吧，我们尽快办。天这么冷，风沙又大，有啥问题打个电话就行，不用老跑了。”

张连印却急切地笑着说：“还是自己来看看问问才能放心。”

见张将军铁了心要把大河湾那一大片灰眉怵眼的烂沙滩改造为苗圃基地，村里不少人直摇头。

“这老汉有钱没处花了，闹这么块地方种苗子，那得往里贴多少钱?”

“哼，就算整出地来，树也种不活。那破地方，底子就不好。”

“哎，带兵打仗他是把好手，要说种树，他兴许还不如咱老农民哩。”

一时间，各种议论，不绝于耳。

张连印向来不信邪，看准的事，必定强力推进。建基地报告获批后，他立马雇来推土机，推石、填土、整地。顿时，沉寂的河滩上马达轰鸣，机声隆隆，一派繁忙景象。

为能给未来的苗圃基地的苗木迅速浇上水，他和老伴儿带领乡亲们加班加点打了口深水井，还挖出了灌溉渠，修了条简易路；为保障通电，他又多次跑县电力公司批文盖章、协调线路，还自己掏钱买来大功率变压器。经过不懈努力，张连印和乡亲们终于在荒废的河滩上平整出300亩苗木繁育基地。

不过，老两口所有积蓄很快也花光了。

正如张连雄所说，真干开那钱就是哗哗地往里垫，还没开始种树呢，钱罐就见了底。

张连印陷入了窘境。

他首先想到了三个儿女。

于是，他找老伴儿商量，想跟儿女们借点钱。

王秀兰一听就急了："孩子们都挺紧张，可不能轻易跟他们张这个口。你把咱俩的钱砸进去也就算了，万一把孩子们的钱也砸进去，可咋跟他们交代？"

"怎么会砸进去呢？将来树苗种成了，总会有些收益。再说了，你我都有退休金，还怕还不起他们？"

"你平常对孩子们可是够抠的，你要觉得他们能把钱借给你，那这个口你去张，反正我是不想叫孩子们为难。"

"你……"

王秀兰的话，点到了张连印的痛处。

在部队，张连印的"抠"是出了名的。

三个孩子过年，他从来不给压岁钱，给孩子们添新衣服，也是抠来算去，拣最便宜的买。孩子们一说起来就开他的玩笑："我爸是典型的山西老抠！"

张晓斌清楚地记得，当年跟着妈妈随军到部队后，经常的感觉就是饿，因为爸爸从来没给他和妹妹们买过零食，正长身体的他总感觉吃不饱。张晓斌那时想不通，为什么部队附近村里的人家整天都吃两顿饭？因为妈妈在离驻地不远的齐村中学教书，晓斌和两个妹妹自然也随村里人吃两顿。妈妈每天给张晓斌蒸好了包子，放在学校的传达室里，请校工师傅在炉边烤着，包子有时是红面酸菜萝卜馅的，有时是白面肉菜馅的。念小学的张晓斌每天下午放学的第一件事，就是撒开腿往妈妈教课的中学传达室跑，为的是快快吃上妈妈给他留的烤包子。

在女儿张晓梅的记忆里，爸爸对她很少娇惯。有一次朋友来她家玩，她翻出了家庭相册，本来是想跟朋友分享自己小时候可爱的样子，没想到朋友的注意力却被她当时的穿着给困惑住了，朋友惊讶地问："晓梅，你家条件不是挺好的吗？你怎么穿成这样？破破烂烂的，还不如我小时候呢。"

那年，正在洛阳上大学的张晓梅放寒假了，她预先给已是师长的爸爸打电话，告诉了她要回家的消息。"爸，这两天学校放假了，我买了火车票，后天上午到忻州。”“好啊，路上注意安全。”电话那边传来父亲高兴的声音。

火车哐当哐当向北疾驶，车窗外的景色飞速掠过，眼看快要到家了，张晓梅的心跳似乎也在加快：爸爸会来接我吗？就算他忙，也会派个人来吧？爸爸当团长的时候我就没有坐过军车，现在当师长了，能不能给我个惊喜，风风光光地坐着军车回家属院呢？虽然她知道这不是父亲的风格，但心里仍旧充满期待。

张晓梅拎着大箱子，快速出了站。环顾四周，一个熟悉的身影也没看到。出站的人陆续走光了，她还是没等来父亲的车，虽然早有心理准备，但失望还是涌上心头。

她的脚步慢了下来，只好一个人拖着大箱子，找了辆连棚子都没有的“蹦蹦车”，窝在了车座上。看着油漆脱落、沾满泥土、凹凸不平的车斗，吹着刺骨的寒风，一路上连颠带晃，沙尘扑面，作为师长女儿的优越感一下子就没有了。

“师傅，停在这里就可以了！”离大院门口还有200米，晓梅就慌忙下了车。她把大衣的领子竖起来，一手抓起领子捂着脸，一手拖着箱子，边想着千万别让人认出来，边快步往家走。

见到父亲，晓梅抱怨道：“堂堂师长的女儿，回趟家都这么狼狈。”张连印说：“哎呀，当年我自己每次回老家，下了公共汽车还要步行一个小时才能到地方，带给老人们的米面粮油都是一路肩扛手提。你现在还能找到一辆三轮车，已经很不错了。再说了，回家路上虽然辛苦了点，但对你也是一种锻炼嘛。”

小女儿张晓花对小时候的记忆，则是一根根铅笔头。她上小学那个年代，铅笔还是非常宝贝的文具，晓花也不例外。可她想得到一支崭新的铅笔只能用“奢望”来形容，在学校里，晓花的铅笔总会用到短得没法削。有一天，张连印的战友来家中，恰好看到晓花用一支抓都不好抓的铅笔头在写作业，便哭笑不得地对张连印说：“您好歹也是大首长了，自己家闺女还用铅笔头写作业，您就不觉得心疼吗？”张连印却说：“还能用，还能用。”

2003年，张连印退休前，张晓花要出嫁了。

之前，儿子和大女儿结婚，张连印的做法都是一切从简，只是全家和亲家一家人坐在一起吃个饭，不请司仪，也不办婚宴。张连印给出的理由是：一方面，他是领导干部应该带头移风易俗，不大操大办；另一方面，也防止有人借机送钱送物，索性来个退避三舍，干净清静，还省去许多麻烦。

这一次，所有人都想着张连印马上就要退休了，又是小女儿出嫁，应该办一场体面的婚宴了。张晓花心里也充满期待。可当她满心欢喜向父母表露出办婚宴的想法时，却被父亲一口拒绝了。

张连印告诉小女儿，虽然现在大家的生活条件比以前好多了，但老家的乡亲们生活并不富裕，咱大张旗鼓办婚宴，不能不请老家的人，来了就要随礼金，这不是增加他们的负担吗？要是我们能把办婚宴的钱省下来帮助乡亲们，那不是一举两得的好事吗？

王秀兰虽然心疼小女儿，但上边两个孩子都是婚事简办，做父母的总得一碗水端平，自然也站到了张连印这一边。

晓花想想爸妈的话有道理，也就不再坚持。

对孩子们抠，对老伴儿王秀兰，张连印也抠。

1993年，张连印当师长的时候，单位组织军人、军嫂去广州、深圳等地参观学习。接待单位非常热情，给张连印夫妻俩在市中心的大酒店订了一个大套房。张连印一听说这家酒店是当地的豪华酒店，价格很贵，就婉言谢绝了。随行工作人员考虑到王秀兰刚到南方，水土不服，一直闹肚子，小旅馆里住宿人员杂、卫生条件也比较差，便就近找了家酒店，开了个标间，仅有一张大床带一个简陋的卫生间。即使这样，张连印也不情愿住进去。王秀兰清楚地记得，那天晚上，张连印就像害了牙疼病，嘴里哼哼着不住念叨，咱们大老远出来，随便找个能住的小旅馆、有张床睡就行了，用不着那么讲究，没必要多花冤枉钱，多好的房，它里边也只不过放一张床嘛。

张连印对家人抠，对自己则更抠。他的衬衣衬裤烂点洞的、袖口领口毛了边的总舍不得扔，缝缝洗洗再穿上。多少年前的军被，退休前还在用着。官兵们都知道，首长常爱吃的菜，就是老三样：白菜、豆腐加上辣子土豆丝。

可是，张连印对家乡的父老乡亲却从来都很大方。

20世纪80年代初，特别是1983年以前，中国北方农村日子着实难过，张家场村的老乡们也不例外，遇上连年干旱，老百姓有时穷得真吃不上饭。

自打当兵离开家乡后，张连印和村里的乡亲们总保持联系，王秀兰与娘家人的联系也一直没断。特别是张连印当上团长后，经常会有两边的乡亲们来找他们两口子请求接济。有找他们借粮的，也有找他们帮忙联系看病的。当时，老乡们都穿着自制的羊皮袄，被门岗的官兵们戏称为“皮袄队”。久而久之，只要是老家有人来找张连印，门岗的哨兵都会说：“看，‘皮袄队’又来了。”

当时，张连印一家五口人，每月只供应少量的白面，不够孩子们吃，加上经常接济老家的乡亲们，自己家的粮食总是紧张，还得买议价的玉米面来补足。王秀兰时不时地把高粱面跟玉茭面和在一起，做成面条给孩子们吃，面条下到锅里，捞出来常常就成了糊糊。

在家属院里，张连印家是最穷的。每次休假回老家，都会带一些钱、粮食、衣服接济乡亲们，往往是回家一次，两边的亲戚家一转，省吃俭用攒下的钱很快都会用完。

有一次回乡探亲，张连印两口子带着孩子们上姥姥家。因去得匆忙，加上那时的通信联络方式又很落后，没法提前告知老人家。等他们一大家子进了姥姥家门时，姥姥有点措手不及，慌里慌张让张连印两口子和晚辈们炕上地下的坐好后，就匆匆出门了。他们左等不回来右等不回来，过了好一会儿，才见姥姥拎着个小布袋进了院子。王秀兰连忙上前去问：“妈，您上哪去了？都快把我们急死了。”姥姥笑眯眯地举了举小布袋说：“咱家缸里没小米了，晓斌晓梅爱喝粥，我找了好几家，才借到这一点，等会儿给孩子们熬粥喝。”王秀兰一听，眼泪登时就下来了。

过往的这些事情，老伴儿和孩子们或调侃或嗔怨地向张连印表露过，他心里也清楚，在很多事上他的确都亏欠着老伴儿和孩子们。

可张连印总认为，人就应该是苦出来，而不应该是甜出来。让孩子们多尝尝苦的滋味，将来走向社会才能成个气候，才能向好向上，这才是对孩子们最负责任的爱。如果从这个意义上讲他抠，他愿意承认。睡不着的时候，他也会想：这么多年，自己其实是把对家人的爱，摆在了一个“严”字上；而把对家乡父老的亲，放在了一个“舍”字上。

现在，他还想“舍”，可就是拿不准孩子们能不能理解他，会不会和他站在一起“舍”？

张连印慢慢拿起手机，手指犹豫着在号码键上转来转去，几次欲拨又几次收回，三个孩子的手机号码他倒背如流，轻松就能打通，但此时的手指头却似被什么东西扯住，无论如何也摁不下去。

他想：老伴儿说得对，三个孩子都不富裕，都是靠工资吃饭的工薪族，儿子、大女儿的孩子都还小，上幼儿园、上小学、上特长班，都需要钱。小女儿刚刚结婚，家庭建设也得靠钱添置。这时候，本该他这当爷爷、姥爷的给孩子们支援，却反过来向孩子们伸手，这不是本末倒置吗？

再一想，困难都是暂时的，种树是件大事，是他对家乡父老的重大承诺，缺钱的坎必须过，种树的事，也必须硬起头皮来往前走。既然孩子们已经同意他回家乡植树造林，总不能眼睁睁看着老爸还没冲锋就困在弹尽粮绝的堑壕里吧？

又一想，就算孩子们能理解，也愿意支持，可就是手里没钱，那该怎么办？总不能逼着孩子们去借高利贷呀？

张连印思来想去，牙一咬，不想那么多了。常言道，宁碰了别误了，不管是碰个硬钉子还是软钉子，为了种树，我这张老脸豁出去了，在孩子们面前要钱弯腰不丢人！

想到此，他千斤重的手指终于落在了键盘上。

张晓斌接到电话的第一反应，就是老爷子现在坐在火焰山上了，不然就他那犟脾气，且得绷着劲呢，轻易不会撂下面子来求儿女。直觉告诉他，电话那头的爸爸这几天肯定吃不香、睡不着，满地转圈圈呢。

虽然当时他并不同意爸爸一意孤行回老家种树，还积极动员爸爸就近到河北省平山县去植树造林，因为平山离石家庄很近，又是革命老区，那儿的县领导听说将军退休后有绿化荒山的打算后，非常欢迎老爷子去。从私心上讲，他是真希望老爸把种树的根扎在平山，因为他也在石家庄工作，照顾两位老人会很方便。怎奈老爸心心念念就是要回馈家乡，让千里之外的塞上荒山变绿，他也只能顺其自然。

他知道爸爸这一去，是决不会回头的。这就如同打仗，作战前大家可以各抒己见，充分表达意见，一旦首长下定决心，这仗就非打不可。战场无亚军，打则必须胜。父母在前边打头阵，做儿女的就必须当好后勤兵，不管有多大怨言，多少委屈，多少不乐意，勒紧裤腰带，也得支援前线，拼了命也得让老两口把山头攻下来。

晚上，妻子符青梅回到家后，张晓斌把爸爸电话求援的事以及自己的想法跟妻子说了一遍，青梅沉吟半晌没有表态。

符青梅也是军人，在部队医院工作。

青梅的爸爸老符跟青梅的公公张连印是老战友，一个车皮到的部队。老符是个耿直人，战友们有时会开玩笑说，老符姓符（雁北一带都把符读作副），却从没在部队干过副职。正排正连到正营，官正人也正。俩孩子在部队也算是青梅竹马。

后来老符转业回到地方，跟张连印成了儿女亲家，老符一再嘱咐青梅，你张叔一家都是好人，你可一定要做张家的好儿媳。青梅的脾气像她爸，轻易不说话，说出来唾沫星子砸在地上也得砸个坑。

听了晓斌转述公公的意思，青梅很为难，虽说她在外是个军人，回到家就是个家庭主妇，柴米油盐，锅碗瓢盆，哪一样操心不到也不行。夫妻俩省吃俭用，满共才攒了十万多元钱。老公公那头既然把话说出来，肯定是急需，给少了显然又不管用，给多了吧，万一自己家里遇到点啥事，也不能没个应急的。

想到此，符青梅跟丈夫说："我记得咱们也就十万多一点的积蓄。这么着吧，咱把存折上的钱数对一对，把零头留下备个急，凑个十万整数给爸爸，你看行不行?"

张晓斌盯着妻子看了半天，想说什么却又不知从何说起，他走上前去把妻子轻轻搂在怀里，泪水在眼圈里一个劲地打转。

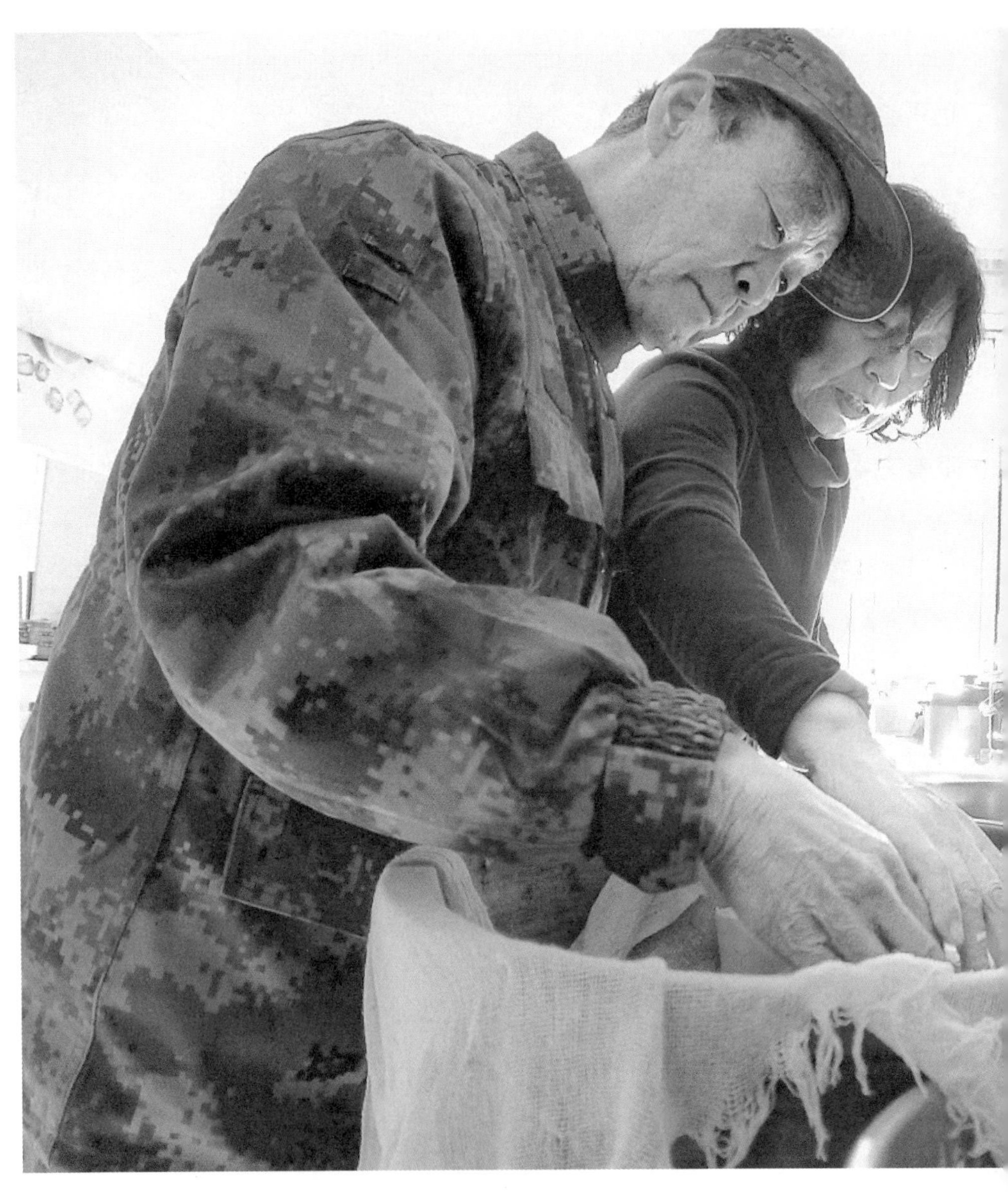

和老伴儿一起给植树队员做饭(丁美宁　摄)

王致和
韭花酱

张晓梅在和爸爸通话过程中，就能明显听出爸爸那似乎平静的声音背后潜藏着一份巨大的焦虑。她极力安慰爸爸："爸，您千万别着急，我们一定会想办法。您和我妈当务之急是保重好身体，剩下的交给我们。"

说虽这么说，此刻的她，兜里是真没几个钱了。因为她和丈夫节衣缩食、东挪西借，刚刚凑够钱买了套新房，钥匙才拿到手还没装修呢，就接到了爸爸的求援电话，她一时也不知该咋办了。心里不住念叨着："不管怎么样，也得管爸爸；不管怎么样，也得管爸爸……"

放下电话，她迅速找到丈夫，开口就说："我跟你说啊，爸这个忙咱们必须帮，砸锅卖铁也得帮。要不然爸爸那头非急出病来不可，到时候咱们谁也负不起这个责！"

丈夫看着她心急火燎的样子，不由得笑了："我说不帮了吗？关键是咱们拿啥帮啊，我又不是魔术师，上哪给你变钱去？"

"那你也得想办法。"

"我也没说不想，你先坐下来，咱们好好商量商量。"

两口子商量来商量去，唯一的办法就是用新房做抵押，贷出款来支援老爸。可真要这么做时，张晓梅又犹豫了。她对丈夫说："你说我爸也真是的，他回家种树，连村里人都不看好，没几天，就把他老两口多年的积蓄都搭进去了。这要再把咱抵押贷款的钱搭进去，你说咱可咋办？"

"能咋办？把房交给银行呗。"

"那咱住哪儿？"

"各住各的单位宿舍。"

"你别开玩笑，我跟你说正经的呢。我们小时候，爸爸总给我们讲他'吃百家饭、穿百家衣'长大的事。回老家种树，报答老家的人，是他退休以后最大的心愿，咱们必须得帮他实现。爸爸做的是好事善事，没有不成功的道理，老天也会保佑他的。"

"那你还犹豫啥？咱这就去办手续呗。"

"对，不犹豫啦，走！"

最终，张晓梅和丈夫将新房抵押贷款二十万元，交给了父亲。

张晓花拿着刚到手的三万元转业费，加上订婚时公婆给的两万元正准备跟丈夫出去旅游，就接到了爸爸的电话。

张晓花这下为难了。她和哥哥、姐姐一样，都尊重父亲的意见，结婚没有办婚宴，她跟新婚丈夫早已商量好补办一次旅行结婚来代替婚宴。

为了这次旅行结婚，他俩已准备了好长时间，说好了等转业费一到手就出发，而且周围的亲朋好友也都知道了她和丈夫要旅行结婚的事，机票也早都订好了，可爸爸一个电话打乱了她原来的计划。

“亲爱的，这可怎么办哪?”

“晓花，我听你的，你说怎么办我就怎么办。”

“要不，咱们这次就别出去啦，以后有机会再说，把这五万元钱省下来给爸爸，好不好?”

“这……咱们钱本来就不多，给了爸爸也是杯水车薪，恐怕也解决不了啥大问题。”

“能解决一点是一点。爸爸遇到困难了，我们总不能一点表示都没有吧? 谁让我是他的女儿呢。”

“嗯……好吧，那就听你的。”

张晓花和丈夫退掉了旅行的机票，把五万元钱交给了父亲。

张连印收到了孩子们前后转来的钱，心中五味杂陈，说不出是个啥滋味，他颤抖着嘴唇对老伴儿说:“哪个都是我的好孩子，哪个都是我的好孩子……”

与此同时，张连印还以一个退休老兵的身份，向河北省军区党委郑重其事地写了报告，汇报了自己在家乡植树造林的开展情况和遇到的困难，河北省军区有关领导非常重视。

经河北省军区党委研究决定，从物力和财力上对老将军给予了一定的支持。

组织上的支持关怀和孩子们的倾囊相助，让张连印感到十分温暖，十分欣慰，更加坚定了他扎根故乡、绿化荒山的决心。

这年春节，全家人坐在一起吃团圆饭。几个儿女举杯要向父母敬酒。

张连印却站起身来说："今年咱这规矩变一变，我代表你妈先给你们敬酒。爸爸这辈子亏欠着你们，你们哪个出生，我都不在身边；你们结婚，我也都没为你们举办过婚宴……树是我要种的，没想到，这么快就遇到了困难。关键时刻，你们都毫不犹豫地支援了我们……你们是我的好儿女，爸爸为你们骄傲……"

将军说着说着，不由得哽咽了，他眼里噙着泪花，端起酒杯一饮而尽……

这是歉意的酒、深情的酒、阖家幸福的酒，也是将军自我加压、再鼓干劲的酒！

四十多年的军旅生涯，炼就了我不服输的性格。

植绿

ZHILÜ

冒雪搬运树苗（刘松峰　摄）

2004年春天，开阔平整的大河湾前。

张家场苗圃基地的百亩土地渐渐从冬眠中苏醒，蒸腾出春的热气，氤氲着，弥漫着，静待一个具有里程碑意义的时刻到来。

凛冽的寒流仍旧翻滚着，不时向这片土地袭来，暴怒的狂风也嘶吼着，日夜从这片土地上扫过，似乎想强行压制这片土地的喜悦。但是，土地是欢喜的、沉稳的、不动声色的，因为它已经听出了那寒流的哀鸣和狂风的颤抖，因为它知道，有一位将军将从这里开始，率领他的队伍，向着寒流和狂风宣战。从此，在这绵延不绝的长城脚下，在这苍凉雄阔的塞上高原，一场波澜壮阔的绿化之战将擂响惊天战鼓，寒流和狂风的“好”日子快到头了。

这年清明节一过，张连印和老伴儿王秀兰顶着刺骨寒风，迎着扑面狂沙，率领他的一众人马，肩扛铁锹镐头，载着成捆树苗，踏着漫卷的风烟，走上植树造林的战场。

张连印身着迷彩作训服，脚蹬迷彩解放鞋，迷彩帽帽檐下，紫红色的脸膛被阳光一照，泛着雄健的光泽，一双眼睛明亮而坚定，棱角分明的嘴唇边，两个嘴角向下紧绷，他的神色坚毅而自信，让人不由得就会相信他，跟着他。

他迈开大步，走上滩头，挥起铁锹向下插去，锋利的锹刃在刺眼的阳光下闪着光亮，插进地里。

张连印放开喉咙，做起了简短的战前动员。

“乡亲们，从现在起，咱们种树这场仗就正式打响啦！任务是，把1万棵树苗尽快栽到地里，时令不等人，必须抓紧干，从清明到五一，最多一个月，这是咱左云种树的黄金时间。我保证，冲在前头，干在前头，决不后退，决不偷懒。咱们拧成一股绳，憋成一股劲，用最快的速度、最好的质量，把这块硬骨头啃下来。大家有没有信心！”

“有！”

“没说的！”

“我们跟着你，你叫咋干我们就咋干！”

乡亲们的回答不像战士们那样整齐洪亮，但也充满了豪气。

张连印对这第一仗，信心满怀，充满期待。

左云种树的时节，也正是起风的时候。

2004年的大风来得异常频繁，刮得特别猛烈，看着是晴天，院里突然就起了风，肆虐的狂风“呼”地一下子就能把房顶的砖瓦掀起来。

人一出门，就像埋在沙子里，耳朵、鼻子里都是沙子。嘴唇干裂流血，肿起很高，脸上也会冻得青一块紫一块。

曾经指挥千军万马的张连印，此时此刻又成了普通一兵。他和老伴儿每天早上5点钟就从炕上爬起来，和乡亲们一起运树苗种树苗，不管风吹日晒，风雨无阻。

河滩上的红胶泥铲起来很费劲儿，黏在锹上抠都抠不下来。干不了多一会儿，便汗流浃背，冷风一吹，又冰冷地贴在身上，丝丝凉气直往骨头缝里钻。张连印全然不顾，始终和乡亲们一起挖坑、埋苗、浇水，奋战在第一线，干得热火朝天。

干到兴头上，他还会高歌一曲，给大家鼓劲加油：

> 解放区呀么，嗬嗨！
> 大生产呀么，嗬嗨！
> 军队和人民，西里里里
> 嚓啦啦啦嗦罗罗罗呔
> 齐动员呀么，嗬嗨！
> ……

乡亲们一个劲地给他鼓掌。

年轻人也竖起大拇指说：“光听老人们说，将军小时候唱歌就唱得好，这回一听，还真是不赖！”

老两口的午饭、晚饭跟大伙一样，都是在地里凑合吃的。从“大本营”厨房里蒸出来的热馒头，装在笸箩里，盖上棉苫布，运到地头上，刚掀开时还冒着热气，一会儿工夫就冻得冰凉，想泡包方便面，刚倒上开水，几分钟也就成了凉水，就这，老两口也照吃不误。有时，热米汤装在保温桶里送上来，老两口才能就上点热汤，嚼着冷馒头，啃着老咸菜，吃几口稍热乎的饭。

最要紧的，是运上来的树苗必须当天栽完，当天浇水，不然过上一夜很多就会干死。老两口便和乡亲们一起，顶着月亮，披着寒风，给树苗浇水，不浇完不浇透，决不回家。天黑路滑，经常是鞋也湿，衣裳也湿，满身弄成个泥蛋蛋。

有的乡亲跟将军打趣道："你一个将军，闹得和老农民一样。天天就这身烂衣服，起树苗，抱树苗，浇树苗的，比我们都能吃苦。这会儿要是来个生人，说你是将军，怕人家谁也不相信，还说我们是哄人家呢。"

张连印张开肿胀干裂的嘴唇笑笑说："信不信我是将军无所谓，信我是个老兵就行，咱解放军，将军士兵一个样，都是人民子弟兵。"

夜里回到家，老两口在灯光下，相互看着对方冻得几乎变了形的脸，也禁不住开起了玩笑。

老伴儿说："看你，都黑成个灶王爷了。"

将军说："那你就是灶王奶奶。"

老伴儿说："灶王奶奶太黑了，我顶多也就是个土地奶奶。"

将军说："行，那我就是土地爷呗。"

老伴儿说："算啦，我看这俩爷爷俩奶奶都好不到哪去。"

不知怎么的，这玩笑将军说啥也开不下去了。

他久久端详着老伴儿，缓缓伸出手去，轻轻摸了摸她冻得粗糙绽皮的双颊，又小心翼翼地碰了碰她裂开几道口子、渗着血丝的嘴，接着，捧起她那双红肿皴裂、指头缝和指甲盖里塞满黑泥的手，心疼地说："秀兰，跟上我，你是操不完的心，受不完的罪呀。"

"行啦，我受罪，你也没享福。看看你那脸和手吧，比我也好不到哪去。咱俩是半斤对八两，都是操心的命。要是种下去的树苗，都能好好活，咱们遭这个罪，也值啦。"

踏雪护苗(刘松峰　摄)

“它们为啥不好好活？就凭咱们操的心、遭的罪，它们也得好好活，不然可对不起它们的土地爷爷、土地奶奶！”

这1万棵树苗，在张连印心中就像1万株珊瑚，棵棵都是宝贝。那些日子，他和老伴儿没事就到地里转一转，给树苗浇浇水、踩踩土、围围圈，精心呵护照顾，白天黑夜地盼着它们能壮壮实实、快快长大。

春天渐渐走远，夏天慢慢来到，太阳照在人身上，暖洋洋的，风扑在脸上，也是热乎乎的，该是树苗们伸胳膊蹿高的时候了。

满以为万无一失，就等着见绿了，可张连印却突然傻了眼。

他怎么也没有想到，自己等来的竟会是这样一幅场景。

抬眼望去，辛辛苦苦种下的1万株树苗没剩几棵，大面积打了蔫。后来紧急补种的6000株树苗也都全军覆没。树苗的尸首成千上万，躺在百亩河滩上，在风的呼啸里战栗呜咽，令人痛惜。

那天，他站在十里河边，双手攥着一棵枝叶枯萎、皴裂扎手的树苗，心如刀割。

他的眼中布满血丝，紫红色的脸膛上，铺满了愁云。

所有的希望和期盼，顷刻间化为乌有，他强忍住泪水往肚子里咽了又咽。他不明白，这些苗子为啥就不好好活？为啥要辜负他们老两口和乡亲们付出的滴滴血汗？

这个曾经指挥千军万马的将军，这个从不信邪的老兵，不得不承认，这一仗他败了，败得很惨。

“哥，我咋跟你说的，咱这地方根本就种不活树，你还不信，非要硬着头皮干，还说我扰乱军心，扯大家后腿，咋？你睁开眼好好看看，这回没话说了吧？哥呀，听兄弟一句劝，赶快收手吧，现在打道回府还不晚。”张连雄看着堂哥发愁的样子，又心疼又生气，“噔噔噔噔”，上来就是一通连珠炮。

“连印，种树这好事，我也早就想干，我和你一样，也是想为大家办点好事，可是折腾了十几年也没闹下个样，为啥？难，太难了。我问过懂行的，人家说，咱这地方是北方荒漠化土地的集中分布区，种树比登天还难。我看你还是想法干点别的吧。这么种下去，闹不好就是血本无归。”比张连印大几岁的好朋友胡万金也来好言相劝。

一连好几天，张连印吃不下，睡不着，眼角红肿干涩，嘴角也生出了口疮。有时，他坐在外屋的旧沙发上，一声不吭地大口喝水。有时，躺在里屋的土炕上，大睁两眼，直愣愣盯着天花板。

王秀兰知道，这种时候，是张连印心里最煎熬的时候。他的内心在挣扎，他在寻找突破点。

所以，她不去打扰老头，也不向他发任何牢骚，除了给他买来消炎下火的药，让他按时服下或抹上，再就是默默地陪伴着他，给他做最爱吃的豆腐白菜土豆丝，再熬上热粥，馏上馍馍，煮上鸡蛋。

不管老头吃多吃少，她都认可，吃完了就收拾起碗筷，拿到伙房去洗了。

最多时，她就守在老头身边，抓着他的手不说话，顶多轻轻拍拍他的手背，再补上几句：“别着急，也别上火，身体是最重要的，身体垮了，想干啥也干不成了。”

王秀兰相信老头，相信他会拿出主意来。她心中暗想，这回，无论老头子做出什么决定，她都支持，决不再提反对意见。

那几天，张连印的内心确实无法平静，翻江倒海，五味杂陈，想了很多很多。

夏日炎炎，大地像蒸笼一样，热得人透不过气来。这天，张连印信步来到十里河滩，拣起一根根干枯的树苗，抖落根须上的小土块借着阳光仔细查看，试图从细微处寻找树苗为何枯死的蛛丝马迹，看来看去也看不出啥名堂，只得蹲在死去的苗木旁望着远处发呆。

滚烫的热风阵阵吹来，让他的心更加烦躁。汗水顺着紫红色的脸膛流下来，也没心思去擦。他眯起眼睛抬头望一眼火辣辣的太阳，低下头来拍拍脑门，皱起眉头陷入苦思冥想：“难道这种树真比训练打仗还难？”

他为自己的首战惨败恼火，他为自己的过分自信自责。

虽然，他还没想清楚下一步该怎么办，但他坚信自己决不会轻易退缩。

是的，硬骨头张连印决不会就此退缩。

他想起了爷爷临终前说过的话："平安，你要……记住爷爷说的话，再难活……也得往前走，肚子里……要长硬骨头！不管……遇到啥事，你也要……扛住！"

他想起了当年砍柴时掉进圪针窝里，身上火辣辣钻心地疼，他忍痛拔出刺来，坚持把柴火背回家中……

他想起了十五岁时，跟伙伴们到公社交公粮，走跳板时，背上压着的那200斤重的大麻袋……

他更多地想起了四十年军旅生涯中的火热战斗生活。

1964年，拉运新兵的闷罐车从大同出发，翻越太行山进入冀中平原，张连印和雁北十三县的新兵们走进了绿色军营。

新战士到部队就接受光荣传统教育。

当张连印得知自己所在部队参加过抗日战争、解放战争，在抗美援朝、保家卫国战争中立下过赫赫战功时，心情无比激动。他为自己能成为这支英雄部队的一员感到非常自豪。

在新兵连，张连印练军姿，拔正步，学射击，不怕吃苦，勇于争先，很快脱颖而出，所有的训练科目成绩都拔尖。

下连队后，张连印被分到了营部侦察班。因为他有一定文化基础，又肯动脑子，摸爬滚打，越野攀登，跑步冲刺收放线，样样在前，迅速成为训练尖子；还当上了教歌员，编出了反映部队生活的小节目。当年就被评为"五好"战士，第二年入党，第三年提干当了排长，成为部队学毛主席著作、学雷锋积极分子。

1967年，张连印被任命为榴炮二连副连长，并在北京受到了毛主席的亲切接见。他下定决心，要永远听毛主席的话，永远为人民服务，永远做党的忠诚战士。

张连印担任团长后，为锻炼部队"走、打、吃、住、藏"的本领和顽强战斗作风，组织全团官兵开展了徒步急行军长途野营拉练。

时值初冬，他带着部队，翻山越岭，穿插急进。

突然，眼前一条宽阔的河流挡住了去路，河面上只有一座小桥，因年久失修，小桥已破烂不堪，难以承受大部队过河。雾汽蒸腾的河面有数十米宽，薄薄的冰面下隐约可见水流湍急。

张连印二话不说，“扑通”一声跳进冰冷的河水，带头蹚出一条过河路线。在张连印的带领下，官兵们不惧寒冷，奋勇前进，深一脚，浅一脚地蹚过了这条冰冷刺骨的河流，出色地完成了演训任务。

不久，上级为炮团换装了一批先进的榴弹炮，为啃下这批新装备，张连印组织专业骨干手把手地教，一对一地带。带领全团官兵以最快速度熟练掌握了新装备，战斗力水平得到了明显提升，炮兵团也成了全军响当当的“铁拳头”。

张连印担任师长后，在师党委全会上，提出了“拉得出、开得动、打得赢”的目标，率领全师开始了逐步走向信息化道路的探索，他集中精兵强将，从难从严，从实战出发，抓住重点，刻苦攻关，历经数次坎坷挫折，终于在事关部队作战训练的某项关键技术上取得重要突破，并在上级组织的某次跨区域重大军事演习中，向与会代表和参演部队展示了这项信息化作战课题的研究成果，受到了总部军区领导和观摩代表的一致好评。

回顾过往的战斗岁月，张连印的心久久不能平静。

植树造林的战斗刚刚打响，大仗还在后头。虽然第一仗损失惨重，但他没有任何理由退缩，必须把失败的原因找出来，败也得败个明白！

毛主席早就说过：“这个军队具有一往无前的精神，它要压倒一切敌人，而决不被敌人所屈服。”

他就不信，张家场这块地方种不活树。他就不信，这种树还能难过“信息化课题研究”？

当年，他蹚的是准备打仗的冰河，今天，他还要蹚过这绿化荒山的“冰河”！

张连印大步流星走回“指挥所”，刚一进院，就高声喊道：“老伴儿，今天中午我想喝口酒，你给我加盘炒鸡蛋。”

“行啊。”屋里的王秀兰干脆地回答一声，一掀门帘来到门外，笑着问，“怎么？想通啦？”

张连印点点头：“进屋说。”

张连印坐在屋里的旧沙发上，接过王秀兰递过的一大杯凉白开，“咚咚咚”喝了几大口，抹抹嘴说：“想通啦。不过，我还是想先听听你的意见。”

王秀兰笑笑：“我的意见有那么重要？”

张连印认真点点头：“当然。”

王秀兰顿了一下，说道：“你要真想听，那我的意见就是……种树这事咱先缓缓。”

张连印有点着急：“你啥意思，想打退堂鼓？”

王秀兰说：“不是打退堂鼓，是先退退烧。”

张连印不解地说：“老伴儿，这冲锋号刚刚吹响，正是该上刺刀向前冲的时候，咱可千万不能放弃阵地呀。”

王秀兰轻轻拍拍茶几面：“你听我把话说完。这树咱再不能像以前那样光凭一腔热血，一把子力气，不管不顾地楞种啦。再这样下去，孩子们的钱，还有方方面面给咱的支持帮助还真可能又打了水漂。”

张连印点点头：“嗯，老伴儿，你这话说得没错。这些天，我也在不断反思，以前，是我把问题看得太简单了。现在看来，要想在张家场种活树，还真不是件容易的事。”

王秀兰道：“对，光有热情不够，还得有经验，懂技术。”

张连印同意道：“这就像打仗，有勇有谋才能获胜。”

王秀兰问：“那你打算怎么办？”

张连印思考片刻：“咱不打无准备之仗。从现在起，我要当个小学生。走出去，请进来，拜师学艺。只要能学到真本事，找到好办法，得到新技术，走再远的路我也不怕，什么也拦不住我。种树这场仗，我一定要打赢！”

张连印装了半麻袋河滩上的沙土，登上长途大巴，马不停蹄，前往省城太原。

那时，从大同到太原的高速路还没修好，火车也得走大半天。为了携带东西方便，张连印取道公路走省道二一一线，翻越雁门关十八盘奔向忻州直插太原。路过忻州，他顾不上去看看老部队；到了太原，也没跟转业到省城的老战友打招呼。下了车，就往山西省林业厅方向赶。

他要找的人，是山西省林业厅治沙办科长桑金海。

桑金海是全省知名的治沙专家，几乎跑遍三晋大地，对雁北地区的土壤土质情况很了解，对荒漠化土地上如何植树造林，也有很多独到见解和处理方案，曾陪同林业厅领导多次去全国闻名的绿化先进单位右玉县检查指导荒山绿化工作。

张连印来到桑金海办公室，得知他还在外地开会，一两天才能回来。他只得在林业厅附近找了家小旅馆住下，每天在就近的小饭店要碗刀削面，就把一顿饭打发了。

这天，他听说桑金海回来了，急忙又去办公室找。工作人员告诉他，桑科长正在跟领导汇报工作，张连印只好坐在办公室里等。

过了好一会儿，桑科长才推门进来。

张连印急忙站起身来，把县里植树造林办开的介绍信和自己的军官退休证拿出来，递给桑金海。

桑金海看着张连印的证件，愣了好半天。他怎么也没办法把眼前这个其貌不扬、背着半袋沙土来找他的老汉，和曾经统领过千军万马的将军对上号。

这落差也太大了吧？要是不看证件，他肯定会把这位满脸黑乎乎、浑身灰乎乎的老汉当成是老农民或来城里打工的农民工的。

他的心里不由得有些感动，看得出来这位将军没少受苦，应该是个脚踏实地、真心实意为家乡做事的好人。

桑金海连忙请将军坐下，并给他沏了一杯喷香的清茶。

夫妻共学造林知识（刘松峰　摄）

张连印边表示谢意边接过茶杯来喝了两口，接着，便开门见山：“桑科长，种树我是个外行。头一次干，就吃了败仗，当头打了我狠狠一闷棒，对我来说，这是个很大的教训。种树没有科学指导是真不行呀。听我们市里、县里同志介绍，你在这方面是专家，是权威，我就是奔你来的。我们张家场太需要树啦，乡亲们受风沙的害也受得太多啦。拜托你无论如何也要帮助我们解决这个难题，让张家场的树活下来，让我们那里尽快地绿起来。要不然，我这个从张家场出去又回到家乡的老兵，到死也闭不上这个眼睛……”

桑金海这回是被彻底感动了，看来，他起初的判断没错，将军是个好人，但更是个敞亮的人、高尚的人，是个心底有大爱的人。他深深被将军扑面而来的诚意和急切盼望得到帮助的心情所震撼，他由衷为将军对家乡父老乡亲那份浓浓的感情所打动。他答应将军尽快给出沙土的化验结果，并帮他找到解决办法。

很快，化验结果出来了。张家场大河湾的土质具有明显北方荒漠化沙土地特征，想把树种活、种好确实很难。

张连印听了有些着急：“这么说，真就没办法啦？”

桑金海安慰道：“您别急，我先把张家场种树为啥难的原因给您分析清楚，以后种起树来，您心里就会明明白白的，出了啥问题也就能对症解决了。”

张连印赶忙掏出小本子来：“好好好，你讲，我仔细听。”

桑金海拿出一份全国荒漠化地区分布图，一边指一边告诉张连印：“应该说，张家场村周边地区治沙难有三个原因。第一个是沙化土地极易形成沙尘天气，你看这儿，咱们国家内陆部分，有沙尘天气的省份地域辽阔，不是一朝一夕能治理好的。特别是2000年，西北、华北多地发生的沙尘暴，造成了大量肥沃土地流失、沙丘纵横、狂风肆虐、农田废弃，随时威胁着人们的生产生活，老百姓深受其害，同时也加大了我们治理的难度。第二个是我国的‘三北’地区，就是西北、华北和东北的多数地区自然条件差，降水少，风力大，土壤养分低，苗林成活率也低，这是我们治理起来的一个很大的障碍。第三个是由于自然条件差，植树造林可选树种少，造林成本高，在一定程度上也影响着治沙工程的进展。所以，对治理工作咱们要有一个长期的打算，不能有一蹴而就的侥幸心理。既要争分夺秒植树造林，也要放眼全局，协同推进。”

张连印收好小本子，拿起分布图，仔仔细细看了一遍，“刷”地一下又将图纸铺展到桌上，双臂拉开，撑在桌边，盯着全图，沉吟片刻，犀利的目光直刺西北方向，脑海里顿觉清晰明朗。他手指在雁北一带重重一点，扭过头来，坚定地看向桑金海。

桑金海感到心头一震，刹那间，他眼前的张连印恍如魔术师变身，与刚才那个民工样的老汉简直判若两人，完全就是一位临战前的大将。

张将军的手在分布图上大大画了一圈，说道：“桑科长，你这么一说，打开了我的眼界。看来，生态治理是个大战略大工程，下的是盘大棋，打的是场持久战，不能指望一口吞下块热豆腐。”

接着，他的手如刀劈般指向大同一带：“但是干就得干扎实，干牢靠，张家场就是这个大工程中的一枚棋子，一个点，这个点做好了，也就为全国这盘大棋做出了贡献。”说完，他将五指握成拳头，重重砸在了左云县的位置上，面容严肃，语气铿锵，动作干练。

熟悉张连印的部队官兵都知道，将军只要一到沙盘或地图前，就会进入一种忘我状态，不由自主就要观察地形，排兵布阵。这种多年养成的习惯，条件反射般呈现在桑金海面前，令他非常吃惊。他在心里默默叹道：真是人不可貌相，海水不可斗量，这话说得一点没错。他想象着将军当年在部队叱咤风云、统兵列阵的情景，对眼前这位老人更加敬重，止不住赞许地说：“张将军，您说得很形象，也很准确。张家场这块沙化地上的树要是能种好，绝对会为整个大同地区的防沙治沙提供有益经验。需要我做什么，我一定尽全力。”

张连印从分布图上收回目光，诚恳地面向桑科长，微笑着说：“我就想请你亲自到我们张家场去一趟，给我们好好上上课，我再陪你到现场看看，看看我们张家场的树到底该咋种，种了以后咋样才能保活，还有怎么选苗育苗等这些问题，都想听听你的指教。”

桑金海痛快地答应道：“没问题，不光我去，我还可以再带几个专家去。”

张连印高兴地一拍手：“太好啦！桑科长，你这个老师我认定啦！”

没几天，桑金海专门带着几位技术专家来到张家场村，给张连印和乡亲们现场传授植树治沙技术，一遍遍示范操作规程，还对张家场村究竟适宜种什么树、如何选苗和育苗等逐一讲解，这一住就是十几天。

为保证树木成活率，节约树苗成本、扩大种植面积，桑金海向张连印建议，把樟子松作为重点培育的苗种，用“以苗养树”的方法，保证树木成活率。

桑金海告诉张连印，樟子松又叫西伯利亚松、黑河赤松，是一种常绿大乔木，属于深根性树种。能长到15~25米，最高还可以长到30米，树干大多通直，而且喜好长时间光照，具有极强的适应能力，不苛求土壤水分。在养分贫瘠的风沙土地和土层很薄的山地、石砾土地上均能生长良好，而且生长迅速，耐寒性强，能忍受摄氏−40℃～−50℃的低温。樟子松寿命也很长，一般年龄达一百五十年到二百年，有的长达二百五十年。

樟子松培育得最好的地方，是辽宁省的章古台地区。那里的沙地上曾先后栽植针、阔叶树种三十余种，樟子松能适应沙地上不同部位的环境条件，即使在条件最差的山丘顶上也能生长。此外，在陕西榆林、内蒙古鄂尔多斯等地区沙地上也生长良好。常被人工栽植在沙漠中，用来防风固沙。樟子松在保护环境的同时，还具有极大的经济价值，树干可割树脂，提取松香及松节油，树皮可提取栲胶。樟子松心材为淡红褐色，边材为淡黄褐色，材质较细，纹理直，本身会散发出一种特有的清新香味，可供建筑、家具等用材，最常见的就是樟子松板材制造的家具。

张连印一听樟子松有这么多的好处，不由得兴奋起来。他紧紧握住桑金海的手说：“真是‘忽登最高塔，眼界穷大千’呀，早把你请来，我也不会走那条弯路了。谢谢老师指点，我准备准备，马上就去辽宁章古台。”

桑金海说：“张将军，我真是服了您了，您这年过花甲的人，比个小青年都跑得快。这么多天，每天跟着我们山上山下地转，我就没见您说过个累，喊过声苦。老是争着往前冲，往快跑，真不愧是个当过兵的人。”

张连印笑笑说：“这你没说错，四十多年的军旅生涯，炼就了我不服输的性格。有第一，就不要第二。种树也一样，种就要往最好里种！”

2005年，是张连印植树的第二年。他已逐渐摸到了在沙化地上种树的门道儿。他兴奋地告诉王秀兰：从外地买回来的树苗要带母土，还要在苗圃培育一段时间，以适应张家场的土质和气候，然后再栽种。栽种时，还要带上母土，并且要多浇水。尤其樟子松，播种后要在育苗地四周及中间设置防风障，幼苗长出来后再撤出；幼苗生长初期，灌水时应掌握量少次多的原则；速生期应每隔三至五天灌一次透水，追肥要在苗木旺盛的生长期进行，还要将过密细弱的小苗间掉；松土要在七八月份进行，还要及时防治病虫害。

王秀兰听张连印讲得头头是道，高兴地说：“行，你老师没白教你，有点专家的样了。”

张连印连忙摆摆手：“哎，我还差得远呢，顶多也就是小学生的水平。”

除了樟子松，育苗基地还培育了油松、杜松、云杉、杨柳等优种树苗二十多个品种300余万株，为大面积植树造林提供了优质树苗的来源保障。

看着一片片葱绿蔓延的树苗茁壮成长，张连印的心不慌了。

越过这层层叠叠、深浅有致，泛着点点金光的绿色波涛，将军的目光投向了更远的地方。

越是难度大、成本高，才越有价值，越要干好它。

辛勤劳作(清风林教育基地　供图)

左云张家场北梁山，数万棵松树苍翠挺拔，郁郁葱葱，从高处看去，青山如黛，山河如画，辽阔秀美，充满生机，孕育着无限的希望。可是，这样一块希望的土地，在2005年的时候还是一片荒凉。这种荒凉在文学家的作品中或许能写出“大漠孤烟直，长河落日圆”的壮美，可是在当地老百姓生活中，这意味着贫穷、困顿，会让人丧失对未来的向往。

然而，这一切在张连印将军重回张家场的第二年，悄无声息地在发生改变——2003年，张连印回到张家场在荒滩盖房为种树做准备。2004年，他经历第一次种树失败，千辛万苦，在张家场建好了苗圃基地。有了种苗，大规模植树造林的规划就有了坚实的基础。所以，在2005年，他决定正式启动植树计划。

有了想法，有了决心，下一步就是撸起袖子加油干了。可是，要把这宏伟计划的第一棵树苗种在哪里呢?

张家场，北梁山。

这里几乎寸草不生，一片荒凉。

李白诗曰：蜀道难，难于上青天。在北梁山山坡上种树，那比古时候跋涉在蜀道上还难。左云县张家场村村民，八十三岁的老人魏如曾深情回忆：

在毛主席那个时代就开始植树，后来村里头路两边那些大杨树大部分都死了，后来又补种了松树。老首长小时候艰苦，当了几十年兵以后又回来种树。回来连住的地方都没有，先在荒滩地上盖了几间房。盖房的时候天冷了，我们这里的冷你们不知道，刚过10月雪就飘下来了，风跟刀子一样割得脸生疼，就算穿皮袄也觉不着暖，他没少受罪。盖完房就弄苗圃了，苗圃有苗子了，开始绿化荒山。北梁种树太难了，那是石头山，树坑是怎么挖的呀？拿洋镐，得用洋镐刨。这里头的苦你们年轻人不知道，也想不到。他一定要把这个山坡绿化了。我也记不清他刨了多少亩了，除了这个村附近的山头绿化了，二三十里外也绿化了。

对于张连印来说，严酷的自然环境固然是面前的一座大山，可这是吃苦受累、不懈努力就能克服的。真正难的是人心。在他刚回张家场种树时，村里就不乏说风凉话的。有人说：平安也不知道想干啥呢？叫我看就干不成。也有人说，叫他闹哇，闹的闹的，他就闹不下去啦，就是个虎头蛇尾的事。

风凉话，不理解，这些对张连印来说，他都能包容接受，也都不当一回事。真正让他苦恼的，是当张家场植树造林初步有了成效后，却出来了另一种声音。

北梁山虽然是荒山，但是那些荒山野地都已经分给了村民，要想在北梁山植树造林，有一个要紧的事情就是向村民们承包土地。那些土地本身就荒在那里，没人管，没人问。但是，当张连印要承包土地时麻烦却来了。

首先找上门的就是堂弟张连雄。张连雄起初很反对张连印种树，可看到堂哥不怕失败、顶着压力，愣是叫十里河荒滩变了个模样，他暗自佩服起堂哥来。听说堂哥又要种树，他开始挺高兴，但是，当一些风言风语夹枪带棒地灌进他耳朵时，他又为堂哥担心起来。思量好久，他拎着瓶酒到苗圃基地找到张连印，这回他没有直说，而是说要请张连印喝酒。酒过三巡，他才打开了话匣子。

“哥，听说你要在北梁上种树了？听我一句劝，可不能，村里有人意见大着哩。有人说，咱们的地都叫连印种了树，将来这收益算谁的？还有人说，这回我算看清了，人家早早把地占下种树，为啥？还不就是为将来树成了材赚大钱呢！咱们是给人家打工呢，干了也是白干。你看看，你还没咋干呢，有人这红眼病就犯上了。咱就拿北梁上的地来说，那些地都是村民的，你要种树就要包地，可你给多少钱合适？给少了人家会说你抠，给多了你又没那些钱。就算人家让你包了地，嘴上不说，心里也会骂你占便宜。哎，要想干成点事儿，实在是太难啦，左也不是，右也不是，你忍苦耐劳地费上半天劲，闹不好最后是出力不讨好，里外不是人……”

张连雄滔滔不绝说了一大堆理由，张连印都是耐心听着。等张连雄说完，他才耐心地笑着回应：“连雄，你说的这些我都想过。我也知道难，可是难了就不做啦？世界上很多事正是因为难，才需要去做。我没别的想法，我就是想把张家场变个样子，让子孙后代再不过吃风喝沙的日子。”

张连雄皱起了眉头："哥，说心里话，我是怕你到最后顶不住。你是当官的，还是大官，直到现在，我还是觉得你种树有些头脑发热。依我看，叫那些风言风语的人折腾上，用不了几年你就烦了，腻了，又回城里养老去了。你这样攻苦食淡地干上，再受上些窝囊气，真没意思。"他喝了一口酒又说道："哥，谁都图个好名声，你回村以前是咱张家场名声最好的，你是咱们这里出的最大的官，你对待乡里乡亲也都好，可现在，有些人不是说你是神经病，是'憨子'，就是说你在哄村民，想占大家的便宜，还有人说你有可能是犯了错误，是被罚到张家场来的。"

张连印笑着说："连雄，哥真不在乎别人说些啥，只要把树种好，有点风凉话不算个啥！"

张连雄激动了："哥，你咋还不如我一个农民懂道理。我今天能到你这里来说这些话，就是说村里有很多人不愿意让你包地，你再这样下去，他们就该骂娘了，你再硬往前走，人家就该骂咱们老张家祖宗八代了。"

张连印沉默了，那一夜他难以入眠，坐在河滩边静静思索着。王秀兰也不敢劝他，只是悄悄给他披了一件棉大衣。虽然已经到了春天，可是夜里的风还是彻骨的寒，但张连印浑然不觉，因为比夜风还寒的是有些乡亲的观念。他只想种树，只想在未来的日子里，大风吹出来的不再是黄沙，而是在北梁山上，在张家场这块土地上的千树万树，生机盎然。

左云县的气候属于大陆性季风气候，无霜期短，每年适宜栽树的时间非常有限，必须抢在春夏之交这段时间内把树种下去。所以，尽快跟村民签订承包荒山土地的协议是当务之急。只有这样，才能保证种树计划在2005年度顺利实施。张连印告诉自己：不能犹豫，必须果断。

几十年的军旅生涯造就了张连印将军果决干脆、雷厉风行的性格。那一夜他做出了一个至今被张家场村民称颂的决定，这个决定源自他对这片土地的深情，也源自他身为一个共产党员、革命军人的使命感和荣誉感。

第二天张连印到了村委会，请支书用大喇叭广播，召集村民开会。村民大会上，将军没有说豪言壮语，他只是用最朴实的语言说出了对村民们的郑重

打药灭虫(清风林教育基地　供图)

承诺。

张连印说："乡亲们，我知道，我来种树大家有各种想法和意见，我都能理解和接受。在这里我只想说，我生在张家场，长在张家场，吃百家饭长大，我对这里有感情，我种树就是想报答乡亲们的情。等树长大了，来钱了，我一分钱都不会要。不管我在北梁山上种多少树，全归集体。林权，地权，我全不要，这些全是咱们张家场父老乡亲们的。"

张连印的话刚一说完，在场的人就七嘴八舌地议论起来。这怎么会？不可能！

针对乡亲们的疑虑，张连印斩钉截铁，掷地有声："我向乡亲们保证，谁的地谁所有，种谁的地树归谁，我一不要地权，二不要林权。三十年后，种树成果全部归集体，现在就签协议，白纸黑字，永不反悔！"

一时间大家都不作声了，他们没想到，这个从大城市回到家乡来的大首长竟然真的只是想种树。很多人理解不了张连印的情怀，但他们知道，让张连印在北梁山山坡上种树，将来自己会得到实惠，很多人当场就签订了协议。

一场北梁山种树的"土地风波"平息了，张连印把村子里的亲戚朋友，还有种树的工人都招呼到北梁山山坡上，开始了艰难的植树造林工程。

启动植树计划之后，被喊来一起干活的有些亲戚和部分村民很快就叫苦不迭。张连雄跟张连印说："咱种树为啥非要跑到这么高的山上？山上常年干旱，没有水，那树就活不了，再要没人管，没人照顾就更难活了。大伙都说这是费力不讨好的事，可是你为啥偏不听人劝呢？"

张连印对这个拧起来不进油盐的堂弟很是无奈，他耐心地跟张连雄说："咱种树是为了啥？就是为了造福乡亲们。咱得把山下的土地留给乡亲们种田，还要让那些羊倌牛倌们放起牛羊来方便。山顶上种树虽然又花钱，又困难，但往长远看，它能让这光秃秃的山腰、山顶全都挂上绿，挡住那些风沙，还不用担心树长起来和庄稼抢水、抢阳光。眼下，你可能还看不出来啥意义，等将来树种成了，长高了，漫山遍野郁郁葱葱，你就明白在山顶上种树的好处了。"

张连雄不无担心地说："哥，我的好大哥，你想过没有，就算树种下去了，谁来护苗？这些树在这山上，没人来浇水，它们能活几天?”

张连印说：“我和你嫂子看，我和你嫂子护，就算你们都不支持，我们两口子也要把这些种下去的树苗都养活、养大。”

牛犄角对牛犄角，俩硬人碰到一块了。张连印这么一说，张连雄彻底哑巴了，他知道堂哥的执拗，也不好唱反调。他只是默默地帮忙，喊来村里人，一起跟着在北梁山上整地、挖坑、植树。等到第一批树苗都种完，他很认真地跟张连印说：“哥，能帮的我们都帮了，这养树护树的事可真得靠你和嫂子了。我们也有活计，真管不了，你可别抱怨我们。”

张连印没有丝毫的抱怨和不满，因为种树是他自己的选择，是他对家乡父老，对左云这块生他养他的土地的一份深情大爱。为了养护树苗，他和老伴儿王秀兰每天五点多起来，开始准备水车等物品，等天刚亮，胡乱吃几口东西，就带着工人们上山给树浇水。

王秀兰对张连印说：“老头子，我们每天起得太早了，连个囫囵觉都没睡好，一天两天还行，天天这样怕是吃不消。”

张连印说：“老伴儿，现在是树苗成活的关键时刻。树苗需要水，我们必须跟大自然抢时间，一天都歇不得。逆水行舟，不进则退呀。”

王秀兰道：“你就是拧，大道理还多，我反正是说不过你。”

张连印笑着说：“毛主席说过，东方欲晓，莫道君行早。踏遍青山人未老，风景这边独好。我们起得早，说明我们年轻，我们有干劲，而且我们能看到别人看不到的风景，我们从来都没有对生活服输。”

看着张连印斗志昂扬、活力四射的样子，王秀兰不禁也笑了：“对，对，早起早睡身体好，我们年轻，有活力。好啦，我再不跟你瞎叨叨了。”

王秀兰没有再阻拦张连印早起干活。她跟着老头子一起，不舍昼夜，育树护树。他们吸取了上一次种树失败的教训，这回种树更加认真严格。以前每棵树浇水两三次，这回就是五六次，白天浇不完水，连夜也要浇完。在他们的精心呵护下，头一批种下的树苗存活率达到了90%以上。蓝天下，站在北梁山山坡上，看着那一株株树苗迎风而立，张连印有种说不出的成就感和满足感，他发自内心地笑了。

王秀兰陪伴在他身边，问道："老头子，你在想什么？"

张连印意味深长地说："我想起了一句话：苦心人，天不负；有志者，事竟成。"

是啊，有着这样执着的信念，不怕吃苦，不怕受累，又掌握了科学的方法，用百分之二百的认真态度去做事，世上还有什么事情做不成呢？

树苗日渐成长，张连印种树时忐忑的心情终于放松。王秀兰也心情舒展，她对张连印说："老头子，不瞒你说，这树种下去的时候，我心里还七上八下的，现在这块石头总算落地了。"

张连印说："是落地了，我也落地了，可这才是万里长征走完了一小步。苗子是长起来了，我们手里的钱也不多了，接下来护苗咱得少请点人，你还得跟上我再受受累。"

王秀兰点点头："行，为了保住这批树，我就跟着你再咬咬牙。"

左云县是典型的黄土丘陵缓坡风沙区，年降水量只有408毫米，蒸发量却高达1847.8毫米。在这样干旱少雨的地方植树造林，浇水是一个关键环节。

张连印在北梁山山坡种树之后，虽然克服了初期的困难，树苗日渐茁壮生长，但是后续浇水成了摆在眼前的难题。从张家场村到北梁山山坡，来回有6里路，给树木浇水靠的是水车。这无疑是一件费时费力又费钱的事情——绿油油的小树苗种上之后，就像嗷嗷待哺的婴儿，亟须乳汁的哺育，这乳汁就是水。但供水受制于人力、物力、财力以及自然环境的困扰，该浇水时供不上，急得人直跺脚，却无计可施。为此，张连印思谋了好长一段时间，决定自己投资新建一座蓄水池。

做闲事的时候，往往不缺帮腔和帮闲的；干正事的时候，却总能遇到扯后腿的。生活中很多时候就是这样，尤其是农村里的有些人，传风凉话，看笑话，好像成了他们的家常便饭。张连印要建蓄水池的事情一经传开便是这样。这件事在一段时间成了张家场村头巷尾经久不散的话题，有人聊起这事就像网络上的追星族们聊明星八卦。

因为张连印将军在张家场一带就是一个明星—— 一个有争议的明星。

张连雄这位小道消息传送员，总是在第一时间把风言风语传到张连印耳朵里。他劝说张连印："哥，树种了不少了，该表达的心意表达到了，这事就到此为止吧，哪有那么多闲钱建蓄水池。再说，趁着腿脚还利索，你们大江南北走走逛逛，去北京吃吃烤鸭，去大同吃吃麻辣兔头，到海南吃吃烤乳猪，你们也休闲休闲，享享清福多好。"

张连印笑了，他说："连雄，你咋知道这么多好吃的？倒像个美食评论家。可是人除了吃喝睡，总要有点追求吧。"

张连雄说："哥，我没跟你开玩笑，我是用吃打比方，别人不知道，我还不知道，你口袋里没多少钱了，再这样乱把钱扔在这荒山上，又闹下饥荒你可咋办？叫我说，吃不疼，喝不疼，糟蹋了钱才最心疼，你说是不是这个理？"

张连印意味深长地说："我回来种树你们就反对，我培育树苗你们也反对，后来我在北梁山山坡上重新种树你们继续反对，现在我修蓄水池你们还是反对，为什么？你说说是为什么？"

张连雄赶紧解释："哥，我们这不是故意跟你为难，也不是想看你笑话，都是真心实意，真的，我敢摸着良心说。"

张连印说："我知道你们真心实意，可是为什么你们会有这个思想？因为你们从心眼里就不相信我能把树种好，更不相信我们张家场的绿化事业能做成，这就是真正的原因。"

听了张连印的话，张连雄低下了头，他承认自己不相信，不仅是他，其实整个张家场的人，恐怕没几个人会相信。

张连印语重心长地说："连雄，哥不是给你讲大道理，你耐心听。你说当年毛主席带领大家闹革命，提出枪杆子里面出政权，农村包围城市，有几个人相信？那些不相信他的人，不仅唱反调，还夺了他的权，让他坐冷板凳。但是历史的进程告诉我们，枪杆子里面出政权是根本，农村包围城市的路线是适合中国国情的光明大道。"

张连雄说："哥，毛主席他老人家伟大，他样样都伟大，我又没反对毛主席，你跟我说这个是个啥意思嘛?"

张连印说："毛主席说过，世上无难事，只要肯登攀。你放心，我不是蛮干，我有规划。你看，北梁山种树不是就成啦? 成了一片，就能一点点扩大。树林一点点扩大，沙地就一点点减少，这就是绿树包围荒山。为了改变张家场的面貌，我愿意牺牲舒适的生活，世界上没有什么事是不付出就能得到的。"

张连雄一边听着哥哥的话，一边陷入了沉思。

过了好一会儿，张连印又说道："连雄，这是我最后一次跟你讲大道理了。我累了，不想说那么多话，有这说话的功夫，我多搬几块石头弄蓄水池不是更好吗?"

困难像弹簧，你弱它就强，你强它就弱。张连印坚决的态度换来的是村民们的再次配合，建蓄水池的工程开始了。他在张家场十里河滩的乱石岗上，挑了一块没有争议，靠近百亩育苗林的荒地，开始了蓄水池的建设。

建蓄水池并不是小工程，需要在乱石密布的地方挖下去十多米深，四周用石块垒砌，池子的底部、腰部和边缘都得做防水，靠近土圪梁的地方还做了10米高、200米长的护坡。

没有挖掘机等大型工程设备，张连印将军带着大家用最原始的铁锹、锄头、洋镐等，没日没夜地劳作，不知道手上磨出多少水泡，不知道用坏多少工具，一头汗，一身泥，他们顶着风沙和烈日，连续奋战了两个多月，一个1万立方米的蓄水池终于建成。从山坡上望去，蓄水池在蓝天下就像一大块亮晶晶的珠宝，像碧玉，又像水晶。

一池清水，碧波荡漾，十里河滩，愈发葱郁苍翠。村民们都把这当成了西洋景，这是他们做梦都想不到的。

张连雄笑了，他感慨地说道："想不到，真想不到，咱村里也有了这样一座清圪湛湛的湖。"

对于张连印将军来说，有了蓄水池只是又一个冲锋出发的起点。

再说到张家场地区的自然环境。由于特殊的地形和气候条件，土壤质地疏松、肥力贫瘠，张家场周围的水土流失面积达到了10.16平方公里。

种树就是改变水土流失的最好办法。

在蓄水池的工程完成之后，他开启了另一项工程——打井。

打井是为了种树。

那段时间，张连印每天都在十里河兜兜转转，在笔记本上勾勾画画，反复查看和研究地形：这两边的山势是咋分布的？沟壑下面的地下水可能会是个啥走向？他还通过观察地表植物的生长情况，判断其下面有没有地下水。

张连印请来专业技术人员，进行水文地质勘探，查清地层、地下构造和地下断层及裂隙的分布规律，通过测算预估地下水量，一起研究合理的打井点位，挑选最佳的打井时间。同时，他还一趟又一趟跑到水务部门，说明原因、提出申请、办理打井的手续……

终于，钻井的轰鸣声在张家场村响了起来。

村子里的男男女女、老老少少都跑到钻井塔旁，有说有笑地看红火热闹。

可张连印却笑不出来，也没觉得这有啥热闹，反倒是始终揪着一颗心，眉头也皱起了一块疙瘩。

王秀兰理解张连印的心情，拉住他的手说："你啥事没经过呢，不就是打口井吗？再说了，已经勘探过了，地下有水嘛，有啥可怕的？"

张连印像在自言自语："可不是嘛，胆子怎么变小了？就怕放个哑炮呢！"

王秀兰故作轻松地说："你经常要求别人讲科学，轮到自己头上就不信科学啦？"

张连印使劲点头道："相信相信，已经探测到了有水嘛，还能打不出水来？"

但是，说归说，他那根紧绷着的神经还是放松不下来——打井的那些日子，他总是吃不香、睡不稳，坐立不安。

直到第一眼井打成功了，眼看着井水从水管里喷涌而出，张连印才笑了出来。

开怀一笑之余，他认真严肃地提出——在石头河滩打井，地下岩层厚，钻起来费时费力；表层流沙大，打好了需要砌水泥台、加水泥盖保护，这些措施必须到位。他说："打口井不容易，一定要把该想的想到、该做的做好，每道工序都不能图省事。必须装上'安全门'、上好'安全锁'，确保万无一失。"

这就是一位共和国将军、一位优秀指挥员的严谨细致和对科学知识孜孜以求探索之后发出的真知灼见。他就像面对一场场战斗一样，雷厉风行，果断出击，却又谨慎小心，步步为营。

然而，这场战役还远远没有结束，另一项艰巨的任务是修筑防渗漏灌溉渠。因为有了灌溉渠，那一棵棵苗木才能真正得到滋润。

又耗费了无数个日夜，3500余米的防渗灌溉渠修成了。那天，整个村子的人都出动了。那景象确实像小品里说的一样，人头攒动，鞭炮齐鸣，锣鼓喧天。但是，这绝不是小品里逗乐的噱头，而是张家场人真正的节日，人们脸上的笑容是真挚的、热烈的、完全发自内心的。

那一天，张连印将军对乡亲们宣布，村民们浇地，牲口饮水，都可以使用水井、蓄水池里的水。水，不是张连印一个人的，不仅仅是用来种树浇水的，还是帮助乡亲们改善生活，让乡亲们能奔向好日子的生命之泉。

张连印将军说这些话的时候，大家都被感动了，好多人流下了百感交集的泪水。而阳光下的张连印却显得苍老疲惫，他的脸庞黝黑，嘴唇龟裂，粗糙的双手除了老茧就是水泡，那一身迷彩服已经破旧得有些不成样子，上面沾满了泥土灰尘。顾不得擦去脸上身上的泥水汗水，将军又跟大伙说了几句发自肺腑的请求。

他说："乡亲们，我只有一件事请求大家帮忙，希望大家都能维护机井和蓄水池的卫生和安全，不要让它受到破坏，不要让水受到污染。"

从此，维护水池和水井的清洁，养护灌溉渠，成了张家场村人的共识，成了他们自发的行为。从那一天起，张家场村民的心和张连印将军的心紧紧连在了一起。

在张将军回乡植树造林的故事里，我们常常能看到各种各样的反对，听到五花八门的杂音。但是，支持和理解同样存在，这也是张将军面对各种压力，能把这条路走下去的原因之一。

最大的支持首先来自家人——张连印将军的妻子和儿女们。如果张将军的事迹里，缺少了他们的笔墨身影，那一定是不完整的，也是缺少温暖和深挚情感的。

这点点滴滴，犹如涓涓细流，说不完，也道不尽。

那么，我们就截取一段，从大女儿张晓梅的故事说起。

在张连印老两口回乡种树的日子里，他们远离儿女，独居乡野，吃的苦，受的累，从不忍心对儿女们说，因为他们怕儿女们担心。

可是，能不担心吗？

大女儿张晓梅决定去看父母。张连印与王秀兰接到女儿的信息，犹豫好久，还是答应了。女儿是父母的心头肉，他们也想念女儿了，可是又隐隐担心，万一女儿看到他们在张家场的生活，会不会闹着要他们回城？

一切都是无法预料的，因为在他们相逢的那一刻，张晓梅竟然没能认出父母。

那是五一假期，张晓梅从石家庄出发，前往左云县。那个时候没有高铁，只有绿皮火车，高速公路也还没有像现在一样修到县城村镇。

张晓梅先是坐了十几个小时火车，然后又乘公共汽车辗转一个半小时抵达左云县城，回到了张家场。

抵达村庄时正值黄昏。

此时，黄昏的张家场正被大风裹挟，夕阳下的风沙把天地间搅得愈发昏暗。她刚一下车就被风吹得抬不起头，只能缩着脖子艰难前行。

说实话，张家场在张晓梅的印象里是模糊的，从小到大，回来的时间屈指可数，要不是爸爸非要带着妈妈回来种树，这一刻，她恐怕不会站在这片土地上。

躲避风沙的那一瞬间，她的心猛地疼了一下，这就是父亲心心念念的故乡吗？这样的地方能让人过得舒心吗？她心疼年迈的爸妈。爸，妈，你们在这里

劳动归来(清风林教育基地　供图)

得吃多少苦啊！她心中早已忐忑不安，浮想联翩。

在好心村民的指引下，她来到了十里河滩那座农家小院。此时，张将军带着村民们刚刚完成了一天的劳作，正返回休息。张晓梅的视线里，一群穿着迷彩服、扛着铁锹、拎着水桶的人正顶着呼啸的风沙从不远处艰难地向她走来。

张晓梅努力在人群中寻找着父母，却没有看到。但她隐隐觉得，二老一定就在其中，于是她走近了看，还是没发现父母的身影。

她有些着急了，爸妈到底去哪了？他们在哪里？

突然，一个熟悉的声音传来："晓梅，晓梅……"

张晓梅本能地"哎"了一声。

这是多么熟悉的声音！虽然不常想起，永远也不会忘记。这声音让张晓梅的心猛地一颤——这正是张连印将军对女儿的呼唤。

循着声音，张晓梅大步迎上去，当她走近看到爸爸和妈妈的一瞬间，她忍不住哽咽失声："爸……妈……"

她心疼，难过，难以置信，却不得不面对。因为她眼前看到的是两位穿着破旧迷彩服的老人，他们的头发被风吹得一绺一绺的、满是沙尘，脸上黑一块儿、红一块儿，嘴唇干裂得起了泡……

爸爸肩上扛着铁锹，妈妈手里提一只水桶，他们正对着心爱的女儿笑，他们笑得很开心，却不知道女儿已经疼得心都快碎了。

"爸……妈……"

张晓梅又一次呼喊着，她再也说不出话来，泪流满面，不能自已。她有千言万语，却什么也说不出，只是愣在原地，只是在哭。

看到女儿不住拭泪，情绪低落，张连印瞬间明白了怎么回事。他搂住女儿，轻轻拍打着她的肩膀，安慰道："好闺女，不用担心，爸妈好着呢，真的好着呢……"

好着呢，这是张连印将军这位铁血汉子对女儿最柔情的安慰。可是在女儿心里，她这位执拗的父亲，从来都不是一个享福的人。

晚上，在张连印夫妇简陋的小房子里，张晓梅边给父亲捶背，边和爸妈絮叨。话匣子一打开，便收不住，一下子就说到了自己读大学放假回家的时候，爸爸不派车接她的事。

张连印只是嘿嘿地笑，不去反驳女儿。

张晓梅说："爸，我更没想到的是您后来当了副军长，成了将军，做了司令，我还是没有享受到专车待遇。哎，当您闺女，别说沾光了，能少往里贴点就不错了。我可告诉您，以后，我要是买了车您也不许坐，我也得让您尝尝啥叫失落的滋味。"

女儿是爸爸的小棉袄，面对女儿的批评，张连印仍是笑呵呵地听着。

张晓梅又说："爸，您还笑，您不知道今天我心里有多难过。我跟您说这些，不是想着占您便宜，也去享受您的待遇，我是想跟您说，您的确是严格要求自己，可您别总让自己受这么大的苦行吗？您老跟我说在张家场好着呢，好着呢，可哪有什么好着呢！依我看，这里只有比较艰苦、非常艰苦和更加艰苦的区别。"

说着说着，张晓梅又流泪了，因为在张家场看到的一切，早已超出了她的想象。

张连印此时的心中如潮水般涌动，他不禁为女儿对自己的关心所动容。将军边帮女儿擦眼泪边说："好闺女，你是不是要劝爸爸回城，不让我种树了？"

张晓梅稳定了一下情绪，从口袋里掏出一支钢笔："爸，还认得吗？……我找到它了。"

那是一支很旧很旧的钢笔，上面隐约还能看到"神枪手"三个字。

这支钢笔是张晓梅收到的父亲给予的第一件正式礼物。

1964年中国军队组织大比武，张连印将军获得部队"神枪手"的荣誉，奖品就是那支钢笔。他一直没舍得用，而是珍藏起来送给了他心爱的大女儿。也就是从那时候，张晓梅深深地明白，爸爸不是不爱她，爸爸有小爱，也有大爱。小爱是家庭，大爱是国家。

她最亲爱的爸爸是一个有着家国情怀的革命军人，他视使命和荣誉为生命。从前在军旅是这样，现在回乡植树也是这样。

张晓梅动情地说：“爸，我要是让您回去，不是要您的命吗？”

使命和荣誉是军人心中永恒的号角。

对于张连印将军来说，在张家场植树造林，造福乡亲，就是他归乡后的使命。坚持到底，不当逃兵，为国尽忠，这是来自他军人血液里的坚定信念。

“黄沙百战穿金甲，不破楼兰终不还。”在苍茫的晋北大地上，张连印，这位共和国的将军，这位年逾古稀的老人，与山川为伴，与河流为伴，他远离时代的喧嚣与浮华，默默地耕耘，默默地付出，只为心中的信念。

他平凡，他伟大，他已成为一座让世人敬仰的丰碑。

我们多栽一棵树，就能为首都人民减少一粒沙。

绿意盎然(丁美宁　摄)

在左云县张家场乡和管家堡乡交界处，绿树密布，碧浪翻滚，万亩林木中间，有一座郁郁葱葱的小山丘，一层层台阶和流水形护栏直通山顶，山顶上矗立着一座红顶凉亭，飞檐翘角，气宇轩昂，古朴精巧。凉亭里还竖着一块小流域综合治理的纪念碑。

这座凉亭由当地群众倡议，乡政府筹资修建。在乡亲们的口中，凉亭还有另外一个名字——“将军台”。

“将军台”这三个字，是张家场乡人民群众对张连印将军的赞颂和褒扬。更确切地说，张家场乡老百姓打从修建凉亭之初，就已经把这一建筑定名为“将军台”。

但是，这样一个称谓却被张连印将军毫不犹豫地拒绝了。

事情还得从2005年说起。

那时候，张连印将军在张家场植树造林已有很大成效，经过几番波折，克服诸多困难，张家场这片风沙肆虐的贫瘠之地，终于有了绿意渐浓的色彩。一片片绿树长势茂盛，青草灌木渐次扩展，河流小溪也泛着粼粼波光，不断向远方延伸。当地的生态环境悄然向好，老百姓对未来生活的期望也在慢慢地发生改变，处处生机勃勃，充满希望。

这一切都源自张连印将军不顾年迈，带动大家植树造林。百姓们在认识到植树造林深远意义的同时，也从心底深深认可了他的行为。他们都说，张将军做了一件造福子孙后代功德无量的大好事。

于是就有群众提出，要为将军建一座纪念碑。这件事最初只是张家场村一些村民在倡议，但是随着将军植树造林影响的不断扩大，受益的百姓人数不断增多，张家场乡其他村子也都给予了积极响应。不久，各个村的群众代表齐聚乡里，向乡党委、乡政府提出了这个朴素的愿望，并表示，乡亲们打心眼儿里盼着“将军台”能早早动工，力争用最快的时间、最好的质量来完成这件事情。

乡里领导顺应民意，做出了规划，准备在张连印将军带领群众大规模植树

“张家场乡万亩小流域综合治理工程纪念碑”碑亭（清风林教育基地　供图）

造林的两乡交界处的小山上建一座凉亭，凉亭里立一块石碑，上面刻上三个大字——“将军台”。

张连印听说此事后，立刻就坐不住了，径直去乡政府找到有关领导，请他们把建凉亭的事停下来。

乡领导十分为难，说：“老首长，这事情恐怕不好办。第一，这不是乡政府的决定，而是根据群众倡议做的一件事情，并且合理合法，也没有侵占耕地，我们不好阻止。第二，我们已经向各个村的村民做了保证，要把这件得民心、顺民意的事情办好，而且，凉亭也都动工了，这要是半道停下来，对老百姓没法交代。”

张连印说：“那就拜托乡里把各村群众代表请到建凉亭的现场，我和乡亲们谈谈，好不好？”

乡领导见张将军态度很坚决，只得通知各村的村民代表来到了正在施工建设凉亭的小山头。

在离建筑工地不远的一处空地上，张连印将军见到了这些善良朴实的村民，感受到了他们对自己的尊敬和满腔热情。不过情感归情感，理智归理智，他内心只有一个声音：“将军台”决不能建！

来之前，张连印将军就对老伴儿王秀兰讲：“这件事我必须制止。毛主席为中国革命和建设做了多大的贡献，都不给自己立纪念碑；那么多革命先烈，抛头颅，洒热血，默默奉献，默默付出，他们为自己求过啥？争过啥？建过啥？跟他们比，我不过是回家乡种了些树，干了些应该干的事，哪值当得建个‘将军台’嘛！”

张连印环顾了一下各村的乡亲代表，和蔼地说：“乡亲们，咱左云千千万万的人都在种树，我作为左云人，只不过是这些种树人里的一个老兵。虽然这些年来也给咱张家场栽了些树，添了些绿，但这是大家共同奋斗得来的。我一个人啥也干不成，大家可千万不要立啥‘将军台’。”

一个代表说：“将军，可不要再谦虚啦。您老人家回来可是干了不少大事呢，不就是立个台子嘛，这算个啥？”

另一位岁数大些的代表也接过话说：“平安，你当了将军，给咱张家场争了光。单凭这，也该立个‘将军台’。你种下这么多树，把全乡的面貌都改变了，风沙小了，空气好了，到处绿茵茵的，叫人看了就高兴。立个‘将军台’，是张家场人对你的感念，也是对后辈子孙的一种教育，一举两得。这可是我们各个村大伙的意见，你就别管了，要是有人敢跳出来说三道四，我老汉和他理论个长短，我就不信他能把你咋样了！”

其他代表也附和道：“对，你就把心放得宽宽的，叫我们盖就行啦！”

张连印见乡亲们有说理的，有说粗话的，却都是一片诚意。他心想，凭三两句话很难说服他们，同时又不能像在部队一样发火训人了事。于是，他耐住性子慢慢说道：“我当兵近四十年，一直牵挂着张家场的父老乡亲。因为啥？因为大家对我好。这份恩情，难道我不应该报答吗？当然应该！不报答你们，那我就是忘恩负义！所以，不是大家应该感谢我，而是我应该感谢大家！但是，我只做了这么一点点事情，还是大家帮着我一起做的，乡亲们就看在眼里、记在心上，还要立一个台子纪念。这更说明，我为家乡人民做点事，值得！我并不是不领大伙的这份情，而是说，亲人们心里有我就足够了，这种无形的情永远抹不掉，也推不倒。但是，闹个有形的东西立在这儿，我心里不踏实、不舒服。我作为党员，作为军队的退休干部，是有纪律的，必须严格要求自己。亲人们，咱都想一想，你们是想让我踏实、舒服呢，还是想让我不踏实、不舒服？咱再想想，一个人是只做事、不张扬、不惹是生非好呢，还是像老母鸡一样的下颗蛋就咯哒咯哒地叫个没完好呢？”

他见大家都在认真听，接着说道：“古人说：‘桃李不言，下自成蹊。’这意思就是，桃树和李树不主动招引人，但人们都会来看它们开出的花儿，还会来摘它们结出的果子，走得多了，树下就会走出一条小路来。就是说呀，人只要行得端、走得正，完全用不着自我宣传，自然而然就会受到人们的肯定和尊重。所以，依我看，这座凉亭不错，是一道景观，也是咱乡里的标志，咱把它留下。但‘将军台’就不要立了。大家从心里肯定我、鼓励我，我已经很知足、很高兴了。下一步，我要更加努力，把乡亲们的鼓励当作我继续前进的动力，争取在父老乡亲的心里站得更加牢固，而决不能叫咱们种树的事虎头蛇尾、不了了之!”

张连印的一席话，说得大家都不吭声了。他趁热打铁道:“我建议，‘将军台’三个字记在我心里，用来鞭策和激励我，但这个台子上写啥，请大家再好好议一议。”

不久，凉亭建成，亭里立起一块石碑，碑上写着:“张家场乡万亩小流域综合治理工程纪念碑”。

一场雨后，碧空如洗，阳光普照大地。站在凉亭向外看去，满眼绿意，景色秀美。树木花草争先恐后散发出各种颜色和香气，溢散着无限生机。被誉为“绿色皇后”的樟子松树型健美，昂然向上；苍翠的侧柏伸展手臂，悠然摇曳；婉约柔美的芍药花大朵大朵盛开；油绿油绿的冬青闪动着耀眼的光泽。张连印看看四面八方的美景，再看看石碑上的字样，心里有一种说不出的舒坦和惬意。

没建成“将军台”的事已经过去很久了，村里有些老人至今还不无遗憾地说:“不建‘将军台’，连印是称心了，可我们的心里却过意不去!”

张连雄说:“哥，‘将军台’是乡亲们自发要建的，又不是你要弄的，你随大流就行啦。那是你的光荣，也是咱们老张家的光荣，要在过去，这能写到族谱里头，传给后世。叫你一干涉，没影啦。”

张连印说:“咱们这一代人肩负植树造林、绿化家园的使命，只要把这件事做好了，千秋万代也会记着咱们的好，要是做得不咋样，就算是立起碑、建起台，又有啥用? 将来也得让人拆掉，被人耻笑!”

有意思的是，“将军台”虽然没建，凉亭的石碑上明明写着“张家场乡万亩小流域综合治理工程纪念碑”，但乡亲们还是习惯性地称它为“将军台”。

张连印压根就没把“将军台”一事搁在心上，而是全身心地投入到了“绿色奥运”的宣传热潮中。

随着2008年奥运会的临近，北京叫响了“绿色奥运”的口号。

张连印为此欢欣鼓舞。中国人第一次举办这样的国际盛会，中外瞩目，从小就喜爱体育活动的张连印感到自豪和骄傲！他更想为“绿色奥运”加油叫好——咱中国人再也不能只追求眼前利益，去干那种破坏生态、贻害后人的事了！想想自己眼下正在做的事情，他无限欣慰，因为这是在为北京奥运会增绿添彩，是在为恢复地球家园增砖添瓦呀！

左云县一位领导说：“张将军站位高、有远见，植树造林、治理风沙这件事干到点子上了，与‘绿色奥运’的理念合拍，前途无量！”

村里的乡亲们也说：“将军虽然是在张家场种树治沙，但美化的不仅仅是张家场，也不仅仅是大同和塞北，而是保护了首都北京，是在为奥运会做贡献。”

张连印听到这些赞扬声，心里也很高兴。但是，他没有只停留在高兴这个层面，毕竟治理生态环境这样宏大的工程，不是单枪匹马就可以有大作为的，必须抓住“绿色奥运”这一重大契机，加大宣传力度，动员家乡更多的人加入治理风沙源头的行列里来。为此，他每天听广播、看电视、读报纸，包括研究和学唱“绿色奥运”的歌曲，就连奥运圣火传递的电视也要反复看几遍。

在积累了大量素材，经过认真考虑和归纳之后，张连印撰写了“做好绿化这篇大文章，营造奥运盛会好环境”的讲稿。不论是在村里、县里，还是去河北、辽宁，不管是面对农民还是官员，也不管当着专家还是学者，也不论是小场合还是大场合，张连印逢人就讲，乐此不疲。

张连印所讲的“‘绿色奥运’是对自然的尊重，是对健康的爱惜，是对环境的保护，要让奥运健儿们在北京、在中国看到蔚蓝的天空，呼吸清新的空气，感觉优美的环境，分享良好的生态”的理念，给人留下了深刻的印象。

左云县和大同市还先后邀请他进行了“绿色奥运”的专场讲座。

张连印将军绿化家乡的奉献精神和先进事迹，还有他义务宣传“绿色奥运”的不懈努力，鼓舞和感召着左云县党政机关、驻地部队、社会团体、企事业干部职工……他们都纷纷主动加入了将军造林基地的行列，掀起了植树造林、治理风沙的新高潮。

乡亲们高兴地说：“迎奥运这些年，是张家场借东风、促绿化、跑步快进、成效最显著的几年。现在山绿了、树茂了，原先‘一年一场风、从春刮到冬’

的日子已经一去不复返了。”

生态环境的改善也促进了生物多样性的提升。村民们惊奇地发现，已经绝迹多年的黄鹂和杜鹃又回来了，山里还发现了狐狸和黄羊等罕见的动物。

张连印种树头五年，已经建成了300多亩的苗木培育基地，修了一座蓄水池，打了8眼机井，建了3500余米长的灌溉渠，修了一条3000多米长的路，种了15万棵树，绿化了荒山荒坡3000多亩。

张连印的“将军台”没建，但他退休不褪色、把家乡打造成军绿色的先进事迹却不胫而走，很快被广泛传扬。

2008年初，《人民日报》以《“绿化将军”张连印》为题，报道了张连印回乡植树的先进事迹，并配发了《“将军种树”的深层意义》的“评论员”文章。随后，《解放军报》《光明日报》《中国青年报》《法制日报》《科技日报》《中国妇女报》等各大媒体都对张连印的事迹进行了大篇幅集中宣传。

我们把2008年几家大报对张连印事迹报道的评论文章摘录出来与大家分享。

《人民日报》2008年2月1日评论员文章《“将军种树”的深层意义》写道：

> 退休后干什么，用什么样的方式度晚年，看起来似乎只是个人的事，不必太多评论。然而，河北省军区原副司令员张连印的事迹告诉我们：一个人退休后的经历，同样可以变得极有光彩！这位老军人选择回山西省左云县老家义务植树造林，带动一方绿化，兴旺一方经济，造福一方群众，人生的价值并不因退休而褪色，生命的意义因新起点而得以升华。
>
> 透过这件事，我们不难看到，一个老党员，一个领导干部，一个军队高级指挥员，有着怎样的人生观、价值观和荣辱观。张连印用自己的一言一行，为党、为军队、为自己所热爱的事业，写下了灿烂的一笔。
>
> 不仅如此，将军“解甲”种树还有着更为深层的意义。

将军种树，是对“官本位”意识的一种冲击。在常人眼中，即便脱去戎装，将军也是大官。而张连印能官能民，无论在不在岗都努力当好普通一兵。他把种树的举动看得很淡、很寻常，日复一日，年复一年……我们的各级领导干部来自基层，脚踩大地，无论何时都应保持这份平常心，并据此正确对待进退、得失等涉及利益的问题……

将军种树，是一份实实在在的好教材。怎样做一个一辈子有益于人民的人这是所有领导干部都应当认真回答的问题。学习张连印，常怀对党组织和广大群众的感恩之心，常问民生、民意和民情，才能在任职的每个环节不迷失、有作为，书写一份善始善终的人生履历。

学习张连印，我们每个人都可以发出自己的光和热。

《光明日报》2008年2月1日评论员文章《为人民服务没有终点》写道：

张连印同志退休了，从一名普通战士到军区首长，戎马一生，功勋无数。在常人眼里，他本该为此感到满足；但他却在花甲之年重回故里，在家乡的荒山上植树造林，开始了人生新的征程。支撑他前进的是内心深处的一个信念：为人民服务没有终点。

牢记过去不忘本，激励着张连印成为新时代的先锋……

张连印明白，始终不渝为人民谋福利，是自己一生的追求。保家卫国是报效人民，为民创业也是报效人民。如今国家经济发展了，人民生活水平普遍提高了，但是，我国仍然有一些地方生产落后、生活贫困，生态面临恶化……这些都是报效祖国的另一片“战场”。张连印以实际行动毫不犹豫地投入到这片特殊的战场之中，他将以自己的后半生打胜这场艰巨而又光荣的战争。再次创业的征程虽然艰辛，但有坚定的信念支撑，有家人和乡亲们的支持，张连印的事业开展得红红火火。为人民利益而不懈奋斗不仅成就了张连印的梦想，也受到了乡亲们的爱戴和积极支持。

共产党员在为人民谋福利的道路上没有终点，张连印的努力交出了一份人民满意的答卷。他以自己的行动再一次证明，只有坚定地为人民谋福利才能让事业永葆生机。我们在此祝愿张连印在新时期创业成功，让绿色铺满家乡的每一片角落，我们也期待更多的人像他一样，在创业的道路上不断进取，在为人民谋福利的道路上不断前进。

新华社高级记者陈辉在报道张连印的事迹时写道："古人把最高荣誉赋予那些'先天下之忧而忧，后天下之乐而乐'的人，张连印将军就是这样的人，就是'前人栽树让后人乘凉'的人，就是可歌可颂的人。"

当年，八一电影制片厂曾打算拍一部塑造"绿化将军"形象的电影，被张连印婉言谢绝了。

他真诚地说："一个人浑身是铁也打不了几颗钉子。所以，还是要少宣传我、少宣传个人，而要多宣传党中央有关环境保护和生态建设的战略思想，让全民树立环保意识，把人心和力量凝聚到落实习总书记'两山'理论的实际行动上来。"

由于张连印身体力行干绿化的实事、讲绿化的道理，且干得卓有成效、讲得入心入脑，中共左云县委就把张连印的植树基地作为干部学习培训的一个教学点。

张连印则把自己盖的杂物仓库、大小车库全部腾出来，改造成展厅、教室，还整修了餐厅和宿舍，以供干部学习培训使用。

起初，该教学点被命名为"将军林"绿化教育基地。

张连印一听"将军林"三个字就急眼了，他说："'将军台'就折腾了一番，这又弄个'将军林'，明明是大家一起干的嘛，光突出我一个人不合适！"

村里人也不跟他急，笑眯眯地说："大家一起干，也不能叫个'大家林'吧？"

另一个说："叫个'群众林'也不成个体统。"

张连印说："叫啥都行，就不能叫'将军林'！"

当时人们都知道张连印的拧劲又上来了，虽说"将军林"不能叫了，但又一时想不好该取个啥名，只好暂时作罢。

后来，这个问题还是张连印自己解决了。一天，左云县委组织部副部长、老干局局长池恒广到苗圃基地与张将军一起商量给老干部讲课的事，傍晚，两人来到林中散步，徜徉在小路之上，边走边聊，谈兴颇浓。此时，恰逢明月初升，悬在枝头，一阵清风扑面而来，池部长触景生情，和张将军说起，自己曾在江南一座园林里见过的一副对联“清风明月本无价，近水远山皆有情”，觉得这副对联的上联很有一种恬淡高远的味道，张将军突然闪出一个念头，人们常把清风比作高洁的品格，那不正是我们孜孜以求的目标吗？何不把“将军林”命名为“清风林”呢？

张连印把自己修改“将军林”名字的想法向池部长说了出来，池部长当即表示赞同。这个想法很快也得到左云县委、县政府机关同志和张家场村里百姓的一致认可。大家都觉得“清风林”三个字，不仅反映了张家场如今美好的环境，也体现了张连印清风正气干事业的精神境界，便愉快地把“将军”二字改成了“清风”，正式挂起了“清风林教育基地”的牌子。

媒体在宣传他的事迹时，捕捉到了“将军”换“清风”这个细节，赞道：“党和国家大大小小的提倡和要求，他都悉数践行，理由只有一个，朴素而炽热：‘是党把我从一个孤苦的放牛娃培养成一名将军，是乡亲们让我过上现在的日子。永不忘这一方水土一方乡亲，党组织是我的家，家乡父老是我的母亲。’”

2019年3月，清风林教育基地被大同市机关工委确定为“大同市青少年党史国史教育基地”，被右玉干部学院确定为“右玉干部学院左云清风林现场教学点”。

此后，前来基地参观学习的党员干部、青年学生、企业员工越来越多。

每次来人参观学习，张连印将军都热情接待，认真讲解，并且严格遵守时间和教学计划进行授课。对基地所有工作人员也提出要求，凡接到单位和个人前来学习参观的通知，都要提前半小时到位，做好各种接待准备。发现问题，决不迁就。一天，县里某单位来电话联系，下午3点要到清风林教育基地听张

植树育人(丁美宁　摄)

清
风
林
清风林党性教育中心
党史国史教育园

将军讲课，结果一位基地工作人员因外出办事手机调成静音上没及时收到信息，晚到了30多分钟，他所负责的具体接待工作只能由其他同志代为完成。等他匆匆到达教学点时，张连印已经讲课多时了。事后这名工作人员感到很不好意思，连忙向张将军解释。

张连印却在这件事上较起真来。

当年在部队，张连印将军就养成了惜时如命的观念和遵守时间雷打不动的习惯，他认理不认人，对部属要求特别严格，眼里从不揉沙子。

任团长时，张连印每天上班第一站都是团作战值班室，查看上级通知、翻看值班日志、询问值班情况，之后再开始一天的工作。

一天早上，张连印照例来到团作战值班室，查看上级通知，其中一条“明天上午10点通知副团长到师部开会”的通知引起了张连印的注意。

“这个通知传达给副团长了吗?”张连印询问当时的值班张参谋。

“报告团长，我和李参谋刚交完班，通知上是明天上午开会，还有一天时间，我准备等副团长忙完后再向他汇报。”

“马上通知小李到值班室来，你们碰个头看看到底什么时候开会?”

不一会小李赶到，两个参谋一碰头，才发现时间搞错了，原来，通知是头天晚上下达的，李参谋考虑到时间已经很晚了，就准备第二天再通知副团长，于是他在值班日志上记录下“明天开会”的通知，却没有注明具体日期，也忘了和张参谋交代，张参谋误以为这个“明天”是转天，不曾想这个“明天”不是明天，而是今天。张连印命张参谋立刻通知副团长，从而避免了一场较大的工作失误。

张连印还敢于向自己开刀，敢于揭短亮丑。

1995年6月，上级工作组到张连印所在师考察，张连印上来就讲问题：“我们前不久发生了一次事故，暴露出我们在军事训练、日常管理等方面还存在一些薄弱环节……”面对工作组人员，张连印从容坦率地汇报着。在座的师里同志大吃一惊，有的开始窃窃私语：“咱们师连续多年被军委授予军事训练、安全管理‘双先师’，探索出了很多战法训法先进经验，可以说是声名远播了。那一次事故不提也罢，师长这时候提这件事干什么？”

考察结束了，针对大家的不理解，张连印说：“成绩不讲跑不了，问题不讲不得了。对组织必须讲实话、报实情，不能只盯着自己的小算盘，要放眼军队建设的大棋局。”张连印就是这样一个实事求是、以身作则的人，退休后依然秉性不改，植树治荒不搞面子工程，而是把大量精力投入到改造沙滩、平整荒坡、改善土质、培育树苗、修建水利设施等见效慢、打基础、管长远的工作上，为持续推动治沙绿化奠定了坚实基础。

当着那天迟到的工作人员的面，张连印毫不客气地说：“在战场上，时间关乎成败和生死；在企业，时间关乎效益和企业兴衰；对消防队，时间关乎一场大火能不能及时扑灭；在种树时，浇水的时间关乎树苗的死活……我们作为清风林教育基地的工作人员，是为前来学习参观的同志们服务的，在时间观念上更应当严格要求，严于律己。这样，我们的每一堂课才能更有说服力，我们的清风林教育基地也才能更有生命力和战斗力。反之，当大家需要我们的时候，却找不到我们，或者在‘火上房’的时候，我们还四平八稳、慢慢腾腾，这不是要误事吗？今天，个别同志迟到了，看似没有影响大局，但大伙一定要记好了，我们的一举一动都代表着清风林教育基地的形象，遵守时间这根弦必须常绷着，决不能因为哪一个环节或哪一个人拖了我们整个集体的后腿。”

那位工作人员虽然当场受到了批评，但老将军的批评句句在理，他听了心服口服。

此后，基地的工作人员都知道张连印将军既平易近人，又能够拉下脸来严格要求，在接待单位和个人来清风林教育基地参观学习的事情上，迟到早退问题再没有发生。

不仅在清风林教育基地，自从返乡造林，十九年来，张连印将军在绿化荒山、改善生态的工作之外，一直积极承担起一位老共产党员传帮带、宣讲教育的职责。他深入省市机关、干部学院、厂矿企业、中小学校、党校做报告二百多场，受教育人数达1.3万余人次。

“学习将军精神，什么时候也不过时，不能像将军那样做大事，也要做点小事好事。”这是大同市云冈区老干部参观清风林教育基地的感受。

张连印讲课既要宣讲党的思想理论，又不搞那些空洞无物的说教，而是善于把理讲实，把事讲活，让人从事中悟出理来，从理中找到前行的路。他讲自己在失去亲人后乡亲们的关心关爱，讲自己在党的培养下从一个放牛娃成长为共和国将军的故事；讲自己退役后脱下军装穿农装，学习开国将军甘祖昌，拿起铁锹绿化家乡的报国情怀；讲十九年来从第一棵树种起，到如今植树1.8万亩的过程……告诉学员们，一个人任何时候都要把乡亲们的关爱记在心上，把养育自己的这块土地记在心上，把党的培养教育记在心上，努力做一个知恩于心、感恩于行的人。如火的激情、朴实的话语、生动的事例、深刻的道理，总会深深感染在场的每一个听众。

张连印说：“你们看，这一片片的樟子松、油松和各种树木，就像一排排战士一样守卫在这里，使我们的家乡变绿了，这是包括张家场村村民和整个大同地区广大干部群众携起手来，克服种种困难，共同艰苦奋战换来的成果！只要我们永远把党的教导牢牢记在心上，把每个共产党员的责任牢牢地扛在肩上，就一定会让我们的家乡变得更加美丽，让我们的父老乡亲过上更加幸福的好日子！”

2021年6月的一天，张家场清风林教育基地异常热闹。

左云县委组织部组织全县149名党员发展对象到基地参观学习。张连印热情接待了他们，但老将军一时之间也犯了难。因为教室就那么大，同时接纳将近200人来听报告，地方不够。

当天阳光不错，没风没雨，就是气温太高。学员们参观完室内展馆，已是上午十点。几经犹豫，张连印将军对组织部领导说：“就在院子里吧，只能委屈大家了。”

于是，大家把桌椅板凳搬到了院子里。

左云海拔高，紫外线强烈，太阳晒得人睁不开眼，张连印怕把学员们晒伤，专门派人买回来一百多顶草帽，让大家戴上。

可老将军唯独没有想到自己，他已经七十多岁了，身体一直不好，在烈日高温下做报告，是一件十分危险的事情。

报告开始前，组织部的领导委婉地劝他，可以少讲一些，把时间控制在半小时以内，以免身体吃不消。

报告开始后，大家都暗自为老将军捏了一把汗。

可是，在炎炎烈日下，将军的报告整整进行了近两个小时。

老将军在主席台上讲话，像在部队讲军容军姿一样，身板挺直，稳如泰山。

与会人员不仅被老将军的经历和事迹所感动，更被这位七十多岁老人的坚强毅力所折服。

入党积极分子、左云县综合技术学校的高成老师听完报告后动情地说："今天非常荣幸地来到清风林教育基地参加党员学习活动，刚才听了张将军的故事，我非常感动。作为一名党员发展对象，我一定把老将军的这种精神带回到我的工作单位，给身边的每一个人分享将军的故事，将来一定用实际行动践行党的宗旨，脚踏实地为学生服务，为左云县人民服务。"

西藏阿里地区革吉县委宣传部部长扎西是一位藏族干部，他参观了清风林教育基地，听了张连印将军的报告后，激动地说："我从万里之遥的革吉来到左云，见到了一位山西的'孔繁森'，这让我非常受教育。"临走时，他还提笔用藏文写下了"共产党万岁（共产党赤轮丹巴宵）"，一行清朗舒目的藏语拼音文字。

家人和亲戚朋友见张连印日复一日地劳作，还要不辞辛苦地给前来参观学习的每一批学员义务讲课，就疼爱地劝他说："光种树就够辛苦的，大可不必来一批学员或来一个学员就给他们讲一课。"

张连印却说："靠一个人种树改变不了大环境，也打不赢治理风沙和荒山这场硬仗。当一个义务宣传员非常重要，让更多的人树立绿色发展理念、坚定环境治理信念，培育一支植树造林的大军，这比立多少个'将军台'都管用，也比只靠我们自己植树要见效快得多。"

我已经活过来了，当初给乡亲们许下的诺言铁板钉钉、必须完成。

抗癌

KANGAI

满目青翠(丁美宁　摄)

2003年，张连印回乡种树时，曾对张家场父老乡亲许下承诺，要绿化荒山荒坡5000亩。

2011年，将军植树造林第八个年头，他的植树计划还剩500亩没有完成，承诺即将实现。

然而，就在这一年，张连印迎来了他生命历程中一个重大转折。

事情还得从一次体检说起。进入2011年，张连印在上山干活时，常常觉得体力不支，后来走路也喘得厉害。老伴儿王秀兰很担心，对他说："老头子，身体不舒服的话就先别干活了，咱们去检查检查。要是没事就放心了，万一有点什么小毛病，就早治疗，可不能大意。"

张连印笑着拒绝了，他说："没事，就是这段时间老在山上转悠有点累，再说我也不是年轻小伙子了，爬个山喘上几口大气很正常，缓缓就好了。"

从2004年起，张连印利用每年植树造林的空当期，都要回石家庄进行一次体检，负责他体检的，是石家庄某部军队医院。直到2010年，体检出来的结果都没什么大问题。

2009年，在孩子们的动员下，张连印夫妻报名参加了一个去西藏的短期旅游团，前往林芝旅游了十几天。张连印戎马生涯四十载，历年来演习训练观摩培训，几乎走遍祖国大江南北，唯独没去过西藏，因此，他和老伴儿都乐于完成此行。但下车没多久，他就感觉到胸口很憋闷，以为是高原反应，就去附近的驻军医院做检查，军医们很重视，为张连印认真检查了一遍，也没发现什么问题。

回到张家场后，张连印到右玉县优种苗圃基地学习取经，他再次感到胸部有些不舒服，先后去右玉、左云的医院检查，结果依然显示正常。

各个医院的检查情况，让张连印对自己的身体状况很乐观，因此，当老伴儿催促他赶紧体检时，他并没有太着急。但是每天和张连印生活在一起，王秀兰明显感觉丈夫身体情况已越来越不如以前，晚上睡觉时常常呼吸急促，出虚

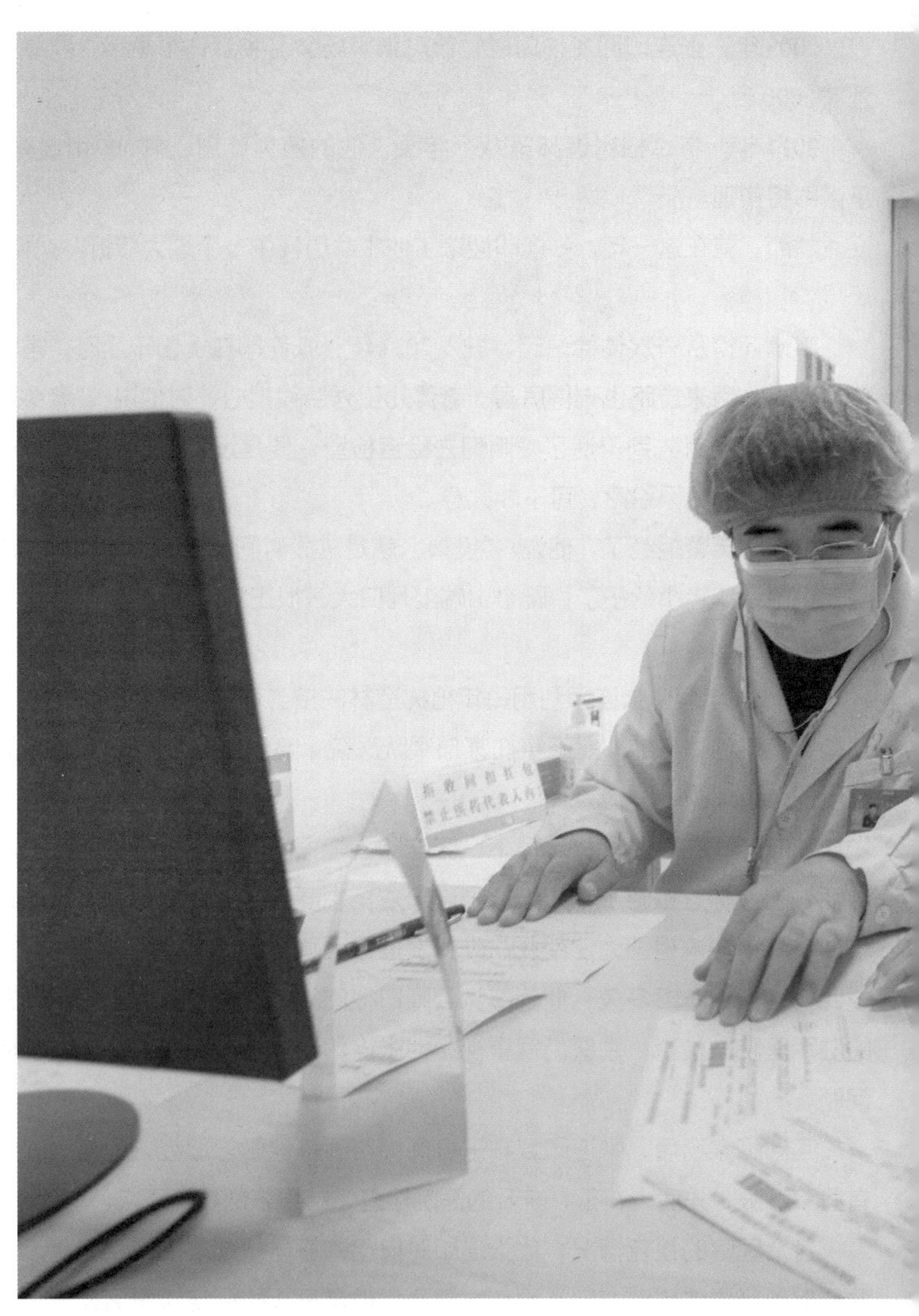

接受体检（丁美宁　摄）

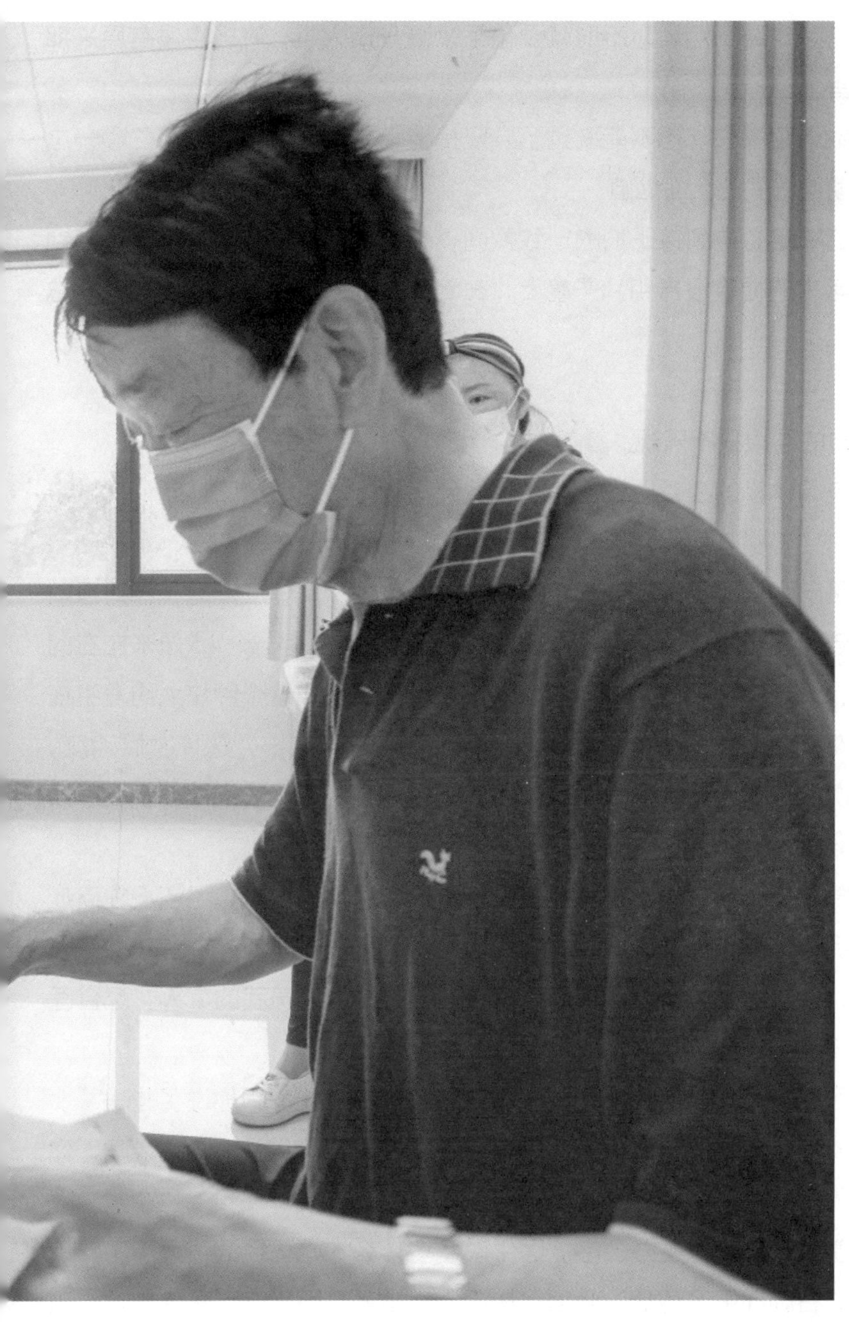

汗，睡不安稳，走路干活，时不时就要停下来喘几口大气，吃饭也没有原来那么快、那么香了。

为此，她下定决心，再不能耽搁了，坚持要陪丈夫去北京解放军三〇一总医院做一次彻彻底底的全面检查。

王秀兰的决定，得到孩子们的一致赞同，张连印只好少数服从多数，回到石家庄将历年来的检查报告和片子拿上，在老伴儿陪同下，一起来到三〇一总医院。

全面体检的结果很不乐观。

负责张连印体检的主管医生汇总医院各部门专家意见，与张连印认真做了一次谈话。

医生先是向张连印了解了近几年体检的整个过程，又仔细询问了他对目前身体情况的自我感觉。然后告诉张连印："您现在右肺部有一个4.5厘米左右的不规则阴影，大概有乒乓球大小，按照这个发展情况看，这个肿块大约发生在2008年，2009年可能有1厘米左右，2010年是2.5厘米左右，这种发展速度，符合我们常说的恶性肿瘤的症状，目前还属于中期，不能再往下发展了，必须尽快手术。"

这个结果，令张连印很意外。他虽然感觉这次病情比较重，但还没往癌症那上边想。沉吟半晌，他郑重地对医生说道："我相信总医院各位专家的判断，我尊重科学，尊重医生，我会尽快向组织上汇报，并且动员我的家人，配合医院，完成下一步手术治疗工作。"

张连印回到病房，王秀兰急切地问丈夫："咋样？医生都跟你说了些啥？"

张连印笑了笑："看起来有点问题，等会儿医生要跟你谈话，不管说啥，你都不要着急，咱们出了啥事就按啥事办，冷静对待就行啦。"

王秀兰着急地来到医生办公室。医生说了些什么，她已经记不大清了，只知道，丈夫的右肺部患了癌症，必须尽快手术。她晕晕乎乎来到医院走廊，强忍住泪水，拿出手机，把情况告诉了三个儿女。

获知自己患了肺癌，张连印在医生面前，表现出了极大的理性与克制。但是，他的心里却像压了块铅似的，感到无比沉重，面对病魔这个万恶的敌人，他一时间也不知道该怎么应对。

老伴儿被医生找去谈话后，张连印沉默了，他靠在床头，像一尊雕像，陷入久久的沉思。

张连印清楚，老伴儿和孩子们一旦得知他患癌的消息，肯定会心疼、担心、焦虑。可他自己又何尝不担心、不焦虑，甚至不害怕呢？他首先想到的就是自己这一生严于律己，没有让老伴儿和孩子们享受到什么，退了休回到张家场种树，又让老伴儿跟着他到乡下受苦受累。孩子们虽然没去，但他们在父母最困难的时候都把积蓄拿了出来，为支持他实现植树造林、造福桑梓的心愿几乎倾其所有。想到这些，他更加觉得自己对家人亏欠了许多。如果病情控制不住，他也许永远没有机会补偿这些至亲至爱的人了。

张连印还想到了张家场的乡亲们。八年前，他曾做出承诺，要在张家场植树造林5000亩，现如今已经种了4500亩，就差500亩了，他却躺在了病床上。如果走不出医院，他的承诺就再也无法完成，而这必定会是他这一生最大的遗憾。

对亲人的亏欠，对乡亲们的承诺，都牵动着他的心。身为一个老兵，张连印对死亡并不畏惧，他畏惧的是心中的情义和责任，他害怕的是再也没有时间报答乡亲们，补偿亲人们。

张连印走下床来，慢慢地踱步，暗暗地给自己加油：张连印，你不能倒下，一定要战胜病魔，因为还有很多事等着你去做，还有很多规划等着你去完成。他的心中，再次响起了战斗的号角。他给自己立下了原则：绝对不能让家人为他担心，更不能让老伴儿为他难过。

当王秀兰走进病房时，他立刻露出笑脸，故作轻松地说："咋样？医生说要做手术吧？现在医学很发达，更何况我这还是个中期，做了手术，肯定就没啥问题啦。"

王秀兰勉强露出笑脸，用力点点头说：“对，我也是这么想的。”

其实，王秀兰进病房前，已经找了个没人的地方，痛痛快快地哭了一场，任泪水夺眶而出，尽情流淌。

给儿女们打完电话，王秀兰在走廊的长椅上坐了好一会儿，心中生出了很多内疚和自责。在她看来，张连印的病就是种树累的，就是在张家场吃苦吃的。住在河滩上的小平房里，冬天冷，夏天热，一把年纪了，一年到头还要上山干活，穿衣服也不注意个节令气候，吃的饭也是能凑合就凑合，这哪能不生病？她怪自己当初心太软，嘴太软，如果2003年的时候态度坚决一些，不让老伴儿回张家场，就留在石家庄干休所，安心享受退休生活，肯定就不会有今天这个结果。

转念又一想，事已至此，光自责也没用，一定得让丈夫心情舒畅、安安心心把手术做好，让他树立起坚强生活下去的信心。她想再和老伴儿手牵手继续走下去，跟着这个老头子，就算吃再大的苦，受再大的罪，她也觉得永远活不够！

想到这里，她推开房门走了进去。

相濡以沫的老两口，似乎有一种心灵感应，首先想到的，都是对方。

当王秀兰告诉张连印，她已经通知了三个孩子时，张连印笑着点了点头，仿佛不经意地说了一句：“你让晓斌来的时候，把我那套安了军衔的八七式军服拿上吧。”

老头子为什么要军装，王秀兰心领神会，她的鼻子酸了一下，与张连印心照不宣地对视了一眼。

“老头子，你命大，啥也不用怕！”

“那当然，有你保佑我呢，我可要好好活呢！”

几乎是同时，他们都向对方伸出了手。两只因长年干活而变得粗糙的手紧紧握在一起，满是老茧的皮肤相互摩擦，将彼此的体温传递给对方，一种不言而喻的信息电流般抵达他们手脚的最末端，暖暖的热流通过指尖将他们连为一体，直通向心灵的最深处……

王秀兰的眼前闪过一幅幅过往的画面，就如同打开一本相册。谈恋爱第一次见面，张连印迈着标准的军人步伐走到她面前，挺拔的身姿那样俊美。她的心里一阵紧张，害羞得甚至不敢抬起头来。部队营房里，她带着三个孩子，拿着大包小包随军来到部队，张连印抱起儿子女儿亲了又亲，还躲在厨房里，张开双臂给了她一个大大的拥抱……无数画面从她面前一闪而过，王秀兰看得如此真切，她感到眼眶一阵湿润，一字一句地说："连印，我相信你一定会活得好好的。你只是太累了，需要好好休息一下。"

三个儿女接到妈妈的电话后，迅即赶到北京三〇一总医院，来到父亲病床前。

孩子们的到来，让张连印感到莫大的欣慰，他告诉三个儿女：第一，他现在心情很稳定，既已确诊，发愁无益，一定会积极乐观面对。第二，三〇一医院医疗水平很高，他会积极配合医生，接受治疗，相信手术一定会成功。

张连印将军深情地说："我这辈子亏欠最多的就是咱们这个家。老了老了，还让你们担惊受怕，我心里实在不安。但就是一个癌症，没什么大不了的。我战胜了病魔，你们就开开心心接我出院；要是病魔打败了我，那也没什么可惜的，你们就顺顺当当地送我走……"

小女儿张晓花哭着说："爸，您别说了，病魔战胜不了您，我们一定会和您一起战胜病魔。"

大女儿张晓梅安慰道："爸，您是勇士，什么也不怕。我们不会让您死，您千万不要放弃您自己。"

儿子张晓斌沉吟好久，也说道："爸，我知道，您是怕我们担心，怕我们难过。您放心，只要您每天能开开心心的，我们也就不再担心了。您说得对，没什么大不了的，有困难我们全家人一起面对。"

张连印笑了："对，一起面对。你们放心，不管在啥时候，我也不会当逃兵。"

经历这番谈话之后，家人们心里踏实了好多。张连印心中也充满温暖和力量。必须好好的，不能辜负家人，必须以昂扬的斗志面对一切。我能做到，也必须做到！他对自己说。

那一晚，张晓斌在父亲床前护理。

王秀兰和两个女儿住在招待所里难以入眠。

王秀兰难过地说："从一开始我就该拦着，就不该让你爸去张家场。要是安心在城里，该吃吃，该喝喝，该去旅游就旅游，一点压力都没有，现在他就不会病。"

张晓梅安慰道："妈，您说的有一定道理，张家场生活条件是不太好，你们种树也太累，吃了那么多苦，肯定对身体有影响。可是，妈，您想过没有，您要不让他去，就凭我爸那脾气，凭他那股子倔劲，憋也早就憋出病来了。"

王秀兰说："那也不至于憋出个癌症吧，可现在……"

"妈，您就别钻牛角尖了。我爸生病不是您的责任。"张晓梅内疚地说，"是我们这些做儿女的没有好好关心他。你们在那里种树，生活那么苦，要是我们能时常去看看，就算多叮嘱爸爸去勤检查检查身体也好呀。要是能及早发现，及早治疗，也不至于成了现在这样。最该责怪的是我们，是我们这些做儿女的不合格，是我们对不起爸爸。"

张晓花只是哽咽着哭。她的脊柱压迫性神经痛的病又犯了，有时疼得都没法动，早就预约好要在北京积水潭医院做松解手术，手术日期就定在这几天，可爸爸也要在最近几天做手术。她恨自己身体不给力，恨自己的手术来得太不是时候，爸爸在这样的关键时刻，她都不能守在他老人家身边尽一点儿孝心，反而还得让父母和哥哥姐姐为自己操心，她觉得自己真没用。

俗话说，孩子是母亲的心头肉。王秀兰能理解女儿晓花的心情，但她也同样很担心女儿的身体。

王秀兰心疼地对晓花说："闺女，听妈的话，你爸这儿有我和你哥你姐呢，你就安心做你的手术。积水潭医院预约个手术不容易，你早点做完，病情就能早点缓解。等你好了，再来看你爸，再来照顾他。"

张晓花掉着眼泪说："我这病来得也太不是时候了。"

王秀兰心疼地摸着她的手说："傻闺女，别瞎说，妈打心里希望你和你爸的病都不来，都没有才好。不过，有病还得看病，该手术还得手术。你说对吧。"

张晓梅也安慰妹妹说："晓花，妈说得对，你就安心做你的手术，这有我们呢，你不用担心。"

天亮了，夜空渐渐由深灰转为鱼肚白，东方现出一片绯色霞光。母女三人就这样度过了这个难熬的夜晚，她们没有再沉浸在悲伤里，因为生活还要继续，前路还很漫长，只有保持乐观，坚强地面对眼前的一切，才能迎来希望。

按照程序，三〇一总医院也把张连印的病情向河北省军区有关部门做了通报。同时，为将军每年例行体检的石家庄某部军队医院也很快得到了消息。

院长匆匆来到三〇一医院，当面向将军表达了歉疚之意。张连印大度地说："这不是你们的责任，我去了好几家医院也都没有检查出来。你们前几年体检的片子和病历报告，也为总医院最后做出结论，提供了很多可供参考的依据，幸亏发现得早，现在做手术正好，我在感谢总医院的同时，也得感谢你们。"

三〇一医院很快给张连印将军做了更深入的身体检查，并制定了手术方案。王秀兰告诉张连印："老头子，你现在要做的就是什么都不要想，好好养身体，等着手术。"

王秀兰知道，对于张连印来说，等待手术的日子十分难熬。她默默地陪在他身边，坚持每天给张连印做按摩。早在2009年，张连印就因为常年劳累，小腿患上了严重的静脉曲张。王秀兰看在眼里疼在心里，她多方打听，找到了懂按摩的医生，学习按摩。为了弄清穴位，她专门买了人体穴位图、经络图。张连印看到后笑着说："你这是学武侠小说里的高人，要帮我打通奇经八脉呢，要这样我可就成武林高手啦。"

王秀兰笑着答道："你能不能成武林高手我不知道，要是能把你这两条蚯蚓腿治好，我睡觉就踏实了。"

从2009年坚持到2011年，王秀兰从对按摩一无所知，到成为一个闭着眼睛就能摸准人体穴位、手法一流的“按摩专家”。不管是按头、按腿、按脚，她都总结出一套独特的方法。在三〇一医院的病房里，医生和护士常看到一个慈祥的老首长靠在床上，一个老太太或坐在椅子上或站在他身旁，满含深情地看着他，给他按摩。医护人员们从不干扰他俩，因为那是属于这两位老人的幸福时光。

精心的按摩缓解了张连印身体的疲劳，也让他的心情最大限度地放松下来，他的脸上没有愁云，有的只是发自内心的笑意。看到爸爸的状态，张晓斌和张晓梅心中的压力也都缓解了，病房里有了欢声笑语。

可突然有一天，张连印却又心情不好了。王秀兰见状，忙问他怎么了。他惴惴不安地说：“怎么这么多天没见晓花了？她去哪了？”

王秀兰一时语塞，不知道该说什么。

陪在病床旁的张晓梅忙说：“爸，晓花她有点事情，最近没办法来陪你，你千万不要生气。”

张连印追问道：“晓花她有啥事情啦？”

面对父亲的追问，张晓梅有点不自然，她吞吞吐吐地说：“晓花她没什么大事，就是工作上的一点事。”

张连印点点头：“工作上的事不能马虎，你跟晓花说，工作上的事得弄好，我这里都挺好的，不用她担心。”

见糊弄过去了，张晓梅这才长出一口气。等张连印睡下，她才和妈妈一起走出了病房。因为晓花马上要手术，妈妈想和她叫上哥哥一起去看看小妹。

他们几个刚要动身，却看见张连印走出了病房。

张晓梅忙说：“爸，您没睡呀？”

张连印道：“你们就不要瞒我啦，是不是晓花今天要在积水潭医院做手术？”

晓梅问：“爸，您……您怎么知道的？”

张连印说道：“你爸我是侦察兵出身，那天晓花来看我，我就感觉到她坐下起来有点困难，就猜她可能压迫神经疼的那个老毛病又犯啦。这几天，听你们老是背着我念叨什么积水潭医院啥的，等我一来，你们又不说啦，综合情况一分析，我就估计个差不离啦。”

王秀兰说：“既然你已经知道啦，那你就安心在病床上休息吧，我们代表你去看看晓花。”

张连印坚持道：“我和你们一起去看看，医生都说了，没做手术以前，我就是好人一个，哪也能去，哪也能走。”

几个人见劝不住将军，只好和他一起打车来到积水潭医院。

晓花一见爸爸也来了，不由得愣住了。

张连印慢慢走到担架车前，握住了张晓花的手，爱怜地看着她：“晓花，你是个坚强的孩子，你不要有心理负担，放平心态，配合医生，把手术做好。爸爸就坐在这里等你出来。”

张晓花哭了：“爸爸，对不起，我让你担心了。”

张连印轻轻擦去她脸上的泪水，笑着说：“进去吧，爸爸等你。”

就这样，张连印在家人的陪伴下，看着小女儿进了手术室。

将军眼前突然浮现出当年王秀兰带着三个孩子随军到部队时的情景。

那年，晓花刚生下来，襁褓中的小女儿，小脸蛋儿圆乎乎的像熟了的苹果，黑黑的眼珠像两只闪亮的小玻璃球，十根手指小得惊人，握成两只小拳头，安静地放在腮下。张连印从来没见过这么小的娃娃，他又稀罕又疼爱，伸手就要去抱。可是，小家伙一见张连印晒得黑乎乎的脸，顿时吓得哇哇大哭，说啥也抱不成。于是，相当一段时间，他这个当爸爸的只能背过脸去，一边向后探出胳膊用手轻轻拍着小被子，一边慢慢哼着催眠曲，这才能把这个柔嫩的小丫头哄得睡着了。

一转眼，襁褓中的小女儿早已长成大姑娘了，这日子实在是太不经过了，想到这儿，张连印的眼圈有些红了。

对于他和小女儿来说，都在经历一场战争。这场战争的敌人是病魔，也是自己。此时的张连印非常清醒，他知道，只有战胜了自己，内心变得无比强大，才能赢得最后的胜利。此时此刻，他和小女儿都必须挺立不倒，因为他们的背后是视他们如同自己生命一样的家人。

张晓花的手术做得很成功，这让张连印悬着的心放了下来，同时他也从中得到激励。他对王秀兰说："女儿成功做了手术，接下来就轮到我了，我得向她看齐，不能掉队，不能给你们拖后腿。"

说这话的时候，张连印的手术已经安排妥当，他即将进入手术室，迎接命运的挑战。为此，他决定去照一次相，一是留作纪念，二是为自己打气，第三也是以防万一。他想如果他去见马克思了，这张照片就算他留给老伴儿和孩子们的最后一个念想了……

这天，他把儿子张晓斌带来的八七式将军服叠整齐，装进一个大提兜里。他来到王秀兰身边，说道："老伴儿，马上要手术了，我想一个人出去走走。"

王秀兰看着将军提兜里的军装，心里已明白了几分，她想说几句什么，又觉得还是不说的好，只问了一句："要我去吗？"

张连印拍拍老伴儿的手："不用啦，进手术室就等于打仗。马上要打仗了，身为参战人员，我得给自己做动员吧？你放心，我是给自己鼓舞士气，几个小时就回来。"

王秀兰点点头，目送张将军出了门。

张连印独自来到一家照相馆。

摄影师热情地接待了他。

看到张连印换上了一身老式军装，肩膀上还佩戴着将军衔，摄影师就十分好奇地问："您是……将军？"

张连印拿出了证件，递给摄影师，淡然地说："退休了，我就是一个普通老兵。"

摄影师"啪"地来了个敬礼，崇敬地说道："您真是将军啊！不瞒首长说，我也当过兵。"

张连印高兴地应道："那咱们是战友啊。"

摄影师赶紧说："可不敢，可不敢，在您面前，我只是个小新兵。"

张连印制止道：“哎，那也是战友。”

摄影师问：“首长，您怎么要照这张像呢?”

张连印道：“我马上要上战场了，拍个照留个纪念。”

摄影师丈二和尚摸不着头脑：“上战场？没听说哪里要打仗呀?”

张连印笑了笑：“小伙子，这个暂时保密，拜托你给我照精神点儿。”

摄影师又是一个敬礼：“请首长放心！”

在摄影师的镜头里，此时的张连印目光坦然，面容庄重，气定神闲，殊不知这个老首长的内心深处却已是波涛翻滚，汹涌澎湃，大潮拍岸。

将军即将奔赴生与死的战场。面对一个难以预测的结局，他一遍又一遍地告诫自己，为了自己的家人，为了对家乡父老的承诺，决不能倒下！

手术的前一夜，王秀兰一边给将军按摩，一边说：“老头子，身心放松了，明天手术的时候就不会紧张。我相信明天一切都会顺利。”

张连印说道：“老伴儿，你先停一下，我有话想跟你说。”

王秀兰点点头：“我可告诉你，咱们都得高高兴兴的，不好的话不要说。”

张连印想了想道：“有些事我想了很久，今天必须得说了，说了心里踏实，不然我明天做手术心里会不安。”

王秀兰只好说：“好，那你说吧。”

张连印说：“我要说的事一共三件。第一件事，先说家里，孩子们都成家立业了，虽然不会大富大贵，但日子都能过得去，我不担心。孩子们都孝顺，我也不担心你。万一我挺不过去，你们不要太伤心，送走我以后，该过日子过日子……”

王秀兰哭了：“你别说了，别说了。”

张连印继续说道：“不过，万一那一天来了，你要代表我跟组织上说，我去世后不要立碑，不要铺张。你跟孩子们说，咱们家不收礼，也不唱戏，安安静静地把事办了就行了。”

王秀兰难过地点点头。

张连印又说：“第二件事，咱们说说张家场。当年我回去的时候，跟乡亲们承诺过，要绿化荒山荒坡5000亩，我不害怕得了不治之症，而是害怕承诺下的绿化任务还差500亩没有完成。我希望我能实现，可万一我做不到了，你要想办法带着孩子们坚持把这件事做下去，实现我这个承诺。”

王秀兰痛苦地应道：“好，好。”

张连印接着说：“还有一件事，这件事需要咱们全家人一起努力。这些年为了种树，咱们欠了好多钱。人死债不能消，这个钱必须得还清。我如果去世组织上肯定会给一笔丧葬费，应该能填补一部分，不够的就得靠儿女们了。我对不起他们，身为父亲，没能给他们带来什么好处，临了可能还要让他们为我填窟窿，是我做得不好。”

王秀兰再也听不下去了：“好了，别说了，别说了，我都答应你，孩子们都会答应你。”

张连印叹息道：“要说对不起，秀兰，我这辈子，最对不起的人就是你。打从一结婚，咱就聚少离多。三个孩子都是你自己找接生婆，在老家土炕上生的。”

王秀兰苦笑一下：“翻腾这些陈谷子、烂芝麻的事干啥？过去了的就过去了，那个时候条件不好，家家户户都是那样。”

张连印说：“憋在心里这么多年了，不吐不快……人人都羡慕你是军官太太，可你却偏偏吃了给我这个军官当太太的亏。恢复高考那年，你高分被大学录取，为了我，为了孩子，你二话没说就放弃了。早该随军，却一拖再拖，直到我当了团副参谋长，才让你和孩子们随军到部队。到石家庄后，让你这当老师的，到动物园当了个大熊猫饲养员，回想起来，这实在说不过去。唉，退休了，老也老了，还把你带回老家去跟着我受那份苦累……跟上我，你就没享过一天福，我……”

王秀兰赶紧制止他：“什么福不福的，这一切都是我自愿的。你好，孩子们都好，我就是有福了。你要是觉得对不住我，就好好地活下去，咱们把手术做成功，好吗？”

张连印用力点点头，连连说道：“好，好……”

张连印紧握着王秀兰的手，不再说什么，他在等待明天，他将迎接命运的考验。

三〇一医院手术室外，王秀兰和三个儿女惴惴不安地等待着。终于，他们迎来手术室开门的那一刻。医生带来了好消息，手术很成功。一家人心里的石头终于落下来。术后观察一个星期后，医生告诉他们，虽然手术成功了，但是右肺中叶切除，对身体损害很大。更棘手的是，还需要后续的化疗。以张连印将军目前的身体状况来说，要承受化疗的痛苦，这很艰难。

张连印躺在病床上，用微弱却又坚定的声音说道："放心吧，医生，手术那么大的关我都闯过来了，还有啥痛苦不能忍受？我一定配合你们完成化疗。"

一共五个疗程的化疗，每隔二十一天就要做一次，做一次就要承受一次巨大的痛苦。每次做化疗，张连印都会眩晕呕吐。

每次做化疗时，张晓斌都会陪伴在父亲病床前。

有一次，将军的反应特别厉害，张晓斌担心地问护士："这是怎么回事？"

护士说："首长做化疗呕吐眩晕是正常的反应，而且为了提高治疗效果，我们加了一种新药，反应更强烈，痛感更重。"

张晓斌请求道："能不能跟医生商量一下，把新药停了？"

张连印咬紧牙关制止了张晓斌，他说："晓斌，你别难为护士。既然是新药，那就是通过了临床试验，医生也是为了我好。疼就疼点，没什么，我挺得住。"

护士说："首长，您要是感觉特别疼，就喊两嗓子，喊喊会减轻些痛苦，没关系的。"

张连印努力地笑了笑："谢谢。"

将军忍着巨大的疼痛配合治疗，汗珠不住地从额头往下滴，硬是一声不吭。

张晓斌看了心疼，劝说道："爸，没关系，医生都说了，疼的时候就喊两嗓子嘛。"

张连印仍然咬着牙："是有点疼，但喊了叫了，能管啥用？"

张晓斌见父亲手都是僵的，心里实在是不忍，又说道："爸，实在疼咱就停一停，让他们停下，你缓口气。"

张连印却道：“咱是军人，枪林弹雨都不怕，不就做个化疗吗？你放心，爸爸能挺得住。”

护士看傻了，情不自禁地说：“首长真是太坚强了。”

或许是上天眷顾，或许是张连印乐观的精神起了作用，奇迹发生了，将军经过五次化疗和一段时间的休养，病情大有好转。

2012年，张连印将军已经从重病中完全走出，他又变得精神矍铄，吃得香，睡得着，走路不喘，身上也感觉有了力气。这个时候，他心心念念的事情就又萦绕在脑海。他对自己说：“身体好了，我要回张家场了。”

这年春节刚过，张连印将军就跟家人商量，要回张家场继续种树。一向温和的王秀兰发火了，她愤怒地说：“我不同意，你这是拿自己的命开玩笑！”

儿女们也纷纷表示反对，但他们不能说重话，只能好言相劝，可是谁劝都没有用。张连印果决地说：“我早就跟乡亲们说过，只要活一天，我就要在张家场种一天树，只要活着，我就要让乡亲们看到我，每年过正月十五，还要和他们一起闹红火。现在我已经活过来了，我得让乡亲们看到我！我还欠着乡亲们500亩的树没种上，我决不能当逃兵，必须得回去种！”

小女儿张晓花弱弱地问了一句：“爸，我就不明白了，难道张家场比您的命还重要？”

张将军提高了嗓门，斩钉截铁地说：“我这条命就是张家场给的！没有当年张家场父老乡亲的百家衣、百家饭就没有我的今天，就算把我张连印烧成灰，也报答不完张家场父老乡亲的大恩大德！”

见张连印将军态度决绝，家人们只好妥协了。张晓梅对他说：“爸，去可以，但是有条件。第一，按时吃药；第二，定期复查；第三，一有情况必须马上治疗。这是我们跟您的约法三章。”

张连印乐了，他说别说约法三章，只要同意他回去种树，就是约法三十章，他也会全盘接受。就这样，经历了一场大病的考验之后，张连印将军再一次回到了他魂牵梦萦的张家场。

2012年正月十五，张连印将军回来了，张家场轰动了。

夕阳如血，暮色苍茫，风在耳边呼呼作响。

远处，古长城、烽火台蜿蜒矗立，静默无声。

张连印站在村头十里河边，起伏的胸膛里，似波涛翻滚。

他的眼中射出如剑的光芒，被紫外线强烈照射且经过风磨霜侵的紫红色脸膛上，皱纹深刻，写满坚定。

放眼望去，上万棵樟子松浩浩荡荡铺向天际，铁褐色的枝干，苍翠的松针，和着朔风的吟唱，抖落冬日残雪，映着如火晚霞，摇曳起舞，奇瑰而壮丽。

张连印深吸一口气，顿觉沁透心脾，一种久违的畅快充斥全身。

这个曾经指挥千军万马的将军，这个从不信邪的老兵，又扎扎实实踏在故乡的土地上。

癌症没有将他击垮。他那挺直的腰板告诉人们，这个已和老农民毫无二致的老汉，并没有倒下。

就在2011年，张连印患肺癌的消息传到张家场后，村民们私下里曾议论纷纷，有人说，咋这么好个人没好报呢？咋就让张司令那么好的人得了这个病啦？还有人说，你欢欢把心放到肚子里头吧，人家将军福大命大，肯定会没事的。但不管怎么议论，大家都在猜测一个问题，将军到底还能不能回张家场。

村里的羊倌问张连雄："连雄叔，你和司令是本家兄弟，你们最熟，你说他还会不会回来？"

"我哪知道？我咋知道？"张连雄黑着脸，好一会他才缓和情绪，喃喃地说："我想我连印哥怕是不会再回来了，以后种树这事也就这样了。"

人们在难过之余，也都以为将军再也不会回来了。

当张连印带着老伴儿重新出现的时候，张连雄第一个跑去看堂哥，他百感交集地说："哥，你一开始回来种树，我以为就是图个新鲜，闹上两天，新鲜劲一过，你就拍屁股走人啦。后来就算你坚持了八年，我还是认为，你名声留下了，就不会真心再种树了。我是真没想到你得了这么大个病还会再回来，我现在才从心眼里相信，你回来种树不是为了沽名钓誉，你就是为了我们张家场的父老乡亲！我以后再也不会怀疑你，不光我不怀疑，谁要是再怀疑，我就得跟他说个长短！不叫他服了气，我就不姓张！以后，只要是为了植树造林，你叫我做啥我就做啥，我张连雄绝对不会有二话！”

很快，乡亲们也都聚到了张连印将军的植树基地。大家争先恐后，给将军拜年，真情问候。本来不算宽敞的屋子里，挤满了人。与以往不同的是，那些成天烟不离手的乡亲们，没有一个人在张连印面前抽烟，因为大家知道他得的是肺癌，怕这样会加重他的病情，所以都自觉地收敛起来。

张连印感谢乡亲们的热情，他给大家拜晚年，还请乡亲们吃他带回来的水果和糖块。当他得知在他治病的日子里，乡亲们都自发地来到他种下的树林里，主动帮着植树、修树冠、拣杂草、培土坎、育幼苗时，他的眼睛湿润了。他站起身来，对着在场的乡亲们深深地鞠了一躬。

张连雄见状忙说：“哥，你这是闹啥嘛？我们给基地做点事那都是应该的，不是你带上大伙改变了咱们张家场的面貌，咱张家场能有今天这么好的光景？要鞠躬也该我们给你鞠躬才对。”

乡亲们纷纷赞成，你一言我一语地说起将军这些年带领大家一起种树时候的那些故事，气氛又活跃起来。说到高兴处，张连印和大家一起走向基地的小广场，欢欢喜喜地扭起了秧歌。

每年正月十五，张家场都会闹元宵，扭秧歌。张连印的归来，为这个元宵节增添了更加浓厚的喜庆气氛，乡亲们纷纷邀请将军唱首歌。张连印毫不推辞，迈开大步走到场子中央，放开嗓门唱了起来：

正月里来是新春，
赶上那猪羊出呀了门。
猪啊羊啊，送到哪里去，
送给那英勇的解呀放军。
哎勒梅翠花，海呀海棠花，
送给那英勇的解呀放军……

塞北的夜空高远且辽阔，皎洁的圆月将如泻的银光洒向大地，星月交辉，明灯错落，欢乐的歌声在张家场绚烂的烟花灯火中久久回荡。

2012年春天，张连印再一次开启了植树造林的计划。这一次他是带着大病初愈的身体，更加执着地投入。对于他来说，这是心底的信念，哪怕是罹患肺癌，也未曾有过丝毫的改变。

乡亲们都很感慨，看来还是好人有好报，因为张连印将军还是像以前一样充满活力，根本看不出得过癌症。但是毕竟在生死线上走了一遭，张连印的生活和以前比还是有所不同。为了保持身体健康，有效控制病情，他每月都要回一趟石家庄，到指定的医疗机构去取药。

一向生活节俭的他，每次回去总是买张头天晚上由大同到石家庄的硬卧，在火车上睡一宿硬板，第二天一大早，下了火车，随便吃点饭就赶到医院去取药。

按照规定，张连印的药品只能本人自己取，不允许别人代领。有一次种树最忙的时候，林地离不开人，张连印想着推迟几天再回去取药。

但老伴儿王秀兰不干了，一再催促他："种树重要，生命同样重要。你身体棒棒的，才能更好地种树。"

张连印知道老伴儿是为他好，便放下手中的工作，匆匆忙忙地坐上火车赶往石家庄。

送老头子出发后，王秀兰便把爸爸要回去取药的消息告诉了儿子和女儿们。大家知道父亲要回来，便相约分头买菜购物，然后一起聚在家里，做了一顿丰盛的午餐，想着父亲回家后好好跟他老人家团聚一下。可左等右等，还不见张连印的人影。

"是不是路上耽搁了?"

"会不会取药不顺利?"

张晓斌他们心里没底了，不约而同掏出手机打电话，可联系上才知道，张连印已经坐上了返程的火车。

儿女们不乐意了，都责怪他不爱惜自己。

在土炕上输液抗癌(清风林教育基地　供图)

张连印乐呵呵地说：“回城不等于回家，我也没说要进家门。不是我不想回，是张家场最近植树造林的事情太忙、活计太多。毛主席说：“一万年太久，只争朝夕。”我实在是一分钟都不敢耽搁。我早上已经吃过饭了，一会儿在卧铺上睡上一觉，也算是劳逸结合嘛。”

小女儿张晓花嗔怪道：“爸，您病刚好，我也做了个不大不小的手术，我特别想您，您就一点也不想我吗？”

张连印听到女儿的声音里带着哭腔，心里也很不好受，可他的确耽误不起，只能硬着头皮说：“孩子，爸哪能不想你呢？等把这一阵儿忙过了，爸和你妈一起回来看你。”

大女儿张晓梅接过电话说道：“老爸，做了这么多好吃的，专等您回来，可您倒好，连个照面都不打，真不够意思。”

张连印笑笑说：“你们兄妹仨，常把你爸不够意思的话挂在嘴上，我也就只能按你们的评价办了。做好了的饭，你们就替你老爸吃，多吃点儿，好不好？”

张晓斌也在电话里说：“爸，医生的话还是要听嘛，一不要太累，二要注意营养，三要按时服药，别总是马马虎虎的。”

张连印说：“没马虎，要是马虎的话，还回来取药干啥？”

儿子说：“取药坚持得不错，但休息和营养还有待加强和改善。就说今天吧，您打个电话，说顾不上回家吃饭，我们给您送到车站也行。哪能不吃饭呢？连饭都不吃，还谈什么营养？几百里的路程，连轴转，这还叫劳逸结合吗？爸，张家场需要您，咱这一大家子也需要您。”

张连印没法跟儿子争辩，只好压低嗓门说：“好的儿子，下不为例，医生的话，你们兄妹三个的话，我都听。一会儿在火车上买最好的饭吃，吃了饭好好睡一觉，不就全补回来啦？”

就这样，张连印过家门而不入，带着儿女们充满爱意的责怪匆匆回到了张家场，因为那里的山林在等待着他。

春暖花开，一年又一年，张连印就是以这样的精神，战胜了自我，实践着对乡亲们的承诺。

无限青山尽现眼前，大地一派青翠盎然，等待人们的是更加美好的明天。

千难万难，树也要接着种。

守诺

SHOUNUO

中秋团聚（丁美宁　摄）

多年以后，张连印回望2013年，依然感慨万千：那一年对于他植树治沙的事业而言，又是一道难过的坎。

随着国家对绿色生态建设越来越重视，张连印和他的团队参与的京津风沙源治理工程，在左云县乃至整个大同地区都取得了可喜的成果。

那一年，种苗基地树苗的长势特别好，一眼望去，一株株茁壮的枝干就像一个个发育良好的少年，挺拔而健美，绿油油的枝叶伸展开来，在劲风的吹拂下，翻卷着绿浪，每一根松针柏叶都是气势昂昂的，每一片杨柳树叶都是翠生生、水灵灵的，绿得鲜嫩，绿得喜人，给大地增添了无限生机。到种苗基地拉苗的、看苗的，来了一拨又一拨，张家场种苗基地的名声，也是芝麻开花节节高。眼看着树苗在植树造林、绿化荒山中发挥着越来越大的作用，张连印的心里如同喝了蜂蜜一般甜滋滋的。

但是，这样的局面维持了没多久，就出现了逆转，不知从哪天起，种苗基地突然变得门庭冷落，少人问津了。张连印他们仔细一打听，才明白，由于很多地方都加大了植树造林的投入，苗木需求出现了很大缺口，一些人看到了商机，纷纷仓促上马发展苗圃经营。一时间，不同苗木基地生产状况鱼龙混杂、良莠不齐。有些苗圃为了追逐商业利益，苗木生产管理粗放，乔木多，灌木少；小规格苗多，大规格苗少；裸根苗多，容器苗少；劣质苗多，优质苗少。看似苗木很多，但真正能成活、能起到治理风沙效果的苗木不多。恶性竞争使得劣质树苗挤压了像张连印他们这种优质种苗基地的生存空间。

张连印明白，要确保京津风沙源治理工程建设质量，就需要有大量适应性强、根系发达、抗旱、抗寒、耐贫瘠的优良树种。一边是良莠不齐的苗木，一边又缺少优质树种，张连印看到眼里急在心头。他加大了投入，又请来专业技术人员，准备扩大种植面积，引进新的优良树种，力争用更多优良树种不断占领日益壮大的植树造林阵地。

但是，储备的资金很快告罄。到了9月份，资金周转出现困难，工人的工资都快发不出来了。

张连印又陷入了困境。

林中凝思（丁美宁　摄）

好几个晚上，他因为钱的事情躺在炕上翻来覆去睡意全无，就像有两只烦人的蚊子钻进了脑壳里似的，两个问题一直嗡嗡作响困扰着他：

“按照这个用钱速度，如果到时候真的没钱了怎么办？”

“钱没了，拿什么给那些辛辛苦苦付出劳动的乡亲？”

这天凌晨4点多钟，张连印烦躁地从炕上翻身坐起。

窗外月色如水，四下寂静无声。张连印披上大衣悄悄走出了家门。

9月的左云，已是寒意初现，一阵冷风吹来，让张连印的头脑似乎一下清醒了许多，他下意识地裹紧了大衣，一路走着，一路思索。

朦胧的月色中，黑压压的树苗一眼望不到头，它们在夜风中慢慢摇晃着身躯，仿佛在为这位愁云当顶的老人轻轻叹息。

当初回乡种树时，张连印就已经想过，任何困难都是暂时的，种树是件大事，是他对家乡父老的重大承诺，缺钱的坎必须过，种树的事，也必须硬起头皮来推着往前走。在他的坚持下，第一次缺钱的关口终于突破了。现在，显然又走到了第二次缺钱的关口上。难道还要再向孩子们开口？……不，不能了……孩子们为了种树的事已经付出不少了。自己这次大病一场，三个孩子为了照顾自己，贴进去不少钱，特别是晓花，这闺女也算是过了一道大坎，病后恢复是少不了钱的……去找朋友们借？……这也不妥呀，哪个人家里没事，人家把钱借给咱，一旦有个急事，咱一时半会儿还不了又该咋办？

张连印停下了脚步。他似乎感觉自己此刻不是走在一条普通的乡间土路上，而是正在一条名为“奋战”的路上前行，他扭头回望着自己来时走过的路，月光像在地上撒了一层盐，他似乎能把自己从出生到现在所走的每一步、所踩下的每一个脚印都看得分外清晰。

他看到有三对脚印在远方那处标志着“奋战”起点的地方向现在的自己走来：一对属于家乡，一对属于部队，中间那对属于他自己。他看到那对属于家乡的脚印已深深走入他的脑海，属于部队的那对脚印则坚实而厚重地走进他的心中；他自己的脚印，叠加在那两对脚印中，依旧笔直地向前不断延伸着，不断行进着；他仿佛又看到有两对属于老人的脚印一步步缓缓地向他的脚印靠近，他认出了那两对脚印的主人——他的爷爷和奶奶。他们是他人生早期陪伴他最长久的人。他仿佛听到爷爷在说：“扛住！”

是的，必须扛住！从出生，到上学，到走进部队……他没有一天停下脚步，他没有一天不在奋斗。他像倔强的荒漠里的树苗一样不屈不挠地努力向泥土扎根，努力向上生长。曾经那么困难的日子都过来了，这一次他也一定能闯过去！

不就是资金不足吗？会有办法解决的。参与京津风沙源治理工程的事必须做大做强，再难也要想办法！

东方现出了曙光，张连印带着一身露水走进了家门。

王秀兰看着张连印布满了血丝的眼睛，边递毛巾边关切地说：“天不亮就出去了，我看你这一夜就没睡吧？你也得顾着点自己的身体，毕竟得了场大病，不能再像以前那么熬了。”

张连印说：“我也不想熬，但架不住心里有事呀。老伴儿，我想来想去，困难再大，树还是要接着种。虽说咱现在苗木的销路不好，但一定是暂时现象，人们早晚会认识到优质树苗对植树造林的重要性，所以，不管多难过，咱们也要咬牙顶住，乡亲们的工钱还是要照发。”

“那你说吧，该咋办？”凭借多年相知相守的经验，王秀兰知道丈夫已经有了主意。

张连印顿了顿，最后深呼出一口气，才低声说道：“把树苗低价卖了吧。”

“低价卖树苗？那……那可就亏本啦！”

“亏就亏吧，总不能叫乡亲们白干吧？”

王秀兰还想说些什么，但看着老头疲惫的神色和坚定的眼神，就把话忍住了。

为了把树接着种下去，张连印最终忍痛将树苗以低于市场的价格卖给了其他苗圃基地和种树的单位。得来的钱款，给工人们开支之后就已经所剩不多。

张连印不得不多方寻找借钱的渠道，自尊心极强的他甚至开口联系了曾经的老战友来凑出下一步植树治沙的钱。他的老部下蔡世廉，转业到邢台市国税局任局长的李兆昌，还有转业到河北省财政厅的郭志军都曾先后见到过这位风尘仆仆前来“化缘”的老领导、老将军。他们意识到，能让自尊心极强的张副司令员来开这个口，说明他遇到的坎肯定不小。战友们纷纷倾囊相助。有人说我支持你五万元，钱就不用还了。张连印把眉毛一横说，那可不行，该是怎么就怎么！

虽然有了战友的资助，可是资金依然存在较大缺口，张连印决定，就算向银行继续贷款也要坚持干下去。

福无双至，祸不单行。

张连印刚刚靠着卖树苗的钱和老战友们的资助以及银行贷款勉强解决了资金周转问题，这年9月底的一天，却又横生出一段不大不小的插曲。

那天清晨，天色灰青，尚未苏醒的县城笼罩在一片朦胧细雨中。由于天气不好，张连印从县城打了一辆出租车前往种植基地。没想到，正当出租车行驶到一条小路的转弯处时，突然从灰青的雨雾中迎面冲出一辆疾驰的摩托车。

“有车！”电光石火间，张连印凭借其多年从军的敏锐度和反应能力，立刻大声提醒司机。前排司机浑身一个激灵，迅速扭转方向盘，本能地将车向左一打方向，意图避让那辆摩托车，与此同时，摩托车车主也试图刹车避让。出租车轮胎在湿滑的路面上摩擦打滑的声音与摩托车刺耳的刹车声交织在一起，将这条街道的宁静划出一道尖锐的口子。一阵轮胎摩擦的杂音过后，只听见“砰”的一声巨响，出租车倾斜着重重撞上了路边的大树，“哗啦”一阵噼啪爆裂，挡风玻璃由于承受不住这突如其来的冲击碎成了无数片。

坐在出租车里的张连印先是感到一阵天旋地转，接着又闷头承受了一记撞击，肋部隐隐作痛。但他已经顾不得那么多了，立刻询问前排司机师傅的情况："师傅，你没事吧?"

“我没事，您碰到哪儿没?”司机更担心他的情况。

“没事！”虽然肋部的疼痛越来越强烈，可听见司机没事，张连印悬着的那颗心落了地。他刚想长舒一口气……突然一转念，等等！那个骑摩托车的小伙子！

顾不得愈来愈强烈的疼痛，他一手扶着肋部一手摸索到车门，用最快的速度推开车门走下了车，焦急地向四面张望着，寻找那辆差点与出租车相撞的摩托车。

“那个骑摩托的小伙子呢？”

同样因为避让不及而摔在不远处的摩托车已经“两脚朝天”，轮子还在快速地转着，一个年轻人坐在地上。张连印快步走过去，把他从地上扶了起来：“有没有摔伤，用不用去医院？”

出租车司机这时也赶忙跑了过来。骑摩托车的小伙子见自己和摩托车没什么大碍，对方受损却比较严重，说了几句话，扶起摩托车便离开了。目送小伙子骑车远去后，司机注意到张连印虽然表情没什么变化，可从下车到现在一直都在用手捂着肋部。

“刚刚那一下，您是不是受伤了？”司机一脸愧疚，不由分说拿出手机准备联系张连印家人一起陪他去医院做检查。“您给我个号码，我联系您家里人……”

“没啥大事，不用管了。”张连印摆摆手，转身就要走。

“那，那怎么能行？您看该赔您多少钱？”大清早就带着乘客遇上一场车祸，即便乘客无意追究责任，司机自己心里也很是过意不去。

“一分钱不用，你又不是故意的。”

“这怎么行……”司机转身就去掏钱包。

“是你受伤了。你坐在前排，刚刚那挡风玻璃的渣子不是都撒在你身上了？”张连印按住了司机的口袋，看着他脸上被挡风玻璃割出来的几道细血口子，“钱你都留着，你还得拿钱去修车。”

与司机告别后，张连印自己走回了种植基地。虽然他嘴上说没事，可肋部的疼痛始终没有消除。

在种植基地等着张连印的村支书看到他捂着胸口慢慢走来，忙迎上前去：“老哥，这是咋啦？”

张连印摆摆手：“没事，没事。走，咱先到林地里去看看。”

“快别看啦，你还是先回家吧，我看你这情况咋也不像个没事的样子。”说罢，不由分说，硬是搀扶着将军将他送回了家。

进家门的时候，张连印的表情已然藏不住肋骨疼痛难忍的事实，在老伴儿的接连逼问下他才交代了自己早晨遭遇车祸的经历。

“那司机呢？他怎么不带你去医院检查啊？”王秀兰忍不住埋怨。

“哎呀，一个出租车司机，一天挣不了几个钱，再说了，又没啥大事，我就让他走了。”张连印在支书的搀扶下慢慢坐在了炕上，缓缓地喝了口水，小心翼翼地不让肋部受到牵动。

“那，那骑摩托的呢？”

“也没啥事，让他走了。”

“你呀，你把人家都关照好了，结果就你一个有事。”

“我也没……嘶……”正欲坐直身子争辩的张连印又被肋部的疼痛牵动，整个人坐在炕边，身形屈成了一张弯弓。

这下，王秀兰变了脸色。张连印的倔脾气她是深深知道的，可他不能只管嘴硬，身子要真出了问题由不得他这张嘴。

“这咋行？听我的，明天必须去医院检查！”老伴儿急得泪珠在眼眶里打转，“书记，请你到时把连雄他们都叫来吧。”

“唉，好……”

张连印急忙制止：“我说没事就没事，没必要上医院。”

“你就别犟啦，再不肯去，我就是让他们绑也要把你绑去！”王秀兰下了死命令。

“其实真的不是太疼，今晚歇歇可能就……”张连印还欲反驳。

可老伴儿根本不给他拖延的机会：“都说身体是革命的本钱，你要因为这车祸身体上真有个啥事，明天疼得走不动了，那这树咱是往下种还是不种啦？”

这话戳到了张连印的痛处。向来倔强刚硬的将军在老伴儿面前蔫了，不再坚持说自己没事，他捂着肋部早早就歇下，准备第二天去医院做个检查。不过，歇下前还是强调了一句：“我说，我一个人去就行了，叫那么多人干啥？没必要嘛。”

翌日，张连印肋部的疼痛依旧没有消除，其实头一晚他就被疼醒了几次。不过，他依然咬着牙没惊动老伴儿。

到医院做了检查后，医生把X光片拿出来，往灯箱上一贴，向张连印指出，他的一根肋骨上出现了裂缝，结论是肋骨骨折，需要治疗和休养。

陪着堂哥来看病的张连雄一听就来火了："哥，你也真是！当时就该叫那司机陪你上医院嘛！不行，我得找他，叫他赔钱！"说罢，拿出手机，问张连印记不记得出租车车牌号，大有不举报司机不罢休的架势。

"哎哎，一个出租车司机，一天挣不了几个钱。"张连印忙按住张连雄的手机，肋部的疼痛已经让他的眉毛拧成一条。"我看病基本都能报销，就不要难为别人了，出租车司机挣个钱不容易。"

"哥呀，我真是服了你啦，啥时候也是为别人想。"

"我叫你不要找就不要找嘛。"

张连雄拗不过堂哥，虽然堂哥的病痛他看在眼里疼在心里，但还是不得不停了手，闭了嘴。

等到安顿好了病房，心里惦记着苗圃的将军忧心忡忡地问大夫，得过几天自己才能出院？一旁给老将军输液的护士笑着回应，都说伤筋动骨一百天，您老就安安心心静养着吧。张连印有些着急地说，那哪行，家里头还有好多事情呢。医生说，将军，既来之，则安之。早治早好，快治快好，治好了，才能尽快出院处理事情嘛。

张连印想想，也对。总得先把肋骨这块的疼止住，老疼下去也不是个事。这几天虽把欠乡亲们的工钱结清了，但毕竟是从老战友们那儿借了钱，还向银行贷了款的，又背了一身债。要是能快点好利索出院，就能快点组织大家育出优质新苗来，设法占领市场把债还清……嗯，那就先听医生的，歇息两天吧……想到此，一种沉沉的感觉蔓延开来，他慢慢闭上了眼睛，阳光透过眼皮，他微微看到一片红光。

即便是铁人也有疲惫的时候。病床上的老将军在药物的作用下终于睡着了。

病床上的张连印安然入睡了，可张连雄的心却久久不能平静。

“哎？你咋站外头了？”刚刚到走廊另一头给王秀兰打电话说明情况的村支书，一转身看到张连雄站在病房外的走廊里，一副心事重重的样子，五官都仿佛挤成了一团。“你咋不进去？”支书打开门，看见病床上已经睡着的张连印，又退了出来，悄悄地说：“这么快就睡着啦？”

“嗯，书记，有个事，我想跟你商量一下。”张连雄没接他的话茬，却跟书记说出了这些个日子里在他心里头翻来覆去想做的一件事。

张连印住院没几天，感觉肋骨疼得不那么厉害了，就跟老伴儿打电话说，我已经好了，再住下去就得把我憋闷坏了，还是让我回去吧，我想吃你做的莜面搓鱼鱼了。

老伴儿拗不过将军，只好让连雄几个给他办了出院手续，把人接回了家。

张连印怎么也没想到，他刚到家不久，支书就带着连雄和连茂两个堂兄弟，把三张银行卡放到了他的面前，每张卡里存着十万元，加起来共三十万元。

“你们这是干啥？”老将军开始怀疑自己伤的不是肋骨而是脑筋。

“干啥？支援你植树造林。”张连雄笑呵呵地回答他，“啥也不用说了，你拿住就行了。”

张连印疑惑地问道：“你们哪来的钱？”

“从信用社贷的。”

“你们？贷款？不行不行，你们都不富裕，这明显是给你们增加负担。这钱我说啥也不能收，需要贷的时候，我自己会去贷。”

张连雄的嗓门不由得就提高了：“哥，我还不知道个你？你已经贷了不少了，压力已经够大的了。说白了，你是为咱们村里、乡里，再说大些是为咱们左云县办好事呢，咋能啥事都叫你一个负担呢，我们能出力也得出把子力了哇。”

“我现在还能顶住，实在顶不住的时候，我再找你们行吧？”

“哥，你还拿我们当自己人吗?”

“自己人是自己人，钱是钱，这是两码事。”

“咋能是两码事呢？哪有自己人遇到困难不帮忙的道理。拿我们当自己人，你就把这钱收下！”

“连雄！我真不能收你们的钱！你说得没错，咱们的资金这一段是有些紧张，但是我已经想过办法了，也筹到了一些钱，资金紧张的问题慢慢总会缓解。你们几个的家都在农村，都是拉家带口的人，贷这么些个款，承受的压力会比我更大，你们还是把钱退回人家信用社去吧。”张连印诚恳地说道。

支书这时开口了：“张将军，你听我一句，我知道困难肯定是要过去的，但总还得有个过程。你为咱张家场植树造林，是造福我们这片土地多少辈人的事情，大家从心里是很感谢你的。可感谢归感谢，关键的时候我们也得上呢。你不要地权林权，掏光了家底种树为了啥？还不是为咱张家场、为咱村民们都能过上好日子！不光咱张家场，我到大河口、小河口、三台子这些村子去，那些放牛的放羊的都老跟我打听你，都说我们张家场村人真是有福气，出了你这么个好将军，不摆一点架子，还带动着咱们这一带的人都往那好日子上走。但是，我们不能光享受这好日子，也得为这好日子添把柴、加瓢水吧？这份力，我们应该出，也必须出！你安心收下就行。我们相信你，能闯过眼下这道坎，能把咱的苗圃基地越办越好，也能把咱这一带的树越种越好。”

支书的一番话，让张连印的心里热乎乎的，他似乎有些犹豫了。

张连雄此刻又掏心掏肺地说道：“哥，当初你回来想种树的时候，我是很反对，觉得你这个事肯定闹不成，当你面喋了很多凉话，但是这么多年过来了，事实已经教育了我，我已经不是当年的张连雄了，也再不会说反对的话了。不但不反对，我还得实心实意地支持你，这十万元钱，就是我支持你的具体行动，你要是不收，可就凉了我的心啦。哥，常言说，打仗亲兄弟，你这回就带上我们几个亲兄弟，咱一起把这个担子扛起来，把这道难关闯过去，咋样?”

张连印被张连雄的这番话彻底感动了，他点点头说道：

“那好，钱我收下了，不过我得给你们打个欠条。”

“不用!”三人异口同声地说道。

支书接着说:“将军，欠条我们不要，这么些年了，谁都能看得清清楚楚，钱你就收下，我们都信你。”

听了支书他们三人的话，张连印的心里暖洋洋的，他为乡亲们的信任所感动，所鼓舞，同时，更感到了自己肩上那份沉甸甸的责任。

过了些日子，听闻父亲肋骨骨折赶回家乡的张晓斌，从张连雄处大致了解了车祸经过后，还是去出租车公司问了问情况。等一路查到出车祸的司机时，张晓斌怎么也没想到那场车祸的司机会是自己曾经在左云读过几个月中学时的中学同学。司机得知那天车上的乘客竟然是自己同学的父亲，还是为了绿化荒山回到家乡的张将军时，不禁肃然起敬:“你爸真是太好了，出了事后，对我连一句抱怨的话都没有，还一直问我伤到哪了没有。我现在算真正知道啥叫大将风度了。”

张晓斌遵从父亲的嘱咐向这位老同学隐瞒了父亲肋部骨折的情况。

一年多后，张家场苗圃基地逐渐摆脱了困境，一棵棵松树苗伸腰立枝，长势良好。褐色的树干，足有拳头粗，笔直笔直的，满树的松针活像一把把张开的绿绒伞，风一吹，轻轻摇曳，绿得可爱。前来求购树苗的人不断增多，左云县植树造林的面积也越来越大，一座座荒山逐渐披上了绿装。

张连印将当初借战友们的钱一一还清，债务问题基本得到了缓解，他的心情也一天比一天好起来。每天早晨5点，他雷打不动地从炕上爬起，或在基地里清扫整理，或扛起铁锹和锄头去苗圃劳作，时不时还要亮开嗓门，唱上两句。

树苗在一天天蓬勃生长，张连印身体里的癌魔却也在一日日悄悄作怪。不知从哪一天起，右肋那一片地方似乎有意与他作对，磨人的阵痛不时袭来。张连印起初以为，是那条骨折的肋骨在捣乱，或是干活时候不注意抻着了，就没大在意。但这种疼痛却久久不去，日夜搅扰着他，张连印觉得问题可能不那么简单了，但他仍咬牙坚持着。

2014年夏天，张连印回到石家庄，他做通王秀兰和三个孩子的工作，到某汽车驾驶学校学习汽车驾驶，准备在七十岁之前，再拿个汽车驾驶证。

儿媳符青梅说："爸，您岁数这么大了，肋骨那儿又不舒服，我看就别学车了，还是抓紧时间到医院检查一下吧。"

张连印却指指肋部说："它不舒服它的，我学我的，互不干扰，等把驾照拿到手了再去医院检查也不迟。"

张连印考完科目一、科目二后，王秀兰发现他总是捂着胸口，表情痛苦，连连追问下才知道他的右肋已经疼了好一段时间了。

"没关系。"张连印向老伴儿解释："我觉得是这一段天天学车比较紧张，累着了，你别担心，过几天应该就没事了。"就这样，将军直到坚持着把科目三、科目四考完，把驾驶证拿到手，才在老伴儿和孩子们的催促下，去了北京三〇一医院。

全家人焦急的等待并未换来好消息。经由专家会诊，2011年在三〇一医院做手术被切除的肺癌病灶，再次卷土重来，诊断结果为肺癌骨转移。医生给了张连印两套治疗方案：一是动手术尽快切掉两根肋骨；二是保守疗法，输液治疗。医生同时建议，家属最好陪张将军到海南去疗养，暗示在所剩不多的时间里，让病人多呼吸呼吸南方的新鲜空气，看看南国风光，也算是享受人生的最后一程。

此刻的张连印早已看淡了生死。他说："切掉我两根肋骨，我就成了残疾人了，那还种啥树？我选择保守疗法。我还是那八个字：冷静面对，科学治疗。但是，海南我不去。南方的阳光、沙滩、椰子树和棕榈树非常好，可是我们家乡的樟子松、油松、侧柏、新疆胡杨也不错，我把我后半生交给张家场了，活一天我就要在张家场干一天，我想亲眼看见我们左云的荒山秃岭早一天变成满山青翠的北国江南。"

老伴儿和孩子们都劝他好歹歇一歇，到海南去休养休养，哪怕少住一段时间也行。但张连印总是说："我得回去，得让乡亲们看见我！"此后的日子里，在病魔面前毫不畏惧退缩的张连印每天一片"伊利沙"、每月输一次"艾苯"，坚持战斗在绿化荒山的第一线。

正月初九，张将军准时回到了村里，和乡亲们一道欢度元宵节，扭秧歌。还和大家一起筹划着春节后植树造林的新打算。他的脸上洋溢着笑容，心中充满了激情，根本看不出这是一个癌症骨转移的病人。但是，在张晓斌的眼里，父亲已经瘦得不成样子了：从患病到发现癌细胞转移，几年的时间，老人家已经从当年的一百五六十斤瘦到了不到120斤。迷彩服穿在身上晃里晃荡的，看了让人心疼。

最初听到父亲病情的变化，张晓斌如闻惊雷。胸腔里仿佛有把重锤一下一下敲击在他的心上，深深的痛楚传遍全身。作为长子和唯一的儿子，他想了很多，原本以为，父亲手术后，就算闯过鬼门关了，他感到很庆幸，也为父亲与病魔顽强抗争的精神所折服，他本能地希望癌症的阴影将从此离父亲远去，老两口快快乐乐地生活在一起，健健康康地做他们喜欢做的事，这是他和两个妹妹最大的心愿。因此，每次回家乡看望父母，或是与二老通话，他们总是说着开心的事，道着平安的话。就算出了一次车祸，父亲也很快就没事了。这让张晓斌产生了一种错觉，至少在最近的几年里，他可以安心在部队服役，不必为父亲的病情更多担忧。

但残酷的现实告诉他，他想得乐观了。

当医生把父亲肺癌骨转移的情况如实告诉他，并让他做好各种可能的心理准备时，他几乎是蒙着的。

他不断自责，为什么不带父亲早一点检查？为什么不在父亲那次肋骨骨折后，多往深处想一想？为什么不能早做一些应急的准备？思来想去，他做出了一个连他自己都感到吃惊的决定。

2014年，是军队进一步深化改革的关键之年，我军历史上力度、深度、广度空前的整体性变革即将拉开大幕。在“能打仗、打胜仗”的要求下，中国军队在优化军队规模结构、减少非战斗机构和人员等方面开始逐步进行深层次改革。

此时，在石家庄市桥西区人民武装部担任部长的张晓斌，服役已届二十八年。在正团位置上任职也已八年，副师职预备也已三年，他还是河北省军区优秀人武干部、原北京军区“人武之星”。按说，继续留在部队工作是具备条件的。但是，张晓斌却打算向部队提交报告：选择自主择业，回家乡帮助父亲完成治理风沙、绿化家园的心愿。

对一个军人来说，脱下军装，是一个痛苦的选择，因为那身国防绿里，装着太多的梦想、太多的回忆、太多的依恋和太多的不舍。那不舍里，有泪，有笑，有汗水，甚至有鲜血；有青春的奉献，有奋斗的艰苦，有拼搏的喜悦，更有终生不变的情结。那真是一种难以言说的情感，五味杂陈，令人一辈子也忘不了。

但是，张晓斌还是在痛苦之中，做出了这一选择。

当他回到家里，把这个想法告诉妻子符青梅时，青梅的第一个反应是，张晓斌被爸爸的病给急糊涂了。因为这一年，她已经选择了自主择业，并已被组织上批准。晓斌要是再一走，岂不是两个人同时都要脱军装吗？她向丈夫表示，医生不是让爸爸去海南疗养吗？如果需要，自己作为儿媳完全可以代替丈夫在父亲面前尽孝。而且还有妈妈和两个妹妹在，不缺张晓斌一个人，她希望张晓斌再为部队服役几年，等过几年再回家乡完成爸爸的心愿也是可以的。她不解地问丈夫：“晓斌，我就不明白了，你为什么非要和我在同一年都离开部队啊？难道你真忍心这么快就脱下军装吗？”

张晓斌明白妻子的想法，也深知这个决定对他来说意味着什么。但是，一个近乎固执的念头已经占据了他的脑海，他真诚地对妻子说：“青梅，你以为爸爸会听医生的话，痛痛快快去海南吗？不会！他离不开张家场，离不开那里的树，更离不开那里的人。眼下，部队的改革正进入关键时刻，急需更多更年轻、更有素质的同志走上领导岗位，这时候咱们脱下军装，对国家和军队来说，是为国尽忠，是服从大局。对爸爸来说，帮助他老人家完成心愿，为家乡绿化荒山的事业做出贡献，就是尽孝。爸爸这次肺癌骨转移，对我来说，真像是雷击一样……这些年，咱们这些做儿女的对父母的关心太少了，再不及时赶回去替他们分担，我怕我将来会后悔……”面对丈夫一片赤诚的剖白，青梅最后还是含泪答应了晓斌的选择。

2015年4月，张晓斌自主择业离开部队。接到转业命令后，他把曾穿过的军装每样留了一件，珍藏起来。与新任部长交接完工作后的第二天便启程前往左云，回到了家乡。

远远地，他就看到父亲母亲站在门外等候着他，张晓斌的眼睛有些湿润了，他在心中默默说道："爸爸，妈妈，儿为国尽忠近三十年，从现在起，终于可以守在您二老身边，为你们尽孝了。"

张晓斌跟着爸妈走进饭堂，眼前一桌丰盛的饭菜令他吃了一惊。清炖羊肉，红烧羊排，什锦火锅，浓汁熬鱼，黄焖栗子鸡……满满当当，摆满了桌子。在张晓斌的记忆里，这是自他记事以来见过的最豪华的一顿家宴，连他结婚时，爸爸请岳父家里人吃饭时也没这么讲究。

妈妈点着桌上的饭菜说："这个熬鱼是你爸亲手做的，羊肉也是他亲手炖的，还有这炒土鸡蛋、炒莜面、辣子土豆丝，都是他亲自下厨炒的。"

张晓斌感动地抬头看了一眼父亲，见爸爸此时也正专注地看着他，那眼神里充满了慈爱和期待，他的心里不由涌起一股热浪。

其实，从爸爸查出肺癌骨转移之后，张晓斌就感觉到爸爸看他的眼神跟以前有些不一样了。那里边似乎藏着一些想表达却又难以表达的含意。他能感觉到自己猜出了爸爸的意思，但是爸爸却从未把这种含意明确表示出来，他知道同是军人的父亲太能理解另一个军人对军营的那种强烈的归属感和依恋感了，因此他也清楚，父亲即便心里再想，也不会轻易说出口来。但是从今天这桌丰盛的饭菜里，张晓斌已能感受到，爸爸是希望他回来的，而且可以说，很希望。

张晓斌的感觉是对的。

张连印的确希望儿子回来，特别是在自己被查出肺癌骨转移后，一向非常自信的张连印忽然有了一种莫名的恐慌和隐忧，他开始担心要是自己哪天不在了，这一大摊子种树的事该交给谁，他担心如果光靠老伴儿一个人撑，怕是总有一天也会撑不住。

于是，他自然而然就想到了儿子。

可儿子在部队正处于进步的关键时刻，他不愿因为自己的主观想法影响儿子的事业。几次想跟儿子把话挑明但话到嘴边又收了回去。他知道儿子最后做出这个决定经历了多么艰难的抉择，也知道儿子这样做也就意味着军旅生涯的彻底结束。这种复杂的心情不断纠缠着他，困扰着他。直到今天看见脱下军装的儿子站到他的面前，从此再不能身着戎装时，将军的心里突然泛出了一种说不出的感动，儿子为了他这个老爸，是做出了很大牺牲的。一时间，他的鼻子有些酸楚。

父子两人对视良久。

最后，也不过短短几句对话。

“晓斌，欢迎你回来。”

“谢谢爸，从今个儿起我就上岗啦。”

“好！”

你可知，那是属于战友间的一种心照不宣，一份不需要公开宣示的郑重承诺。

上阵父子兵(丁美宁　摄)

一代一代往下种，日子就会越过越好。这是我们送给子孙后代最大的财富、最好的礼物。

传承

CHUANCHENG

红色传承(丁美宁　摄)

清明一到，仲春暮春相交。

张晓斌回来，正赶上左云种树的最好时节。

第二天一大早吃过饭，父子二人就拿起工具一同向育苗基地走去。

一想到他们这对父子兵从此以后就要在张家场联手种树了，张连印不禁哑然一笑。也许这就是我们父子俩和张家场的缘分，永远也割不断。从这片土地走出去，又回到了这片土地来，这真是一个戏剧性的大轮回，就像两棵曾移栽到他方的树，又移栽回来了，这里，才是他们的根。一首歌突然在他的脑海中回响："我生在一个小山村，那里有我的父老乡亲，小米饭把我养大，风雨中教我做人……啊，父老乡亲，父老乡亲，树高千尺也忘不了根！"

蓦地，他从儿子的眼神里捕捉到了一丝落寞，这种眼神，在他脱下军装的那些日子里似乎也曾有过，那是一种仿佛离群孤雁般的落寞。他觉得，作为一个老兵，一个父亲，真有必要跟儿子好好深谈一次了。

张晓斌此刻的心里确实有点空落落的。说实话，这么多年来，他们父子俩真正在一起的时候并不多。小时候，他曾想过在父亲的指挥下，去杀敌报国；长大了，他曾想过等爸爸老了，陪着他一起出去旅旅游，散散心。就是没想过，要和老人家一起回老家种树，而且不知道还要往下种多久。虽然做出自主择业的选择是父亲肺癌骨转移后他冷静思考、再三斟酌的结果，但当这一天实实在在来到眼前时，他还真是有点不适应。不是怕干，而是不知道该怎么干。

张晓斌在部队时，曾种过不少树，这些年回乡来看望父母时他也曾上山去种过，但那只不过是一两天的事，真正要把种树当事业干，他还确实不知从何入手。

从军人到老百姓的转变，实在来得太突然了。

他想起了昨天晚上，父亲和他的谈话：

"晓斌，我是干过农活的人，和你不一样。你现在回到家乡来，真的要好好适应一段。"

"是呢，我很小就跟妈妈随军到部队了，只在中学的时候回左云读过一个学期。"

研讨工作（丁美宁　摄）

“部队吃的苦和种树受的苦恐怕不大一样，你得有个心理准备。”

“我有准备，只是……不知道会遇到哪些问题?”

“不说别的，光蚊子咬，就够你对付一阵子。”

“那么厉害?”

“林子里蚊子个头大，好追着人咬，咬你一口还不算，还往袖筒里钻，有些厉害的还隔着你的衣服咬你!”

“好家伙!”

“等到了6月份，树到了育苗整理期，那蚊子就都飞出来了。一会儿围着人头顶飞，一会儿落在你身上到处都是，时不时就对你的脖子搞偷袭！来种树的，都叫蚊子咬过。红红的大包又痒又疼，三天两头就跟我说疼得受不了了。”

“那咋办?”

“衣服穿厚点，穿上长袖，袖口扎紧了，再戴顶草帽，别让蚊子偷袭。要是被咬了包呢，回来用生姜、洋葱或者是蒜在包上擦一下，很快就下去了。”

想到这儿，张晓斌皱了皱眉:“干什么都不容易呀。”他在心里对自己说。

正想着，村民们先后来到了基地，大家欢欢喜喜跟晓斌打过招呼后，就去找张连印领任务。

张连印三下五除二，给大家明确了分工，人们各就各位开始工作。搬运树苗、挥锹挖坑、扶苗填土、提桶浇水，各个环节衔接有序，干得热火朝天，现场到处都是忙碌的身影和欢快的笑声。

张晓斌虽然也和大家一起劳动着，但始终无法完全进入状态。

这一切，将军都看在眼里，他走到儿子跟前说:“晓斌，你今天就干到这儿吧，以后日子还很长，慢慢调整，走，咱爷俩到林子里面走走。”

父子二人信步向前走着，放眼望去，远处的长城绵延起伏，层叠的群山绿意初现。近处的村庄掩映在十里河的松涛之间。一棵棵生机勃勃的樟子松，昂首向天，枝干挺拔，冠盖若伞，苍翠若云，给整个基地增添了一层蓬勃盎然的色彩。

张连印指着那些树身如铁的林木说：“晓斌，你看，树真是了不起，它能把珍贵的绿色毫不保留地交给子子孙孙，跟树比起来，咱们人类就是匆匆过客。可是树呢，能活百年甚至千年。我常想，人就应该像树一样，把根深深扎在地里，把生命的全部意义都交给大地；要像树那样站得直直的，不自夸，不张扬，朴实无华，脚踏实地，默默守在自己的岗位上，支撑起树冠来给人们送荫凉、挡风雨。树真是有生命的，越种你就会跟它们越亲。有时候，我真想变成一棵树，成不了栋梁之材，能做把点火的柴火也就足够了。”

张晓斌点点头：“爸，我知道您想说什么，您是不是觉得我今天有点失落了?”

张连印道：“对。”

“爸，兵当的时间太长了，您得给我点时间。我需要慢慢调整。”张晓斌说。

张连印笑着道：“你当得再长，也没你爸我长吧? 不过，这不算啥，我和你一样，刚脱下军装那些天，也跟丢了魂一样，一听见军号就想出操，就想训练。这是一种惯性，一时半会还刹不住车。但是脱了军装，不等于咱们就跟部队彻底脱钩了，不管走到哪，咱们也不能丢了部队的作风。就是当农民，也要当个兵味十足的农民。”

张晓斌点点头：“嗯，我记住了。”

一阵春风吹过，松涛低吟。

张晓斌觉得，一早上起来后心里那点不舒服好像有些缓解了。

“不过晓斌哪，爸今天来，还想跟你说点别的事……”将军话锋一转，盯着儿子说。

张晓斌一愣：“爸，您说。”

老将军收敛了方才轻快的笑容，和儿子对视了半晌后，他移开了目光，伸手摩挲着樟子松皴裂的树皮，抬起头向高空望去。

晓斌静静等待着父亲即将要说的话，沉默地看着父亲花白的鬓角和多年劳作被风沙磨砺得粗糙的黝黑皮肤。

张连印顿了一顿，转过头来缓缓说道：“你从小到大，爸爸对你关心照顾很少，这回，你又放弃了在部队有可能继续进步的机会，回来陪着我和你妈，这让我们老两口很感动。可爸爸这辈子，什么也没给你们几个儿女留下，种了这近万亩的树也都是集体的。这么多年来，你有没有怨过爸爸?”

这个问题超出了张晓斌的预料。他一时愣在原地，没有立刻作答。

他看着爸爸，久久沉默。

将军也看着儿子，默默等待。

“说实话，我怨过。”张晓斌终于忍不住打破僵局。

张连印点点头，还是没作声。

“小时候妈妈带着我和妹妹们始终跟您聚少离多。直到我六岁时才跟着妈妈随军到部队。因为当时家属院住房紧张，咱们全家人只能租住在当地老百姓一间小房里。”

“是啊，那时候日子过得很不容易，多亏了你妈妈。”

“那个时候我还小，您每天都忙，我们时常见不到您的面，我只记得您穿着军装，总留给我们一个高大模糊的背影。刚到部队的时候，我还闹了不少笑话，出门见到穿军装的就喊爸。我……”张晓斌说到这儿，有些哽咽了。

张连印的心里感到一阵酸楚。

“后来等家属院腾出房子，咱们全家都搬到大院里了，您也很少在家里待着，我们还是时常见不到您，经常是天没亮，您就走了，晚上我们都睡熟了，您才回来，所以我对您的印象依旧很模糊。您还记得有一次妹妹生病了，妈妈让我去训练场找您那件事吗?”

“对对……这事我记得。其实，那天我从训练场回来的路上看见你了，当时我还想，这个小孩儿有点像我儿子。又一想，我儿子自己跑到训练场来干吗?应该不可能。那时候我这脑子全在训练上了，也就那么想了一下，就过去了。”

张晓斌苦笑一声:“后来还是通信员把我领到您在训练场的宿舍里，我才和您见上面。”

“是啊……爸爸那时候对你们兄妹三个的关心实在是太少了。”

“我当时怎么也想不通，当爸爸的怎么会连自己的儿子都不认识?这太不可思议了！”

张连印的心猛地一抽，呼吸进的空气仿佛带着一根根小刺，硬生生地摩擦着他的胸腔。

“晓斌……”

“还有，这次转业之前，有些战友建议，因为我已正团八年，副师职预备也已三年，让我请您去找一找有关领导帮我说句话，看能不能动一下我的职务，继续留在部队服役。他们都说，毕竟您在职期间的不少同事和部下，都在军区和总部的重要岗位上，只要您能开个口，这些领导不会不给您面子。可是，我没有跟您说这些话，因为我太了解您的性格了，知道这些话您是决不会去说的。”张晓斌说到这儿，无可奈何地摇了摇头，他想起为了这件事，青梅在家里气得好几天都没有理他。

张连印默默点了点头。“是，晓斌，你说得对，我是不会去说的。这件事，你可以怨爸爸，但我有我的原则……”

“所以我才没找您嘛。爸爸，我们兄妹小时候，您总对我们说，做人就要不怕吃苦、不怕吃亏、不怕吃冤。说实在的，不怕吃苦、吃亏，这些道理我都可以理解，但是不怕吃冤，我一直都不能明白。明明受了冤枉，为什么还要去忍？那时候，我曾经在日记中写道，长大了我要像爸爸一样当个好兵，可我并不知道一个好兵的真正含义，直到我自己当了又苦又累的侦察兵，在部队工作这么多年，才真正体会到，当一个好兵是多不容易，有时候吃点冤会让自己更成熟，更坚强，更能经得住打击。所以，做人做事都不怕吃冤，这是您教给我的最重要的一个道理。”

仿佛胸有雷震，从小到大，第一次这么畅快地和父亲说出自己的心里话，张晓斌只觉得自己内心某一深处坚冰似的东西已经被慢慢暖热了，暖化了，它们就像水一样，缓缓地从心中流淌了出来，流到了身体里每一处极冷极寒的地方，他感到四肢发暖，感到这世界如此可爱，感到自己人到中年还能有如此机会与父亲剖白内心是多么幸运，无数复杂的感情交织在一起，张晓斌体味到一种无比舒心的通畅与释然。他真真正正、完完全全地理解了眼前的这个人，这个他曾经怨过、气过，却最后与之和解的父亲。“我曾经怨过您在我们小时候成长时期的缺位，也怨过您不用您的人脉、您的能力替家里人谋哪怕一点好处，我甚至都不理解您当初非要回家乡种树这件事情，但是现在，爸，我已经都慢慢理解了。”

“晓斌啊，你今天能跟爸爸讲这么多心里话，是爸爸求之不得的。我真的很高兴。我再说一遍，关于你转业的事情……”

“爸爸，您不说，我也明白。我记得您说过，如果人人都利用自己的资源为自己的亲属办事，这就违背了一个共产党员的初心。您也和我们说过许多次，不管别人怎么做，您将会坚守这份初心，不会改变。所以，您所做的这一切，您所坚守的信念，都是我应该终生追求的目标。爸，不能说您什么也没给我们兄妹留下，您的言传身教，是无价之宝，我们兄妹三个都是富有的！”

平时在儿女面前甚少流露出极大情绪起伏的张连印，此刻也难掩激动之情。过了好一会儿，他才缓缓地说道：“儿子，谢谢你。你能这么想，爸爸真的很高兴。”

“莫言塞北无春到，总有春来何处知。”

抬眼望去，塞北的天空，蓝得那么硬朗，那么清爽，就如同走在清风林中的这两条北方汉子，两个同在长城脚下出生，又先后走进共和国钢铁长城队伍的退役军人父子，胸怀是如此的坦荡与敞亮，精神是如此高远而宽广，粗粝、强硬而又带着些疯狂的塞北风，磨砺着他们顽强的生命，考验着他们不屈的意志，在他们那坦荡的胸膛里，跳动的是一颗赤诚的心，寒浸不透，风摧不垮，他们就是这黄土高原上挺拔的松树，坚毅不屈，蓬勃向上，永远积极进取。

“爸爸，原先我一直以来的努力，不是为了在未来成为您的影子，而是要努力赶上您的步伐，成为与您并肩的战友——无论这处战场何在，无论它是浴血沙场、荒原飞石，还是人生境遇，我都会始终与您并肩，成为您得力的助手、最忠诚的伙伴，成为您的依靠、您的传承——这才是我们父子对于彼此的全部意义啊。”

走在与父亲并肩而行的林间小路上，张晓斌心中油然生出这些话来，此刻，他感到无比的激动和自豪。

老一代种树人以树为荣。当年种下的松树已然枝叶繁茂，苍翠葱茏。新一代种树人已然接班。

俗话说，三分栽种，七分养护。树越栽越多，管护的任务就越来越大，张连印明白，树栽得再多，管护不到位，等于白种。

所以，他常向张晓斌强调："三分种，七分护，咱们的担子很重。"

巡查山林，他们父子经常来来回回要走上20多公里。

每年秋冬到清明节前后是防火重点期，父子俩常组织村民巡山，很多时候都是早晨顶着星星出发，晚上披着星星才回家。

张连印说："种树是个苦差事，可一看见树，我就心情舒畅。干自己喜欢的事，为家乡不断添绿，就是一种幸福。"

多年来，爱树护树成了将军的习惯。有时走在路上，看到有人不爱惜树木，张连印也要过去跟人家讲一番道理，直到对方认识错误并保证今后一定改正，他才会离去。

"树真的和人一样，你对它好，它也会还你的好。"张连印总跟张晓斌这样讲，"绿水青山就是金山银山。守好张家场的林子，村里人的日子就会一代比一代幸福。"

从北梁的山坡上极目四望，左云大地正被涂抹出一块块绿色。

张晓斌感慨地说："如今，生态文明的理念越来越深入人心，绿色发展的路径也非常清晰明确，越来越多的村民尝到了绿色发展的甜头，开始自觉加入植树治沙事业了，绿色发展的根子已经扎进张家场村每个人的心中。"

张连印有时会指着道路两旁的松林告诉张晓斌："这一片松树，跟牛牛的年龄差不多。"

自从张连印退休回乡种树治沙起，每年的"五一""中秋"和寒暑假等时节，女儿女婿和儿媳都会带着孩子们来到基地，看望老人，种种树、浇浇水。

孙子外孙女们一来，是张连印最高兴的时候。看见他们就打开了话匣子："你们小的时候，张家场的树可难种了，现在的情况好多了，树栽上了，村里人以后日子就会越好过了。"

孩子们说："那我们就跟着您上山种树，满山满地都种。"

对张连印的孙子牛牛来说，和爷爷种树是他从小到大的一段宝贵的经历：第一次和爷爷种树，是在十多年前，那个时候他还小，在五一劳动节和妈妈一起回到老家。见到爷爷之前，他就听说爷爷已经给他准备了一份特殊的礼物。这件事让他在回家的车上一路都兴奋不已，不停地猜想着爷爷到底会准备什么样的礼物。在他的印象里爷爷总是很忙，人们都说他的爷爷是部队的大官、有权有钱，每天非常忙碌。他弄不清爷爷的官到底有多大，可他知道，想和爷爷见一面很不容易。从小到大，他周围的小朋友逢年过节都会收到爷爷奶奶的红包、美食，或是带他们去游乐场玩，而且都是有求必应，但是爷爷却始终没有时间陪他。牛牛本以为爷爷退休之后就可以多和爷爷见面了，可他却慢慢发现，退休后的爷爷好像变得更忙了，一年到头更是见不着几回面……总而言之，在牛牛的印象里，无论退休前还是退休后，爷爷陪他玩的次数掰指头就能数清楚，在他的印象中更没有收到过爷爷的礼物。

那一天，他们回到老家时已经夜幕低垂，一下车他就满怀期待地围着爷爷要礼物，可爷爷告诉他，明天一早上山才能见到"礼物"呢。第二天天还没亮，牛牛就一骨碌从炕上爬起来，催促爷爷带他上山看"礼物"。

吃过饭，爷爷带着一家人都上了山。

山上有很多预先挖好的鱼鳞坑，还摆了好多的树苗。牛牛迫不及待地问爷爷，"礼物"在哪？爷爷说："别急，先把这些树种完，你就看见'礼物'了。"

接着，爷爷带着全家先整理树坑，再把带着母土的树苗抱到坑边，轻轻地放入坑中，扶好树再填土浇水。

"坑再挖深些，树苗扶正再上土，把这棵苗子栽好、不要糟蹋了……"走进林地，爷爷立马进入工作状态，他一点一点地指导牛牛，一会儿这里看看，一会儿那里瞧瞧，他告诉牛牛，每棵幼苗都是宝贝，每棵小树都能成材。

当一家人把最后一棵树苗栽下的时候，已经夕阳西下。这时，爷爷看着牛牛急切好奇的眼睛，指着远处漫山遍野的松树林说道："这就是爷爷要送给你的礼物，前人栽树、后人乘凉，一代一代传下去，这就是最好的礼物。"

第三天，爷爷又带着牛牛来到种苗基地，清风林里，清风习习，爷爷对牛牛说："种树这件事必须一辈接一辈地传下去，老一辈人种完，新一辈就得要接班往下种，这一座山种完，还有下一座山在等着种。"当时的牛牛似懂非懂，他站在爷爷身边，使劲儿地点头。

在张晓斌选择回乡和父亲一起植树造林、发展家乡经济后，牛牛回乡帮助爷爷和爸爸植树的机会就更多了。当兵后复员、上了大学的牛牛会常常利用学校的假期回来看望爷爷，在大二那年的"五一"小长假，他和爷爷一起在板结的盐碱地上种树。两个小时，牛牛种了5棵树，坚硬的盐碱地，让这位挥舞镐头的小伙子手掌上磨出了泡，虽然很辛苦，但能够成功栽种树苗这件事让他很有成就感，种树结束后他还特意在树旁做了记号。他说："我从小就跟爷爷、爸爸在这片林里忙碌，深受他们的感染，深知植树造林的不易，我会延续长辈们自力更生、艰苦奋斗的精神，有空就要回到家乡来植树造林，多种一棵树，首都就少一粒沙，我们全家都会和爷爷一起继续种下去，为家乡添绿、为祖国添彩。"

这些年，张晓梅也经常带着女儿回老家陪父亲植树。十三岁的外孙女清楚地记得，那次姥爷带着她来到林地，教她种油松。七十多岁的姥爷，熟练地抡着锄头刨坑，然后艰难地跪在地上，黝黑的双手一锹锹铲土，再一锹锹堆在新种的油松幼苗周围，告诉她根稳了，树才能活得好。随后姥爷又和她共同拎着水桶，一连向树苗浇了好多回水，虽然天气很冷，但姥爷的额头上已经冒出了一层细密的汗珠。

种完树后，她拉着姥爷的手感慨道："佩服姥爷，一镐一镐地刨，1万多亩地，想都不敢想。”

一旁的张晓梅告诉女儿，姥爷很早就有这个心愿，为家乡多做贡献。他是在为父老乡亲种树，为把家乡建设得更美，他是在回馈家乡人民的养育之恩。女儿安静地听着，说道：“将来我要多回来种树，替姥爷报答他们！”

张连印说：“‘望得见山、看得见水、记得住乡愁’，这是中国人心中美好家园的模样。为此，我们还要继续发扬全民义务植树的优良传统，一棵接着一棵栽，一代连着一代干。用扎扎实实的付出书写更多绿色故事。”他希望，每个人都能将心中对绿色的向往化作点点滴滴的努力，用愚公移山的劲头，加速创造一个更加美好的未来。

张连印不仅关注对家中后辈的言传身教，还非常注重对故乡孩子们的教育和培养。自从2003年开始，十九年时间，他把自己退休工资的一半以上用于义务植树，总计有二百六十多万元，而他自己则省吃俭用，穿一百元左右一身的衣服，吃十多元一顿的饭，为社会福利院三次捐款一万元，为30多名孤儿买了新衣服、新文具，用自己的模范行为塑造了一名共产党员无私奉献的形象。这几年，凡是去基地参观学习的中小学生都受到了张连印将军事迹深深的影响。社会福利院的孤儿们每逢假期都集体去看望他，他对孩子们也倾注了一片真情与爱心，现在这些孤儿有的考上了大学，有的读研究生，有的已参加了工作。

身处孩子们中间，与孩子们亲切交流时，张连印常常会给他们讲这样三个故事：

第一个故事，就是传说中的愚公移山。在老将军绘声绘色的讲述中，那位年近九十岁的老愚公在孩子们心目中留下了深刻的印象。愚公面对着太行、王屋两座大山的阻挠，毅然决然立下挖山的誓言，率领儿孙们凿石挖土，用箕畚运到渤海边上，久而久之，乡邻都来帮助他们共同完成这“移山”的宏愿。面对他人的嘲笑，他们岁岁月月挖山不止，直到这份毅力将上天感动，最后将山移走。这个故事，表现了中华民族自强不息、坚韧不拔、勇于斗争的精神。张连印一遍遍地给孩子们讲述这段故事，为的是将“咬定目标、苦干实干、锲而不舍、久久为功”的精神种子，播撒进孩子们幼小的心田，只待来日成长为参天大树。他希望孩子们长大了，都能投入到植树造林事业中，一代接着一代地栽更多的树，染更多的绿，让我们的祖国成为一个绿意盎然的国家。

第二个故事，是关于张连印与山火斗争的故事。张连印深知，造林不易，护林更难。一个小小的火苗就能将多少人十几年甚至几十年、上百年的努力成果付之一炬。张连印讲这个故事的目的，就是为了防微杜渐，让每个孩子都能够增强森林防火意识，保护好我们辛辛苦苦建设起来的绿色家园。

实际上，张连印的种树历程，不单是战天斗地、改造环境的辛勤付出，也有惊心动魄、扣人心弦的化险为夷。

有一年清明，天气特别干燥，风也出奇的大。这天上午，张连印正和几个老乡在屋子里商量事，看着他们大口大口地抽着烟，火星缭绕，烟雾弥漫了整个屋子，张连印突然有种莫名的不安。满山的树可都是他的“兵”，每棵树的安危都牵动着张连印的心。

可老天偏就不遂人愿。“着火啦！着火啦！快救火！”几声紧张急促的呼喊声，让张连印本就悬着的心彻底提到了嗓子眼儿。“决不能因为一把火就让这些年的心血付之东流！”在部队几十年锻炼出的指挥素养这时候派上了用场，“你去拿脸盆水桶，你去接水管，你去村里喊人，剩下的有啥家伙都带上，跟我去救火！”

火情不等人，张连印拿起了一把大扫帚就冲在了前头，三步并作两步朝着着火点跑了过去，根本不像年过花甲的老人。大家在张连印的带动下，浑身好像有了使不完的力气，泼水的泼水、打火的打火，火势渐渐地变小了。

突然，一阵卷地风吹过，一股强势的火焰呼地迎面向张连印扑来，“不好！快躲！”说时迟那时快，张连印猛地向后一跃，躲过了直往脸上窜的火苗，但因为重心不稳，脚踝重重地崴了一下。起身以后，他强忍着疼痛，又继续加入了灭火队伍。

在大家伙齐心协力之下，林火终于被扑灭了。“战后”清点损失，多亏发现

和孙女在苗圃里(丁美宁　摄)

及时、处置得当，过火面积并不大，虽然没造成多少损失，但也着实让张连印捏了一把汗。

经过这场山火，张连印对山林防火的宣传更加重视了。他深刻地意识到，随着植树造林面积不断扩大，未来山火防治工作会越来越重要，干旱时期的防火形势也会越来越严峻。因此，要想防火，不仅需要提升大人们的防火意识，更应该从孩子开始抓起。孩子们是未来的希望，是将植树造林大业传承下去的关键。

为了防止火灾，及时预警，张连印经常带领护林队巡逻，有了很多防火经验。他告诉孩子们，给他们讲这个故事，不是让他们学大人到现场救火，而是要让他们知道，森林火灾有多么可怕，多么危险，弄不好会造成极大的损失。他还告诉孩子们，如果发现林子里冒烟了，大家要从颜色上分辨出是什么点着了，白色的是草，黑色的是树，一旦看到这种火情，要立刻向老师和大人报告。如果发现家里的人带着打火机和烟等易燃物品去山上或林地，一定要提醒他们把这些东西放在家里，以免发生意外。

张连印常给孩子们讲的第三个故事，是左云当地一位英雄的事迹。1953年，张连印八岁，正在读小学。那一年，左云县出了一个轰动全县的英雄，这个人就是赵永旺，他是左云县黄家梁村人。1949年3月，他加入了中国人民解放军。1950年，朝鲜战争爆发。赵永旺作为中国人民志愿军的一员，跨过鸭绿江，投身抗美援朝、保家卫国的战争。

1953年2月12日，在金化郡渔云里以南高地对敌进行牵制性的反击战中，赵永旺所在连队受命主攻敌人阵地。战斗打响后，他率领全班战士奋勇当先，连续突破敌人两道铁丝网。逼近敌第三道铁丝网后，赵永旺闪在一侧向敌开枪射击，将敌人的火力引向自己，同时高呼："同志们冲啊！"担任正面主攻的全连战士迅速逼近敌人最后一道防线。但敌地堡火力强大，无法控制，在决定胜败的关键时刻，赵永旺毫不犹豫地冲向敌地堡重机枪射击孔，以自己的身躯堵住敌人的枪口，为全连取得主攻战斗的胜利而壮烈牺牲，年仅二十三岁。

战后，中国人民志愿军政治部追认赵永旺为中国共产党员，记一等功，并授予他二级战斗英雄称号。1953年4月，左云县为赵永旺烈士举行隆重的追悼大会，中共山西省委、省政府、省军区等领导参加并送花圈和人民英雄匾。左云人民都骄傲地称赵永旺为左云县的“黄继光”。

正是赵永旺的英雄事迹，给童年张连印留下了深刻印象，使年幼的他萌生了想要和英雄一样，穿上军装，保家卫国的想法。

他告诉孩子们，一定要珍惜无数先烈流血牺牲才换来的幸福生活，长大了要为祖国为人民多做贡献。

左云县东南小学一名六年级小学生，在教育基地植完树、听完张连印爷爷讲述的故事之后，回到学校查阅了开国将军甘祖昌的相关资料：甘将军当年不忘初心，返乡后当上了农民，让贫穷落后的家乡面貌换上了新颜。将军当时每月的工资二百二十五元，军龄补贴八十一元，他不吃超过一元钱1斤的食物，不穿超过一元钱一尺布的衣服，给村集体事业累计捐献八万多元。阅读完这些故事后，他在体会中写道：“我们敬爱的张爷爷，全身衣服没有一件名牌，他把自己节省下来的退休金用于义务植树，为村民造福；他不恋城市、不恋舒适的生活，热爱家乡、热爱事业、热爱祖国，全心全意为人民服务，他就是我们学习的榜样，他就是我心目中的‘甘祖昌’爷爷。”

许多当年依偎在张连印身边，听他讲故事、和他一起植树的孩子们，有的考上了大学，有的读研究生，有的参军入伍，有的考上了公务员，有的在外地打工。张连印已经记不清他多少次给孩子们讲那些故事，讲他自己苦难的童年，讲他自己的成长经历，也记不清多少次带着孩子们一起参加植树造林劳动，但是，无论这样的事情重复多少次，他都乐意去做。因为他坚信，自己正在为这些孩子心中播下希望的种子，而播撒在他们心中的种子，总有一天会长成参天大树。

将军曾经无数次动情地说：“植树造林我感到光凭个人的力量是有限的，这需要有更多的人民群众参与才能把这个造福子孙万代的事，一代一代地传下去……”

这些年，青年志愿者来张家场苗圃基地种树的多了，种完树，他们都会与树苗来张合影，定格这份春天的美好礼物。他们说：“这里是将军最早种树的地方，多年来不断地植树添绿，让这片曾经荒芜的河滩成了枝繁叶茂的林场，我们要学习将军的这种精神。”

这一年，学校的师生们又来到了种苗基地，连幼儿园的小朋友们也来了。

这一边，幼儿园小朋友体验松土浇水。

那一边，东南小学150名师生在工人们带领下，准备种下30株樟子松小树。孩子们两三人一组，分工协作，开始了植树活动，像小蜜蜂般忙碌着，欢笑声在空中回荡。不到两个小时，一片樟子松小树苗立现眼前。孩子们还将自己认真书写的一张张心愿卡轻轻挂在种好的小树上，卡片随着风儿轻舞，与小树一同美化家乡。

张连印高兴地说：“前人种树，后人乘凉。种树，是种下绿色、种下希望。让孩子们来基地，是培养孩子爱劳动，爱家乡，爱大自然。也希望我们左云的绿色接力棒继续传递，青山常在，绿水长流。”

一面面红旗迎着朝阳冉冉升起，一个个造林战场在左云大地摆开，一棵棵新苗在泥土中深深扎根，一代代传承，一片片泼绿，一年年变化，左云大地充满生机活力。

绿色在铺展，希望在腾飞！

绿化治沙是门大学问，脱层皮也要把它啃下来。

攻学

GONGXUE

林间漫步(丁美宁　摄)

塞北清晨，薄雾轻绕，树木在雾霭中透出若隐若现的翠色。

张连印行走在林间，轻轻吟诵着古诗。

“神龟虽寿，犹有竟时。螣蛇乘雾，终为土灰……”

随着他的诵读，一轮朝阳缓缓升起，透过薄雾，将一缕缕阳光洒进清风林，火红的朝霞为大片的树木勾上了金边，林中树影斑驳，煞是好看。

张连印屹立林中，宛如一位身披金甲即将出征的老将。

将军一生爱学习，求知欲特别强。

他始终认为，人生在世，生老病死是正常规律，但身老不可怕，心老才可怕，人活着，就是要有精气神，就是要不断进取，老有所学，“苟日新，日日新，又日新”，与时俱进。

“书为至宝一生用，心作良田万世耕。”张连印总是用这句对联来激励自己，保持求知欲，保持赤子心。

《解放军报》2021年10月19日第一、三版《银色年华——河北省军区原副司令员张连印退休植树造林纪事之二》中，《解放军报》记者柴华、司李龙、潘娣和特约记者周仁这样写道：

一个巴掌大的黑色硬皮小本，河北省军区原副司令员张连印每天随身带着。

小本里，藏着这位七十六岁老兵的“诗与远方”。

几年前，看到媒体上推荐的四十首“中国最美诗词”，他便把这些诗词用大号字打印出来，贴在了小本上。

独自在苗圃里散步时，吟诵其中的诗词，是他的快乐时光。

与人交流，聊得投机、兴之所至时，他也会拿出小本读上几句。

《龟虽寿》《行路难》《归园田居》，是张连印最喜欢吟诵的诗词。

诗以言志。谈及自己的植树“战绩”，张连印谦逊低调，没有豪言壮语。而当他聊起这些诗词对自己的“鼓舞”时，记者仿佛听到了另一种表达。这是他与年迈的自己对话的方式，也是他精神世界特有的气质和光彩。

基地育苗(清风林教育基地　供图)

……

包括三个子女在内，几乎没有人想到，张连印退休后“采菊东篱下”式的“种树怡情”，其实是“不破楼兰终不还”的“青山无悔”……从五十八岁到七十六岁，张连印的暮年壮志，绿了家乡，护了山水，挡了风沙，造福了父老乡亲。

……

张连印十八年回乡植树造林的路，并非坦途。“一山放过一山拦”，面对重重困难，他依然是拦也拦不住的姿态……

2011年被诊断出肺癌……2014年，张连印又被诊断出肺癌骨转移……如今，离确诊癌症已过去十年，张连印自己知道，要是没有那股“拦也拦不住”的劲头，他可能早就倒下了……

一路行，一路难，老兵不老，万水千山只等闲。

“开荒南野际，守拙归园田。”

张连印说：“《人民日报》推荐的这四十首诗词，每一篇都写得非常好，多学一学既能长知识、教育人，还能激励人。我们要时刻不忘学习，活到老、学到老，这样才能使自己不落伍！”

“读万卷书，行万里路。”在张连印看来，无非就是两个方面，其一是要读万卷书，从书本中时刻不停地汲取新的知识和前人总结的宝贵经验；其二就是要在日常的学习实践中不断思考、发现问题，并积极请教，不怕路途遥遥，不断向各处名家高手拜师学艺。

深刻意识到这个道理，还是在十八年前——那是在2004年，张连印退休返乡的头一个春天。

那时，张连印刚刚回到张家场，筹备打响植树治沙“战役”。他踌躇满志地开始行动，可还没等见到苗木成活，老将军攒了一辈子的三十万元积蓄就已花费殆尽。等到动员全家及向战友和各方面筹款解决了资金问题后，第一批1万多棵树苗全下了地。他的“作战”计划细化到天，平均每人每天种100棵。张连印像照顾孩子一样，对栽下的每一棵小树都倾注了情感。每天望着这些树苗，满怀期待地盼望着它们长高长大。

可是，无情的现实给这位老将军来了重重一击：这些小树苗不但不长，还大面积枯萎。张连印手拿枯枝败叶，扑面而来的冷风刺痛了他的眼睛，怎么也想不到，种树伊始就会遇到那么多困难，植树治沙这件事他别说入门了，简直好像连门的边都没有摸到。他已经记不清自己有多少个黄昏无言地站在十里河滩，默默地看着半年前曾经豪情万丈栽下的树苗成片成片地死去。如同战场上吃了败仗的统帅，无奈地望着自己带领的将士们尸横荒野、哀鸿遍地。

是啊，那一仗他输了，输得太惨烈。经此一役，这位生性倔强的老将军一连几天都吃不下饭、睡不着觉。好几个晚上，他都独自出门走到河滩上寻找答案，一待就是好半天：“好好的苗子怎么种下去就活不了呢？为啥它们会死得这么快？”这些问题在老将军的脑子里天天打转，站在那些已经枯死的苗木旁边，张连印又是心急又是心痛。

正当他蹲在基地的树坑旁看着挖出来的枯树苗苦思冥想时，一位路过老乡的喃喃自语给了他思路：“这树活不成，是不是因为土不行啊？”

对呀！树就像个过门的“新媳妇”，土就像是树的“婆家”，“婆家”要是不富裕，“新媳妇”肯定也会受穷，可“婆家”的问题到底出在哪里呢？张连印决定从种树的土抓起！

就这样，带着关于种树用“土”的问题，张连印踏上了拜师学艺的旅程。山西省林业厅治沙办的科长桑金海，就是张将军背着沙土前去拜访的第一位老师。

在桑金海帮助下，张连印终于找到了首次种树失利的症结，并在专家们指导下，选定了以樟子松为主要培育对象的一系列苗种，用“以苗养树”的方法，扩大种植面积，规范种植，科学养护。

那些天，张连印夫妻俩常常凌晨五点多就从炕上爬起来，风雨无阻地和乡亲们一道出工。尽管老将军一度因为劳累上火，饭都难以下咽，但他始终保持高昂斗志，在现场亲自整地、挖坑、植树、填土、浇水。由于选苗适宜、技术得当、把关严格，第二批种植的树苗成活率大大提高，初步攻克了张家场村多年存在的种不活树的难题。

再战告捷，张将军增强了信心。经过一段时间的沉淀与思考，他这样总结道："植树造林是好事，但必须讲科学，要因树制宜，因地制宜，因时制宜，还要认真管护，绝不能植树不见树，造林不见林。必须清醒地认识到，要想在张家场这样的沙化地上把树种好，仅凭我们自己现有的经验是远远不够的。"

因此，张将军开始重拾过往的书本，不断读书学习，从书本中汲取相关专业知识。

在张连印看来，"绿化是门综合技术，气象、地理、生物、化学都需要懂"。本着这样的学习思路，张连印把已经放下了多年的军事地形学书籍以及高中、大学的文理科书本又全都捡了起来。此外，他还购买了林木栽培方面的技术书籍，包括多年前的《林业技术》等十多种期刊、报纸，到现在的二十多种相关书目报刊。多年来，这位做起事来认真严肃、一丝不苟的老将军始终坚持严谨规律的生活作息时间，除了时常在苗圃及林地劳作外，每到晚上，他还会坐在书桌前，打开桌上的蓝黄色小台灯，根据拟订的学习任务，按时按量完成林业技术相关知识的学习，从苗木培育到整地栽植、养护管理，这些过程中的每一项他都会认真阅读，一笔一画地做好笔记，十多年来一直孜孜不倦，坚持不懈。即便在与癌症斗争的阶段，在往返部队医院的车上、在病房的床头上，他都会带着这些书籍、杂志和学习笔记。看到这些场景的人们都感叹道，对于一个几十年带兵打仗的将军来说，在新的岗位和艰苦的环境里，在专业知识零基础的情况下，还能如此忘我学习，刻苦钻研，实属罕见。

回想那段重新回炉的经历，张连印感慨道："学习给我插上了腾飞的翅膀，壮大了我逐梦的肌肉力量，为我开启了第二个青春大门。"

"纸上得来终觉浅，绝知此事要躬行。"张连印深知，能吃得进去，还要能消化得了。只有理论和实践相结合，才能真正打赢植树治沙这场战役。因此，除了跟桑金海等专家继续保持联系、虚心求教外，他还渴望得到更多专家和高人的指点。他多次和老伴儿交心："高手在民间！要想在种树上学到真知识、长到真本事，我还得走出去，不管走多远，只要能学到真东西，吃多少苦受多少累也值。这方面，我不是将军，不是领导干部，就得不耻下问，就得甘当一名小学生。"

好学的老将军开启了新的拜师学艺征程。这次，他把目光放到了辽宁。

2005年3月中旬，正是辽西北地区寒风怒吼、大雪纷飞的时节。张将军不顾恶劣的天气，冒着零下十几度的严寒，风尘仆仆地敲开了全国樟子松研发地——章古台固沙造林研究所的大门。这一次，他要找辽宁省彰武县章古台镇的育苗专业户鲁安学艺。前一段时间，张连印从省林业厅专家那里得知，鲁安在辽宁省固沙造林研究所的指导下，于1997年就开始培育樟子松树苗，到2005年已跨入了培育樟子松树苗技术的领先行列。

"张将军把一生都献给了国家和人民，真让我感动得掉眼泪。"回想十几年来与张将军交往的经历，鲁安在接受电话采访时声音难掩激动，"第一次见到张将军，他就像带着一团火，两只眼睛特别有神，脊背挺得直直的，那叫个精神，真像神话传说里守护苍生的一位战神，屹立在天地之间，让路过他身边的人都不由得多看他几眼。"

张连印向鲁安讲述了他回到家乡后，在植树治沙过程中所经历的困难和挫折，明确表示找鲁安的目的，就是来向他求教，怎么才能让樟子松在塞北的长城脚下扎根，怎么才能有效改变家乡树木存活率低的现状，并把自己决心为故乡奉献余生的抱负告诉了鲁安。听罢老将军的赤诚剖白，鲁安明确表示，一定要在张将军绿化荒山、造福家乡父老的行动中尽可能提供帮助。

从2005年到2012年，张将军先后八次远赴章古台镇学习樟子松培育技术，他虚心求教的态度，谦虚朴实的风范，深受当地育苗人的欢迎和尊重。

2011年张将军做了肺癌手术后，于2012年春节期间回到张家场，当他获知章古台固沙造林研究所又研究出了新一代樟子松树苗的培育技术，并得知张家场苗圃基地的樟子松幼苗出现了供不应求的情况后，为了提高优质树种在左云县的保有量，保证种苗的成活率，他又动起了要去章古台学习樟子松种植新技术并购买新品种树苗的念头。老伴儿王秀兰非常担心他的身体，再三劝他不要再长途劳顿跑到辽宁去了，可无论是老伴儿劝还是儿女上阵轮番劝，谁的话都未能奏效。面对前来劝说他的家人和朋友，张将军大手一挥全部拒绝："只要能学到新技术，尽快解决遇到的难题，路途再远我也要去，你们谁也别拦我，拦也拦不住！"张将军的"倔强"和"好学"深深感动了以鲁安为代表的章古台当地一大批育苗人，当时，樟子松树苗正处在黄金价的高位，可谓一苗难求，但大家一听说张将军想要树苗，便纷纷以很低的价格为他筹集到了200万株樟子松树苗，并安全运往山西，在树苗极其短缺的情况下竭尽全力支持了张将军的壮举。

就这样，辽宁与山西，农民与将军，一批育苗人与一个绿化人，为一个共同的目标走到了一起。提起两人相处十多年的经历，鲁安感慨万千，心潮澎湃："在张将军身上根本看不到高级干部的高傲劲儿，也没有什么豪言壮语，就像一个平凡的老人，令人尊敬，令人感动！"

最初，为了把绿化事业做大做强，彻底改善张家场及周边乡镇的生态环境，唤醒百姓环保意识，带动大家致富，张将军考虑建设苗木繁育基地。但苗圃管理却是一个很突出的技术难题，因为在生产苗木的同时，还要规划出一定的土地，培育下一个周期需要的树苗，形成自我发展的良性循环。资金、土地和劳动力三大要素缺一不可。张将军带兵近四十年，管理部队轻车熟路，可如何管理苗木却让张将军犯了难，尽管如此，也无法阻挡他要建立繁育基地、培育优良树种、绿化荒山荒地的决心。

山西右玉县是全国知名的先进典型县，七十多年来，全县人民靠着"一张铁锹两只手、咬定绿化不放松"的精神，坚持不懈植树造林，使昔日的"不毛之地"变成如今的"塞上绿洲"。林业绿化率从新中国成立初期的0.3%提高到了目前的56%。如果说右玉县以绿化成绩在全国闻名，那右玉县威远镇威东村农民辛存保则以苗圃管理技术在右玉县出了名。张连印那时的目光便放在了时任山西省右玉县威远苗圃场主任辛存保的身上。听人说辛主任很忙，常在外地讲课或指导育苗工作，张连印一时感到有些着急。那一天，当他得知辛主任正好在右玉时，他立刻拍掌大声说道：“走，上右玉！”这一去，他和辛存保又建立起了长久的友谊。

张连印回想那时的情景，感叹地说道：“真是远在天边近在眼前！右玉是绿化的老典型，一开始我就没往这儿想，看来还是眼界没放开。后来我想，他们那里有几十年的实践经验，肯定能帮我解决问题。这使我顿时在迷茫徘徊中看到了新希望。第二天一早，我抬腿就走！”

那天，辛存保正在苗圃中指导工人修剪树苗，远远地，看见一群人向自己走来，其中有一位穿迷彩服的老人，一开始，他以为这个老人和那些生意人一样是来买树苗的，也就没怎么多注意。

但是，这位老人却在工人们的指点下，径直向他走来，并向他请教起了怎么开设苗圃、养护树苗的问题。

在交谈中，辛存保才得知，面前这位衣着朴实、言辞恳切的老人是一位退休将军，老家在左云县，此行拜访他的目的不是做什么树苗买卖，而是要为绿化荒山办苗圃场。辛存保知道经营苗圃场的难处，就劝张连印最好栽些别人育好的小苗，再培育个两年就能往山上种，如此下来比自己撒籽育苗还能节省两年的时间。张连印解释道：“这样看似节约了时间成本，但不利于长期的规划，我现在的绿化目标是张家场村，以后张家场村绿化形成规模后，还要绿化乡里、县里，甚至整个大同市。”辛存保感觉很震惊。他反复劝说张连印改变想法，但徒劳无功，只好作罢。自此，他开始教授张连印在苗圃管理方面的技术。

白天，张连印跟着辛存保在苗圃场内四处查看，从苗圃的科学规划到区域性建设、从春季病虫害治理到冬季抗寒性管理，每一个细节都不放过，刨根问底，并认真做好记录。到了晚上，还要整理出一天的学习要点。没日没夜、起早贪黑成了那段时间张连印最真实的写照。即便坐在小饭店里吃顿刀削面，他也要和一起吃饭的辛存保探讨管理技术方面的话题。

十多年来，张连印四处求教，遍访名师，虚心学习，时任省造林局副局长于铁树，省国有林管理局局长周长东，省林业厅治沙科科长高俊臣，大同市林业局总工程师张吉林、治沙科科长张昌，左云县林业局局长郭兴武、张华与副局长牛世平、胡德全，还有许多老农和土专家，都为张连印提供过无偿的技术服务或业务方面的帮助。

说起多年来拜师学艺的经历，张连印脸上露出自豪而又欣慰的笑容："这十多年来，我上的是'农业大学绿化系'，既学了技术，又交了朋友。收获满满，但还远没有毕业，还没有拿到结业证。跟我的老师们相处，一是学会了育苗，在短短的几年时间里，完成育苗300亩；二是认识了许多树种，我至少能对在左云县生长的20多种树如数家珍；三是了解了治沙造林的基本知识，摸到了在沙化地上种树的门道，探索出了'营养袋'种植法，从研究耐寒新苗培育、土地水分保养、季节性栽种规律等入手，形成了整地、挖坑、围圈、浇水、掩埋等一整套植树造林新方法，在造林管护上，我也了如指掌、轻车熟路；四是在苗圃场管理方面成效显著，为大面积植树造林奠定了坚实基础。"

如今，荒山变青山，苗圃绿浪涌，张连印看着郁郁葱葱的大片山林感慨万端："我在这里多种一棵树，就多培养一名环境'卫士'，就为实现美丽中国梦做出了一份实实在在的工作。"

张连印是一位勤奋的学生。俗话说，老不舍心，少不舍力，可退休后的张连印却反其道而行之，这些年把自己的全部心思和力气都毫无保留地投入到植树造林的事业上。人们常说的"朝九晚五"，到他这儿，却十几年如一日地做到了"朝五晚九"。

左云县的气候无霜期短，每年适宜栽树的时间非常有限。为了抢时间，每到这个季节，张连印天不亮就带领乡亲们上山植树，午饭在山上和乡亲们一起简单对付一口，稍做休息后又接着干，太阳要落山了才往家走。平时，不管是数九隆冬，还是炎夏酷暑，他查树情、防火情，很少间断。看到他像个忙碌的陀螺一样整日转个不停，无论是家里亲戚还是村里朋友都纷纷劝他："您都这把年纪了，就别整天往山上跑了。"老伴儿更是劝他可以把事情交给年轻点的人去做，不要事事都亲力亲为。可是这些话对张连印来说统统白讲，左耳朵进右耳朵出，风一阵子刮过——全白搭！

2018年10月的一个周末，张连印从外面办事回来，招呼司机开车上山检查树苗成活率。司机劝他："大礼拜天的，刚刚办事都跑了一大圈了，您现在就歇歇吧！"

"哎，那可不行，我不放心，还是得上去看看！"

车到山根，张连印不由分说开门下车，大步流星就往山上走。由于他当天穿的是一双硬底鞋，步子迈得又快又急，在一个斜坡拐弯处一不小心就滑倒了，额头当即就被地上的沙棘划了个大口子，鲜血一下子冒了出来，顺着额头流了好长一道。司机见状，赶忙上前将他扶起来，再一看他头上的伤势，吓了一跳，慌里慌张拿出手机就要给他家里人打电话。张连印抢过司机的手机道："不用告诉他们！直接拉我去医院就行！"

很快，张连印被司机拉到大同三二二医院紧急处理伤口，医生在他额头处一共缝了九针。当晚回家后，怕老伴儿担心，他好长时间都不肯摘帽子，还把帽檐压得低低的，想用这种方式挡住伤口，瞒天过海。

老伴儿一看他这副模样就猜到不知又出了什么事。问道："你都进家了，头上老戴个帽子，热不热呀？"

"不热，不热。"张连印连连答道。

"不热就摘了吧，戴在头上捂痱子呢！"

"没事，没事，戴着也不妨啥事。"

接着问了好几遍，张连印老是闪烁其词，还总试图躲着王秀兰走。

老伴儿心说，你就别演戏啦，这角色也扮演得太差啦。想到这儿，趁将军没注意，一把上去就把他的帽子给薅下来了。

这一下，张连印额头上捂着伤口的纱布全部暴露在了王秀兰面前。她既心疼又埋怨，在她看来，张连印完全没有吸取之前出车祸后肋骨受伤的教训，身体出了问题，不是想着怎么认真对待，好好休养，而是想着怎么瞒住她这个老太婆，好继续去种他的树。

王秀兰当即就要找几个人陪张连印去医院做个全面检查，可当她看到丈夫一副毫不在意的神情时，意识到自己这次可能又是“白说”——没错，在张连印心里，觉得老伴儿确实有些小题大做：“哎，这又不是车祸，也就是划了道小口子嘛，下午已经去医院缝过针了，没啥问题。皮肉之苦不妨事，惊动大家没必要!”

张连印还是一位百折不挠的学生。2008年8月，将军只身前往辽宁省彰武县买树苗时，曾经发生了一件令人啼笑皆非的事情：那次，为了节约路费，他选择乘坐条件相对简陋的中巴车前往目的地。当时正值北京奥运会，路上关卡检查严格，途经检查站时，工作人员上车逐个检查证件验明身份，当检查到张连印时，他双手递上了自己的军官退休证，工作人员看看证件再看看眼前这位老人，一时难以相信，因为他无论如何都无法将证件上的“少将”两个字和眼前这位身穿旧迷彩服，皮肤黝黑粗糙，头发有些花白蓬乱的老人家联系起来。

“这真的是您的证件?”犹豫了半天，工作人员终于将信将疑地发问了。

“没错，这就是我的，这是我的退休证。”张连印笃定地回答道。

可这样的回应完全不能令人信服，张连印当时的模样实在是远远超出了一般人对将军形象的理解。

“您真的是省军区副司令？一位少将？可您要真是将军，怎么可能连个接送的专车都没有，反倒挤在这样的客车上啊?”几个工作人员聚在一起商量好久之后，统一了看法并做出决定：“对不起，我们怀疑您假冒军人身份，请您下车接受检查。”就这样，百口莫辩的张连印被工作人员“请”进了派出所。

坐在派出所里，任张连印怎么解释都无法说服当班民警，他只好给河北省军区司令部打去电话，经过有关部门认真沟通核实之后，才最终确认了他的将军身份。当时在派出所里负责此事的民警们都对这件事记忆犹新，他们表示，当听到这个像老农一样的人真的是一位将军时，他们都感到不可思议，连连向面前的老将军道歉。每当回忆起这件事，张连印都拿它当笑话讲：“苦中有乐，也算难得吧!”

张连印也是一位付出不求回报的学生。随着他义务植树报效国家、建设家乡的事迹逐渐传开，传播的范围越来越广，地方党政机关、企事业单位和驻军部队都经常邀请将军前去授课，宣讲“两山论”重大意义和国家生态建设战略方针政策。他紧紧抓住这个有利契机，认真学习，认真备课，课上常常提醒大家要强化生态意识，动员更多的人投身到植树造林、防风治沙的队伍中来。2014年夏天，在开展群众路线教育活动时，他白天上山植树，晚上还要坚持读书，有一次一直学到凌晨一点半，隔壁住的妹夫一觉醒来看到张连印的房间还亮着灯，以为他是身体出现了问题，便赶紧起床，趴到门缝一看，原来张连印还在灯下记笔记呢。

近几年来，张连印义务做报告已达两百多场，受教育人数达到1.2万人次，为党员干部和青少年理想信念教育提供了生动的活教材。

实际上，张连印每次讲课后，很多单位都要给他付课时费，一般都有几千元。可每当人家要给他时，他总是恳切地推辞：“我讲课是应该的，不要你们一分钱，真想做些啥的话，那就帮我栽上点儿树吧。”这些年来，张连印外出宣讲从没收过一分钱课时费，从没在讲课单位吃过一顿饭，从来不需要专车接送，是名副其实的义务宣讲员，是纯粹的“红色文化”传播者。

2019年7月，张连印到大同市建行做宣讲报告，行里领导研究后，要给他五千元讲课费，请将军一定收下。但是，行里的一番盛情无法撼动将军毫不动摇的决心，他坚决拒绝了讲课费后，坐着自己的面的“圪棒车”（七座小客车）返回了基地。

还有一次，左云县一家煤矿请张连印为全体职工进行宣讲。宣讲结束后，矿上领导把课时费装在信封里交给将军，并邀请他一起在矿里的餐厅吃晚饭，可这些全都被张连印婉言谢绝了。他对矿上领导说：“我出来讲课从来不是为了挣钱，我只是想把一名老党员的所思所悟讲给大家，让大家从我的经历中看到共产党的好、社会主义的好，让大家知道一名共产党员怎样才算尽到了义务，这样我就很满足了。如果收了钱、吃了饭，那我在讲台上讲的理想信念那一套，还能让大家信服吗？”他没有吃矿上准备的晚餐，而是和陪同的工作人员一起走

给左云县高级中学新生上开学第一课（丁美宁　摄）

教育

进路边的小饭店，简单吃了些便餐就离开了。

张连印的表率作用，深深地教育了广大干部，感动了广大人民群众。山东威海一位民企老板听到他的事迹非常敬佩，专门带着员工赶来义务种树3000多棵，临走还硬塞给他两万元钱，并含着眼泪说："我知道在荒山荒坡上种树太难了。相比普通植树，每棵树要多浇三次水才能活，老将军退休不褪色，为国家为家乡植树治沙不容易，我打心眼儿里佩服！这两万元就算我给张家场植树造林捐的款，请您用它买了树苗吧。"

为鼓励更多的人绿化治沙，每当村民们要在房前屋后种树，张连印都免费送去树苗；学校校区植树，他也免费赠送树苗；当地部队绿化营区和驻地荒山，他既送树苗又送技术……这些年来，张连印为周边乡村、学校和部队无偿提供树苗30余万株。在将军的无私付出和模范作用带动下，周边村民、干部职工、驻军部队都动了起来，荒山绿化的队伍也越来越壮大。

张连印还是一位豁达开朗的学生。虽然从2011年到现在，他已经患癌多年，种树治沙的事业也经历了几番波折，可他从不缺乏大步前行的勇气，从他的歌声里，人们能听出扎根大地的底气和坚韧不拔、永不言弃的奋斗精神。他书桌上的一摞笔记本里，不仅记录有植树治沙相关专业知识的内容，还记着军歌、民歌和流行歌曲的歌词，老将军最爱唱的歌是《军人的本色》。张连印自小就喜欢唱歌，也正是唱歌赋予了他性格中始终保有一种积极向上、乐观开朗的品质。小时候，他就喜欢向村里的老人们学习敲锣打鼓、吹拉弹唱，后来到了部队，年轻的张连印也是活跃分子，常常教战友们一起唱革命歌曲。退休后，他回到农村，拎着锄头站在田间地头时，拿着饭盒吃饭的间隙，或是带着乡亲们一起迎接考察团时，他都有极高的兴致高歌两首，若是兴致再高些，路上遇见放牛放羊回来的老乡们，大家还会聚在一起当场扭几段秧歌。每年的正月十五，他都会在清风林教育基地系上红绸腰带，与十里八乡的民间文艺队一起扭秧歌、唱小曲，礼赞幸福生活，憧憬美好未来。

2015年7月，张将军在小河口村南山上植树，中午到了饭点，他坐在山坡上和乡亲们一起啃榨菜、吃馒头、喝白开水。那天太阳高照，炎热无比，晒得每个人心里也火辣辣、热腾腾的，张连印放下馒头便兴致高涨地为大家唱起了《母亲》《在那桃花盛开的地方》等歌曲，唱到情深处，大家都不由自主地为他伴唱，铿锵有力的歌声在大山间久久回荡，豪气冲天，响遏行云，引来众多乡亲们的阵阵喝彩。人们谈论起老将军，都是一脸的敬佩之情："他不仅树种得好，歌也唱得好。""他唱歌很有感情、很有感染力！"

有人说，听张将军唱歌，你会被他饱满的激情、昂扬的精神、高亢的歌声所感染、所鼓舞，仿佛浑身充满力量；看张将军扭秧歌，你会被他奔放的步伐、陶醉的神情、开心的笑脸所吸引、所触动，身心获得极大愉悦。那是一种自由的释放，那是一种欢快的陶冶。

现在，除了在植树治沙期间会时不时唱两首外，只要基地不忙，张连印也会利用闲暇时间到左云县老年合唱队参加活动。老将军凭借着多年前在部队组织唱歌的经验，指导大家唱红歌，深受合唱队队员们的欢迎，队员们也被老将军的精神所感染，亲切称他为合唱队队长。"老人的精神非常好，心态也很开朗、很乐观，对疾病没有什么思想负担。"解放军九八〇医院的欧阳文主任这样评价张连印。正是老将军的乐观与豁达，使他的病情一直保持在稳定状态，也使他始终斗志昂扬地战斗在植树治沙"战役"前线，一路高歌向前。

退休画上的是四十年军旅生涯的句号，而五十六年的党龄、十九年的植树生涯还远远不到结束的时候。在这场阻击风沙、绿化荒山荒坡的战场上，张连印依旧冲锋在前、续写着无尽的传奇。读万卷书，行万里路，这位自退休起就入读"农业大学绿化系"的学生，用他的勤奋好学、百折不挠、付出不求回报、豁达乐观的精神态度，用他的火热赤诚、一腔热血和向死而生的大无畏英雄气概燃烧生命激情，践行着一名共产党员的初心，他把荒山秃岭变成了绿水青山、金山银山。《中国青年报》记者曾这样生动地写道："一曲绿色的壮歌，在青山间回响，在乡亲们心间萦绕。山岭上，老将军扛着铁锹、唱着军歌的身影依旧坚毅挺拔，如此动人心魄……"

植树造林是好事，但要商量着来，决不能损害百姓利益。

帮扶贫困户（丁美宁　摄）

站在山坡向远处眺望，左云的绿色面积不断扩大，千万棵树站成塞北大山最威武最尽职的“军人”，守护着长城脚下村村落落的祥和与安宁，不管阳光明媚还是漫天风雪，每棵树都军纪严明，站成立正姿势，迎接一轮又一轮太阳的升起，欢送一次又一次晚霞的离去。

越种树，张连印对生命的理解就越深刻。他常想，假如大地消失，树也就不能够独立存在，没有大地滋养的树，自然而然就会枯萎、消亡。把树的枝叶砍去，只是去掉了它的枝枝杈杈，只要大地存在，树的根就会依然存在，它就还会抽出新枝新芽，不断成长，最终浓荫密布，为人们遮风挡雨，用真情回报给它以力量、给它以庇护的大地。树与大地相互依存，承载着地球上一个个鲜活的生命，谱写出一段段蓬勃旺盛的岁月精彩。

将军觉得，自己就像是一棵树，而故乡的人民就如同大地。只要把根深深扎在大地，就会永远得到滋养，不致枯萎。也正因如此，他也才能像树那样，为大地奉献浓浓绿荫、颗颗果实。

张连印生在农家，又在农村长大，知道土地对于农民有多重要。所以，他回到张家场植树造林，自觉把握着一条原则：决不无偿占用村民的耕地，哪怕是巴掌大的一块也不能随意侵占。他说：“我是回来报答乡亲们养育之恩的，决不能伤害他们一星半点的利益。”

张连印刚回村里时，就和村里的党支部书记掏心掏肺地表达了这个意思。村支书说：“你在咱村里人缘好，大家都信服你。咱们没有那么多讲究，只要是为村里办好事，你就放开胆子、甩开膀子，想咋干咋干吧！”

张连印道：“那可不行。土地问题，既关系到国家的土地政策，又牵涉到村民的切身利益，哪能想咋干就咋干呢？我想好了，事先要学习研究法律、法规和政策，照章办事，不能违规操作；遇事要与群众商量，征得大家同意后再干，决不能损害百姓的利益。”

张连印清楚记得，那天，他去看望村里李大娘时，大娘跟他说的那番话。

那是在他刚回村不久，走家串户征求乡亲们对搞好村里绿化治沙有啥想法和建议的日子。

当张连印走进李大娘家院里时，大娘正坐在一条小凳子上拣簸箕里的米，张连印走过去，拉过条小板凳坐在大娘身边，又接过大娘手里的簸箕帮她拣起米来。大娘拍拍张连印的手背对他说：“平安呀，你在部队上人马多，说话也硬气，下个命令当兵的就跟你打仗去啦。这可和咱这村里大不一样，你也知道，村里人可是七嘴八舌，说啥的都有。有时候还是越敬神越鬼多。叫我看，你在村里也得厉害些呢，你越厉害，他就越不敢捣蛋。所以，你也不能太和善了，要拿出将军的派头来，硬气一点才能压住阵呢！”

张连印笑笑说：“大娘，您老人家的意思我明白，但有些事还得好说好商量，不能摆架子、耍威风，都是乡里乡亲的，我不能那么做。”

李大娘道：“你呀，起小就是个好心肠，可是个善人呢。好人做不来赖事，不过你也要多操些心呢，现今的有些人呀，和你当兵走时可大不一样，可有些圪僚货呢，讹人的、耍赖的、敲诈的，啥人也有，啥事也能做得出来。”

张连印把从米里拣出来的一个小沙粒丢在地上，拍拍手说道：“不怕，讲情的咱从情上来，讲理的咱从理上来，既不讲情也不讲理的，咱还有法律嘛！”

李大娘道：“唉，法律那不就是要打官司吗？平安，我和你说，可不能惹上官司，惹上就甩不脱手了！”

张连印笑笑说：“大娘，您老人家就放心吧！事情没那么复杂，咱不惹官司，遇到事好好商议，不让大家吃亏就行了，真心换真心，总能暖了别人的心。”

李大娘道：“那倒是，人心换人心，八两换半斤么，正常的时候，你对他好，他对你也不会差，但的确是有赖人，啥也不会，就会讹人。”

对大娘说的这些情况，张连印其实也不是没有想过。他想，市场经济条件下，农村和农民面临的问题比当年复杂得多了，遇到矛盾，尽量入情入理地化解，必要时，也还是要用法律的手段来解决。为此，他多次去县城和大同，从书店里买来了《中华人民共和国农业法》《中华人民共和国土地管理法》《中华人民共和国农村土地承包法》《土地权属争议调查处理办法》《确定土地所有权和使用权的若干规定》等书籍，还去有关部门，复印摘抄了国务院办公厅先后于1996年、1999年发布的国务院办公厅《关于治理开发农村“四荒”资源进一步加强水土保持工作的通知》和《关于进一步做好治理开发农村“四荒”资源工作的通知》等有关法律政策文件和地方性法规，一有时间就认认真真地研读，凡事对照法律法规检点一番并遵照执行，不让自己的行为越雷池半步。

尽管张连印对自己这样要求，但各种纠纷还是不断出现。

前面说到的“北梁山种树风波”，可以说是给张连印上了第一堂法律课。他举一反三，不仅跟涉及北梁山荒地的村民签订了树木归属问题的合同，而且与其他地界的户主也照此办理，做到了没有合同或协议不种树。

2015年的一天，张连印到山上检查植树造林情况，正巧碰上了小河口村的老人陈老汉。老汉颤颤巍巍跟张连印说：“张将军，我昨天出去到西山坡上转，看见你们把树栽到我家坟上了。”说完，老人背着手就走了。

看着老人不乐意的样子，张连印连忙叫上司机赶到了现场。

张连印定睛一看，见陈老汉家坟堆旁，栽了十几棵绿树苗。

原来，小河口西山坡这片荒地，地形比较复杂，由于种树的工人马虎，把树苗种到了陈老汉家的坟边上。

按说，这并未影响到坟地啥事，无论走到哪里都不理亏。可张连印没这样想，对一位年事已高的老者，他能做的只有善待。他二话没说，当下回到苗圃基地，把几个种树的工人叫来，一一核实情况。

一位工人说：“也就是擦了个边，没动到老人家的祖坟。”

张连印道：“坟边也是坟呀，你能说家门口不是家吗？错了就错了，错了就得改错！”

另一个工人嘟哝着说：“叫我说，咱也不算错，那老汉也太计较了。”

张连印一脸严肃地说：“别再说三道四，明天一清早就去，也不要再动锹动土的，把树苗拔掉，然后把地面踩瓷实、踩平整了！弄好后，请老人上去验收，直到老人家满意为止，好不好？”

工人们见老将军态度认真，便规规矩矩地说：“好，您放心，我们把事办好，让陈老爷子满意，回来再给您报告！”

慰问贫困户(丁美宁　摄)

第二天，工人们按张连印的要求把事办妥。陈老汉围着坟头转了好几圈，才勉强点了点头，但话里话外还带着气，说："只能这样了，看在张将军的面子上，就算了吧！"

张连印听了工人们的回话，觉得老人家的气还未完全消了，便带着司机，赶到陈老汉家道歉，还带去了三千五百元的补偿金。

这一来，陈老汉才彻底释怀，说道："张将军，你这当大官的，对我们老百姓，不耍威风、不发脾气、不以势压人，还和和善善、平易近人，叫我这老汉很服气。补偿金就算了，我知道你种树也不容易，也是借下一屁股债，我虽然帮不了你啥忙，但也不能得理不饶人嘛！"

张连印说："您没有得理不饶人，已经够宽宏大量的了，这种事搁在谁头上都得着急上火，这些钱是我们的一点心意，请您一定收下，买点好吃的，补补身子，消消火！"

此后，陈老汉逢人便说："种树将军张连印，一点架子也没有，处处替咱老百姓谋算，看见他，就叫人想起了当年的八路军。"

无独有偶。

2020年春，工人们在不知情的情况下，把沙棘树种到了秀女村的耕地边上，又引起了村民的不满。

张连印拿出《中华人民共和国水土保持法》和国务院办公厅《关于治理开发农村"四荒"资源　进一步加强水土保持工作的通知》等法规政策文件，专门组织工人们开会，耐心地给大家讲清"四荒"的概念。

他说："大家好好听听，这可是明文规定，'四荒'指的是啥？是指荒山、荒沟、荒丘、荒滩，包括荒地、荒坡等，但决不包括耕地。我们是在做'治荒'的工作，而不是为了种沙棘而种沙棘，更不能因为种沙棘去占用耕地。咱们中国人口多，吃饭永远是第一刚需。所以，老百姓的一寸耕地都不能占。会散了以后，请大家分头与耕地的主人去商议，分一分类型，确实是颗粒无收的荒地，咱不仅要给人家土地补偿金，地里的沙棘树还有产生的收益全归农户，还要签订合同；但凡有收成的耕地，千万不能占，就算是农户同意，咱也不能朝那么干，这是法律的红线，踩不得！”

张连雄在会上没吱声，工人们离开后他专门到家里找到张连印说：“哥，也不能太过于死搬法律啦政策的，个别时候打打擦边球也不是不可以，像种沙棘这事，种就种上了，生米做成熟饭，谁也就没办法了。”

王秀兰叹了一口气说：“连雄，你这是帮你哥呢还是害你哥呢？我觉得，这事就得照你哥说的办，有规矩就不能违，有红线就不能踩，擦边球可不能打，闹不好就得翻跟头，跌大跤。”

张连雄笑着说：“嫂子，你跟上我哥受了部队这么多年的教育，太正规，和社会上的人有些格格不入，有时候你们太死搬教条，有时候又太善良，好心操多了，容易惯出一些人的毛病来。叫我说，不占耕地就不占了，但荒了好几年的那些地，还是可以占的。占些荒地，也不要主动去找他们说这说那，他们要是寻上门来，能对付的对付过去就行了。要说给些补偿，也不是不可以，但不能叫他们狮子大开口，你们又不会讨价还价。咱也没开印票子的工厂，也不是银行，哪有那么多冤枉钱给他们呢？”

张连印说：“你这话说得不对，这几年，跟咱们漫天要价的村民还是极少数，大多数人家还是通情达理的，多给他们些补偿也不是不可以，再说了，多也多不到哪里去，冤枉也没冤枉在别人身上，都是乡里乡亲的，大家高高兴兴地过得去就行啦。”

王秀兰笑了笑说：“你这话我同意，但连雄的有些话也不是没道理，凡事讲究个合情合理嘛，有些人要是漫天要价、太过分的话，连雄也可以出面管一管，但无论如何也要和风细雨地讲道理，不要高喉咙大嗓门地跟人家吵架。”

就这样，牵扯到土地纠纷上的事情，大事由张连印定夺，具体事由张连雄处理，主动与农户沟通协商，区分情况，分别对待。最后，就种沙棘的事补偿了农户四千元，使问题得到了妥善解决。这既符合党的政策和国家的法律法规，又满足了群众的愿望和利益。

起初，张连印动员大家种树时，村里人也没想太多，都在自家的房前屋后种上了树。

等小树长成大树以后，问题就出来了——好些树探头探脑的，树冠从这家越过院墙，伸到了另一家的院子里，有的挡了阳光和视线，还有的影响到出门走路。为此，邻居间有的就闹起了矛盾，却又争吵不出个名堂来。

有人就说，解铃还须系铃人。当初张将军鼓励大家在房前屋后种树，这会儿有了矛盾也还得找张将军去，他懂政策、办法多，不找他解决不了问题。

听到这种声音，张连雄有点憋不住了：“树明明长在你们家院子里，受益的是你们自己，闹下难缠的事啦，倒想起我哥啦，你们拿我哥当啥呢？给你们跑腿儿的？”

“跑腿儿就跑腿儿吧，跑腿儿也是为大家服务嘛！”张连印主动站出来了，他说：“树是我动员大家种的，出了问题找到我头上也很正常。”

但是，张将军翻遍了法律书，还真没有类似问题的解决条款。他专门咨询了律师，律师也说这还真是个法律盲点——果树树枝越过墙头，长到别人家院子里去，别人家有没有权利摘树枝上的果子？这在法律上也没有明文规定，只能当一般性的民事纠纷进行调解。

没有法律依据，张连印就先把几个涉事的家庭叫到一起做工作。他问：“你们都听过‘六尺巷’的故事吧？”有人摇头，有人点头。

张连印接着说：“听过的，你们就再回忆回忆，没听过的就听听这个故事对你们有啥启发。这个故事，说的是清代的康熙年间，在安徽桐城，出了一个在朝廷当大学士的大官，他的名字叫张英。他老家的房子，跟一家姓吴的人家的房子紧挨着。这个吴家盖房想占张家一点空地，双方产生纠纷，告到县衙。因为两家都是大户人家，县官一时也不好断案。张英的家人就写了封信寄到京都，张英看完信以后，马上写了一首诗寄回家里，诗中是这么说的：‘千里修书只为墙，让他三尺又何妨。万里长城今犹在，不见当年秦始皇。’家人看完诗后，马上拆墙让出三尺，吴家人也非常感动，也赶紧让出三尺来。这一来，就形成了一条六尺宽的街巷。直到现在，这条巷子还在。这个故事是个啥意思呢？是说，人活百岁终有一死，你争房子争地有啥用？到死了谁也带不走，不管啥事，都要看远点，想开点，对自己对别人都有好处。所以古人才说，吃亏是福。大家好好想想，是不是这么个道理?”

随后，张连印又到每个涉事家庭逐个走访，和他们一起商量解决的办法。经反复做工作，最后大家都首先严格要求自己，相互都做了一些让步，长到别人家的树枝，妨事的，主家负责修剪，不妨事的就先留着；长到邻家果树上的果实归主家所有，但采摘后可以给邻家留上一些，不仅使问题得到圆满解决，而且还融洽了邻里关系。

村里种树还遇到这么一种情况，就是在植树初期，村里人在一些所属权不十分明确的地界上种了树。树木小的时候，没有人在意，到树木渐渐长大后，就有人出来争树木的所有权了。

村头有几棵树的权益纠纷就很典型，虽然那些树是张三种的，但那块地皮却曾是李四家的老宅子。

于是，张三和李四就争得面红耳赤、互不让步。

张三说：“树是我栽的，村里哪家人都看得清清楚楚！”

李四道：“那是我家的老宅子，我小的时候，我爷爷就在那里种庄稼，你问问你爹去，看是不是事实?”

张三说：“你们家已经搬了家，至少有十几年没用过那些土地了，那还是你家的吗?”

李四道：“你家也有不用的东西，你能说那些东西就不是你家的吗?”

这“官司”同样打到了张连印那里。

张连印二话不说，接待。

王秀兰笑着说：“我们家连印是‘案板顶门——管得宽’。”

张连印说：“没树的时候，想管也没得管，有了树了，不就是想个解决的办法吗?”

他带着张三和李四找到村干部，讲了自己的想法和解决办法：树确实是张三种的，地确实是李四家的老宅地。按照谁的地树归谁的原则，这树应该归李四。但是，树又确确实实是张三种的，他种树也没少下辛苦，我张连印愿意自掏腰包，给张三双份的劳务费。

张连印的说法在理，而且自掏腰包调解矛盾的高姿态，既说服了张三，也感动了李四。

张三道："话说到这份儿上了，那我就不要这个劳务费了，我要的就是一句公道话！"

李四说："你不要劳务费，我心意上也过不去；让张将军掏这个钱呢，也说不过去。这样吧，劳务费还是由我来出吧！"

村干部最后拍板，李四给张三付劳务费，这树就记在李四名下。

这样，一场争执又烟消云散了。

张连印还遇到一种新情况，就是村里一些原住户迁移到城里，同时村子里先后也搬来几家新的住户。

迁到城里的原住户，担心自家走后，种了那么多树没人护理，或被别人砍的砍、伐的伐，前功尽弃，更担心人离开村里了，村里的树还归不归他自己所有。

为此，张连印逐家逐户地进行了走访，一是承诺原先的合同仍然生效，永久不变，不用说你还在左云、在大同、在国内，就是你出了国，你家的树还是你家的，咱按合同办事；二是树木的护理，由苗木基地义务负责，病虫害的防治、季节性的修枝剪叶、偷砍偷伐之类的事情，一概不用树主操心；三是成了材的树木，处置权归树的主人掌握。

外迁人员都说，我们算是遇见了活菩萨。

新迁来的那些村民，看着原住户红红火火种树，便找到张连印说："我们虽然是后来的，但同样也是张家场人，可不能把我们当外来户，挡在植树造林的门外。"

张连印哈哈一笑说："哪有这事呀，不用说咱村里的，外村的我还给人家送去树苗，帮助他们种树呢，何况是你们！这样吧，咱和村里的领导商量商量，把荒山荒坡地划拨给你们一些，我保证，不管是先来的还是后到的，种树不分新老先后，政策一视同仁，你们就放心地干哇！”

真如张连印所说，新来户都分到了种树的荒山荒坡荒沟地，也都像原村民一样签订了合同，张连印也照样做出郑重承诺：“我不要地权，不要林权，国家的种树补助全归你们。三十年后，种树成果全部归还村集体，归还树木的主人！”

由于保持了政策的连续性，激励和吸引了更多的群众积极投入植树造林队伍的行列。

整个左云县的绿色面积也越铺越大。

放眼望去，在蓝天白云的映衬下，山上山下、原野沟壑，松柏杨柳灌木青草等绿色植被，深深浅浅，变化万端。深的近乎墨色，浅的又近于黄色，橄榄绿平和宁静，草绿色舒适清爽，紫绿色高雅华贵……蓝绿如湖水，碧绿似宝石，各种鲜活的绿色融合在一起，构成了一幅幅精美绝伦的塞上绿洲图。

张连印总是把群众的利益摆在第一位，把植树造林、治理风沙的事业摆在第一位。他承包的四百多亩林地，按照国家退耕还林政策每亩每年有一百七十元的补助款，全部发给老百姓，而包含在补助款中的树苗补栽等费用，他却自掏腰包，做到“留下一片绿荫，不带半根草去”。但是，当群众在不经意间伤害到了植树这件大事的时候，他又总是把尊重人、理解人、关心人放在第一位。

2004年春天，由于缺乏经验、没有专人看护，靠近村边刚刚种上的一大片树苗，两天之内就被牛羊啃了个七零八落。

一棵棵残头缺尾、断肢折腰的小树苗，在瑟瑟寒风中呜咽啜泣，奄奄一息，犹如灾劫战乱后失去亲人的一群病残孤儿。张连印看在眼里痛在心上，他一句话也说不出来，简直到了欲哭无泪的地步。

王秀兰的身体也无法控制地颤抖起来，一种撕裂的痛感涌上胸口、撞向喉咙。想着这些树苗是从千里之外千辛万苦运回来的，每一棵小树都带着母土、

INTEL INSIDE

征询群众意见(清风林教育基地　供图)

标着方向，种上后又三番五次地浇水，还要天天盯着会不会生病虫害，一旦有情况就立即采取措施，像看自己的孩子一样看护着，而今突然被毁成这样，她的心真的就要碎了。

还是张连印心硬，他见老伴儿眼泪汪汪的，知道她的心里有多痛，然而树苗已经毁了，再怎么痛也无法挽回了，便轻轻拍拍老伴儿臂膀，使劲抓住她的手劝道：“秀兰，你也是经过大风大浪的人嘛，这点事还值得痛苦呀？咱明年再栽，栽更大更多的好苗子。到明年这时候，树苗长得更高更好，面积也更大，到时候一定叫你好好地开开心心地笑他几天！”

王秀兰伤心地说：“我也知道难过没用，可我就是想不通，那些放牛放羊的人，咋就不看好他们家的牛羊呢？”

张连雄嚷道：“太不像话，放牛放羊是吃草嘛，他们倒叫那些牲口啃树去了，我找他们去，和他们没完！”

村里不少人也建议报派出所，好好整治一下那些不守规矩的放牧人。

苗圃基地的工人则说：“咱们要叫他们赔，把损失补回来；还要打上栅栏，让牛羊进不来；另外，在林地上再多洒上些专杀害虫的农药，谁要再敢把牛羊放进来，就叫它们有进没出！”

但是，作为从小在农村艰苦环境里长大的穷苦孩子，张连印清楚牛倌羊倌们的艰辛和不易，就是自己受再大的委屈也不能那样做。

不过，这事倒是提醒了张连印：在护林观念淡薄的穷乡僻壤，怎么才能保证树苗既能种得上、种得活，又能长得好、长成材，真正发挥挡住风沙、改善环境的作用？这的确是个应该好好思考的事情。

张连印曾在连队当过指导员，他自然而然就想到了用作思想工作的方法解决问题：动之以情，晓之以理，辅之以关怀。

于是，张连印把那些牛羊倌们都请到基地来，推心置腹地跟他们沟通交流，他说：“乡亲们，我也是农民出身，从小就在咱村里过苦日子，知道大家生活不容易。党和部队培养了我这么多年，我回来种些小树，只是想回报组织和村里的乡亲。没有当年乡亲们对我的关心，没有党和部队对我的培养教育，就不可能有我的今天。所以，地权、林权我都不要，也不在这事上挣一分钱，就是想种多多的树，防风治沙，为绿化咱们左云出一把力，在有可能的情况下，还要逐步给大家创些收入，让村里每个人都受益。所以，希望大家都能伸出手来帮我一把。”

牛羊倌们纷纷说：“将军，实在是没小心，没把牛羊管住，一不留神就闯了这么大祸，给您造成这么大损失，我们自己也很心痛、很不好意思。我们以后一定要注意！”

说到这儿，张连印就高兴了，说：“你们有这个态度，我就放心了。乡亲们，走，到我家去，咱一起喝杯酒！”

有个羊倌说：“我们把您害成这样，您不惩罚我们、不整治我们就够好的，咋还能请我们喝酒呀？”

张连印笑笑说：“你们没管好牛羊，是一时的疏忽，也不是故意要那样做，我相信你们今后不会再疏忽了。咱们乡里乡亲的，难道就不能一起喝杯酒，高兴高兴？走吧，我叫我家老伴儿再炒盘辣子土豆丝，再给咱蒸上一笼莜面吃！”

一个牛倌说：“将军，您大人不记小人过，我们今天来，本来是准备挨骂挨罚的，您不骂不罚，已经叫我们很感动了，哪还敢喝您的酒、吃您的莜面呢？”

张连印打趣地问道：“我要是罚你们的话，你们能拿出啥来让我罚呢？”

几个牛羊倌乖乖地说，家里啥值钱的也没有，要罚的话，只能拿牛和羊给您抵债。

张连印沉重地说：“是嘛，乡亲们生活都还不富裕，这里面也有我一份责任。我应该帮助大家解决困难，带领大家过上好日子才对，哪能雪上加霜，罚你们呢！”

到家后，张连印考虑到这些老乡生活上的不易，便拿出给植树工人买好的胶鞋，给牛羊倌们每人发了一双。

牛羊倌们都受宠若惊，连连摇头说这可使不得，这可使不得！

张连印语气坚定地说：“咋就使不得？我说使得就使得！都拿上，都拿上！”说完，愣是把鞋一一塞到牛羊倌们手里。

牛羊倌们个个心怀感激收了胶鞋。

正当张连印和牛羊倌们喝酒和吃莜面的时候，张连雄推门进来了，他鼻子里哼了一声说：“好啊，你们这些没良心的，做下有理的事了，立了功了，还有脸到我哥家又吃又喝的，你们可真好意思？”

王秀兰担心连雄跟人家过不去，赶紧打圆场：“连雄，别开玩笑了，你也好长时间没喝酒了，今儿也喝两盅，热闹热闹！”

连雄知道嫂子是不让他再往下说了，可他这口气实在憋得难受，不说出来不痛快，忍了忍还是秃噜出来：“你们这些妨主货，不把你们那些牲口管好，那么多、那么好的树苗子都被糟蹋光了，你们也太不像话了，还好意思坐到我哥家喝酒？都给我站起来！”

牛羊倌们齐刷刷地站起来，有的做好了挨揍的准备，有的胆战心惊不知会发生啥事，有的壮着胆子说：“连雄，千错万错，已经那样了，我们以后多操点心，想办法补救吧，我们保证以后不再出这样的事情，有空的时候也多出出力，帮助将军多种树，我们种树跟将军一样也是义务的，种下的树归苗圃所有。”

张连雄道：“哼，说得比唱得还好听呢。”

张连印赶紧劝阻：“连雄不要再说啦，坐那儿喝酒，可以多喝两杯，但喝多了不许说胡话。”

牛羊倌们纷纷给连雄让座，连雄也就没了脾气，勉强坐了下来，和哥嫂与牛羊倌们，边说话，边喝起酒来。

两杯酒下肚，连雄哭了起来：“我哥嫂省吃俭用的，种那些树多不容易啊！”

一个羊倌连忙说：“是不容易，又下辛苦，又花钱，我们也心疼！”

连雄说：“你也心疼呀？我还以为你们是‘崽卖爷田不心疼’呢！你们算是遇见我哥我嫂这样的好人了，要是换个别人，你们就吃不了兜着走哇！”

牛羊倌们都喝了酒，话也多了起来，大家直夸将军两口子好，还纷纷表示，以后都当张将军的义务护林员。

连雄说：“你们不要甜言蜜语，日久见人心，今后就看你们的行动吧！”

这件事就以牛羊倌们意想不到的方式打了一个结。

张连印在野外治沙植树，也经常会碰到这些牛羊倌儿，遇到饭点就拉着他们一起吃，有时候天气寒冷，他就从小卖铺买上瓶酒，就着馒头、咸菜和牛羊倌们一起喝两盅儿。

他和牛羊倌们经常坐在河滩的林间一起拉呱儿，高兴了还唱唱家乡小曲儿，山西民歌。

渐渐地，张连印和这些牛羊倌们越走越亲近，最后都成了无话不说的老朋友。

精诚所至，金石为开。老将军以德报怨的人格力量，感动了饲养牛羊的乡亲们。他们放牧时，都格外小心，生怕牛羊再啃了树苗，而且真正履行了自己的诺言，当了张连印的义务植树员和护林员。

他们逢人就夸：张将军是大官，但一点儿架子也没有，和我们这些放牛放羊的都交了朋友，我们打心眼里佩服。他种树是为国家、为乡亲，我们都要当好义务护林员、义务植树员，为张将军分忧解难。

这么多年来，张连印始终坚持一个原则：遇事多与群众商量，不论过错在己方还是在对方，都要把着眼点放在解决问题上，放在保护老百姓的利益上，而决不与民争利、不让乡亲们吃亏。在他看来，既然植树造林、治理荒山是为了回报乡亲、造福百姓，那就要把老乡们的利益放在至高无上的位置，以群众满意不满意、高兴不高兴、答应不答应为原则，做不到这一点就违背了自己当初回乡治理风沙的初衷。

张连印常说："老百姓是我们共产党人的衣食父母，是我们的事业赖以发展的皇天后土。离开了老百姓，一个人有再大的本事也施展不开，植树造林、治理风沙这样大的事情，更离不开群众的广泛参与。我是回来报答父老乡亲的，就不能让他们受半点委屈；我是回来治风治沙的，就必须紧紧地团结和依靠广大群众来完成这一艰巨任务。"

我是在苦水里泡大的，
再大的苦也能吃得下。

苦守

KUSHOU

与妻儿一起植树（清风林教育基地　供图）

常言道：“一场秋雨一场寒”，“白露秋分夜，一夜冷一夜”。

在《解放军报》2021年10月19日第一、三版《银色年华——河北省军区原副司令员张连印退休植树造林纪事之二》中，记者柴华、司李龙、潘娣和特约记者周仁这样写道：

> 刚进10月，几场秋雨下来，左云已经冷得让人跺脚。
>
> 张连印的妹夫王凤翔想帮他烧烧卧室里的土炕，让屋里暖和些。前几年，他从县里退休后，经常到基地给张连印帮忙。
>
> 王凤翔把煤块倒进土炕边的灶膛里，半天没点燃，手脚有些忙乱。张连印接过装煤的簸箕，放在灶台上，先点燃一些小树枝，再把碎煤块拨进灶膛，盖上盖板，转身打开排风扇，动作一气呵成。他说：“土炕下午烧上火，晚上就不用再烧了。”
>
> 环顾这间十几平方米的房间，靠墙摆放着旧桌子、旧衣柜，一张蓝色的椅子，椅背破了，露着一大块海绵。

外间门对面，靠墙的几张破旧沙发，挤放在局促的空间里，中间夹着一张简易茶几，那还是张连印当团长时候打下的，距今已有四十多年的历史。屋里的暖水壶、茶缸子，洗脸架、洗脸盆，多数已用了一二十年，张连印说啥也舍不得扔，都带到张家场来了。

十九年前回村种树，张连印曾短暂借住在张连雄家一段时间。自打在河滩上盖了小院后，老两口一直住在这两间小屋子里，其他房子都作为基地会议室、学习室、食堂、工人宿舍、工具间等使用。

村里人说：“你好歹是个将军，各方面都应该讲究些嘛，可不能太将就、太寒酸了。”

张将军则说：“吃饭有口锅、睡觉有个窝就行，哪有那么多讲究呢？再说了，就是不讲究，也已经比小时候强多了！”

盖这座小院时，也是10月天气。为了加快进度，赶工方便，老两口干脆在十里河滩搭了个简易帐篷，带上锅碗瓢盆和简单的生活用具，把铺盖行李一卷，就搬进了帐篷里。

他俩带着工人们，搬砖的搬砖，运土的运土，和泥的和泥，砌墙的砌墙……七手八脚地就干了起来。

深秋时节，地里的庄稼都已收割完毕，漫山遍野光秃秃的，十里河滩的风更加无遮无拦，卷土扬沙地刮过来，直刮得那座孤零零的帐篷像大海里的一叶小舟似的不停地摇晃。一到夜里，呼啸的西北风凄厉地吼叫着，被窝里的风也是冷飕飕的，连身子都暖和不过来，根本无法入睡。

就这样，张连印两口子硬是和乡亲们一起顶着寒风、突击施工，建起了他们在张家场的“窝”。

简单安顿下来后，张连印就开始忙碌。白天到荒山野岭和十里河滩察看地形，夜里到乡亲们家里走访。他仍像参军前那样，走到哪家就吃到哪家——他和乡亲们不客气，乡亲们也不把他当外人。农村人吃饭更是讲究不起来，遇到稠的就吃稠的，遇见稀的就喝稀的。

村里人都说，连印这人始终如一，走时候是个啥样，当了将军了还是过去那个样子！

“他吃得不好，穿得不好，就是那么个人。”老支书胡万金说，“他从来就不讲排场。”

摄影记者给张连印拍了一张照片，那是他搬着一棵带有母土的树苗，重量足有几十斤，尽管看上去走路有点吃力，但那股子劲头俨然不亚于年轻人，是个地地道道的壮劳力。

有老乡跟张连印开玩笑：“你一个将军，天天穿身烂衣裳，挑水、挖坑、抱树苗的，咋这么不注意形象呢？”

张连印笑着问老乡：“啥叫形象？穿西装打领带再蹬上双黑皮鞋，坐上高级小卧车，吃住在高档酒店，见了老百姓指手画脚，你喜欢这种形象的人吗？”

说话的人摇摇头，笑笑说："不喜欢！"

张连印又笑了："那你是啥意思，想叫我变成你不喜欢的那个样子？"

那人笑得更厉害了，连说："不是，不是！"

张连印道："这不就对了，你穿啥，我也穿啥；你吃啥，我也吃啥；你干啥，我也干啥，这有啥不好？"

那人笑着频频点头："对对对，这样好！这样好！"

老伴儿王秀兰见他这样生活太清苦，心里也很着急，她决定跟丈夫好好谈谈。

夜里回家后，王秀兰又提起在工地上那番对话，关心地说："在工地上，穿着可以不必太讲究，但你毕竟上岁数了，干活时还是要注意些，太大的树苗带很大一块母土，分量太重，搬不动就别搬，让年轻人搬去，你拣能搬动的搬嘛！"

张连印满不在乎地说："嗨，有多重呢？十五岁那年，尽管自己的骨头还没长硬，但200斤重的麻袋照样得扛。啥叫走路两腿像筛糠？那时候扛麻袋就是那种感觉。所以，抱那么点树苗根本不在话下。我是在苦水里泡大的，再大的苦也能吃得下。"

结果，王秀兰想劝丈夫没劝成，反而又让他把自己给说服了。

说起张连印的吃苦和俭朴来，那真叫说不尽、道不完。

张连印住的小平房，夏天有时会很热。

人们劝他装个空调，他却说："钱这么紧，连种树的钱还打闹不下，空调就不用装啦。"

张连印家的小平房地处十里河滩，夏天里，蚊子在林地中像战斗机一样狂轰滥炸，一叮就是一片一片的大疙瘩。有时，蚊子会飞到院里来，钻进屋子里咬人。

张晓斌不忍父母受蚊虫叮咬之苦，就跟他们商量，想给二老买顶蚊帐。

老将军说："咱这地方，蚊虫叮咬也就几天的事，花这个钱不值得。种树用钱的地方太多了，咱不用花这份钱。再说了，一村子也没有一家安蚊帐的，咱

逛早市(丁美宁　摄)

搞这个特殊干啥?”

张晓斌道:“爸，这可跟搞特殊连不上，您和我妈岁数一天比一天大了，得好好保护身体，必要时，该花的钱也得花。”

张连印说:“晓斌，你的心情我理解，你关心我和你妈我也很感动。但是，蚊帐就不要买啦，还是把钱省下来，干点别的吧。俗话说得好，有钱不买半年闲，蚊帐在咱们这儿可不是半年闲，那几乎是一年闲，能用的时间超不过一个月。这点困难我和你妈还是能克服的。”

王秀兰接着道:“你爸说得对，我们老两口都是在咱左云长大的，对家乡的生活很习惯，蚊子叮一下对我们来说不算个事，有个电蚊拍，啥事也解决啦。”

张晓斌觉得爸妈说得有道理，买蚊帐这件事也就作罢。

张连印平时的伙食也非常简单，从不讲究。

河北省军区的一些老同志，至今还记得将军当年在部队时，穿着朴素，不讲吃喝，平易近人的样子。

时任河北省军区新闻干事的黄大庆回忆道:“一说起张副司令，就想起经常看到他上下班步行的情景。他从家到部队来回要走很远，总也不坐车，一大早就走着来单位食堂吃早饭，吃完饭就上班，首长作风真的很朴素。”

2002年5月初，张连印亲自带队抽查河北省北片部分单位民兵整组开展情况。

“迎接检查招待很重要。”这是那个年代部分单位和人员的“惯性思维”。

“首长在饮食方面有什么忌讳?有什么偏好吗?对住宿有什么要求吗?”检查组还未进驻，受检单位领导就打电话询问招待的有关事宜。

“搞个醋熘土豆丝就行了，人武部如果有住宿条件，就不要在外边安排宾馆。”

“土豆丝?”

“对，张副司令员不愿意让部队搞接待，有个土豆丝就行了。”

检查组联络员不厌其烦地答复，受检单位领导一脸茫然。

经过一上午的检查，张连印对该人武部民兵整组工作比较满意，对受检单位给予了充分肯定。按计划检查组在人武部就餐。可一进餐厅，看到满桌丰盛的菜肴，张连印收敛了笑容。

“首长，海鲜是我们这地方的特色，也不贵，让大家尝尝，我们的一点心意。”

“把海鲜端出去给职工们吃吧！我有盘土豆丝就行了，不要铺张浪费，下不为例。”

张连印黑着脸，不容置疑地说。

工作受到了表扬，精心准备的招待却挨了训，但是该部领导毫无怨言，并高兴地跟其他单位传授经验，“有盘土豆丝就行，是真的”。

张晓斌经常劝爸爸：“爸，您吃饭不能总凑合，人家说，越是上了年纪，越要多吃一些高蛋白的食品，多吃一些蔬菜和水果，您倒好，咸菜方便面也算一顿饭，凉一顿热一顿的，时间长了总不是个事。”

于是，晓斌和妈妈合计好，有时特意给张连印买些鱼啦虾的，早晨督促他吃两颗鸡蛋，但他总觉得这样太奢侈，和村里人相比反差太大，竟以“家常饭养好汉”为由，取消了家人给予他生活上的特殊照顾。

右玉县威远苗圃场主任辛存保一提起当年与张连印将军见面的事，就一脸的敬佩。他说：“我和张将军一来二往熟悉之后，就想请他吃顿饭。他先是推辞，后来见我再三邀请，就说，旁边就有面馆，咱俩一人一碗面就行。从那之后，不管是他来找我，还是我去左云找他，我俩常常就是一人一碗面，有时还和工人们一起吃大锅菜。让我印象最深的是，不论春夏秋冬，他老穿的就是一身迷彩服，有时还很破旧。有一次，我好奇地开玩笑说，将军你也太会过日子了，一年四季迷彩服，你得省下来多少钱呀？他跟我笑着说，我从小吃‘百家饭’长大，是农民的儿子，吃穿舒服就行，哪里有那么多讲究呀！”

王秀兰也曾劝将军：“连印，咱吃饭可以简单但不能没营养，穿衣要朴素可也不能太随意，以后出门啦、上台讲课啦、出去做报告啦，不一定总是穿身迷彩服嘛。”

张连印却说：“迷彩服就不错，到哪儿都适应。”

王秀兰笑着说：“还不错呢，你看看，满大街跑快递的、当保安的、搞卫生的，都穿一身迷彩服呢。”

张连印面带愠色地说：“老伴儿，这我可得批评你。不要以为跑快递的、当保安的、搞卫生的，就是低人一等，他们和咱一样也是人，他们能穿迷彩服，咱就不能穿?”

王秀兰笑道：“能穿！种树的时候，我不反对穿迷彩服，但出头露面的时候，该讲究总得讲究点、体面点吧?”

张连印语气坚定地说：“迷彩服就是咱军人的本色、劳动人民的本色，没有啥不体面的！”

张连印在部队时习惯于走路上班，公车能不用则不用、能少用就少用，回到家乡更是如此。多年来，从山西到河北，包括去辽宁、内蒙古等地联系业务进树苗，往返常常是坐火车，而且短途就坐硬座，长途就买个硬卧。

他说：“一上火车，旅客们大包小包、拖家带口、南腔北调、熙熙攘攘，那种久违了的、深深刻在记忆中的气息扑面而来，一下子就让我想起了当年探家往返途中的许多事情，感觉格外亲切。”

张连印外出，更多的时候是坐公交车。毕竟年岁大了，他一上公交车就有人让座，可他却不好意思自己坐着，让别人站着，就常以开玩笑的方式谢绝了：“别让别让，别以为我有多老，我是长得黑，站一会儿还是没问题！”

就这样，逗得大家哈哈一笑了事。

特殊情况下，或有急事时，张连印也会打的，有时还打摩的。

有一年冬天，苗圃有急事需要张连印解决，而此时他正有事回了石家庄。

接到电话后，张将军不愿麻烦子女们，更不愿张嘴让部队派车送，为了赶时间，就从石家庄乘客车到北京六里桥汽车站，又换乘北京到大同的客车。

到了大同，天色已晚，回左云的客车已经没有了，他只能乘大同到燕子山矿的客车——燕子山矿回张家场村有10公里路程，他想，到那他就可以步行走回去了。

左云的冬天，冷风扑面，寒气刺骨，路上行人很少。张连印看到路边一个摩的司机，就走过去跟他商量，想让司机送他到张家场。但由于天太晚了，摩的司机不想跑。张连印好说歹说，司机才答应送他到国道边上的云西村。

到云西村下车后，恰巧路边有人认识张连印。那人惊讶地问：“将军，这大冷的天，您咋坐摩的呀？”

张连印回答说：“苗圃有急事，赶时间想回去呢，不敢耽误。”

摩的司机一听是位将军，吓了一跳，心说，这哪像个将军呀，穿得普普通通，一路说话和和气气，没有一点当官的派头。他望着健步走向张家场村的那个背影，立马骑摩的追了上去，客气地说：“将军上车，我送您回家！”

这位摩的司机早就听说过，张家场村有个张将军，退休后回家乡来种树，干得红红火火，已经见了成效，还被树为先进典型。这一回总算对上号，遇见本人了。

张连印上车后，摩的司机说：“将军，您可是大官，还是先进典型，咋不买辆好车，既排场，又安全，打摩的多丢身价、多不安全呀！”

张连印说：“我小时候吃过的苦，你都想象不到，上山砍柴曾经掉到圪针窝里，浑身扎满了刺。那时候，我没想过身价，也没想过安全。两相对比，这摩托车也是车呀，坐摩托要比掉到圪针窝里体面得多，也安全得多！”

摩的司机说：“您这人真好，一点架子也没有。”

张连印说：“人应该有骨头架子，活得硬气，但不能有虚荣心的空架子，更不能有吓唬老百姓的横架子。”

摩的司机说：“您这话听了让人开窍！人都说张家场穷，但那里的人好，看来这话没说错，怪不得能出您这么大的官，而且还是这么好的人。”

张连印说：“我是张家场的乡亲们养大的，他们又把我送到部队，不然没我的今天，所以我们张家场都是好人。”

摩的司机说：“好人眼里看到的都是好，恶人眼里看到的都是恶。老将军，这一路，我从您身上学到了许多好的东西，能送您回家我真高兴，我给您留上个电话号码，以后有啥事，您就叫我，我随叫随到，一分钱不要。”

张连印笑了：“车有成本，人是劳务，来回跑都需要烧油，哪能不要钱呢？不要钱的话，往后就不坐你的车了！”

在张连印的日记本上，记录着一些点滴小事——

“拿完药，在医院门口点了一碗面，自己来了个光盘行动！”

“从左云去大同，坐了长途客车，又一次低碳出行。”

……

在雁北，有个无人不晓的词叫“苦守”，既是艰苦奋斗的近义词，也是抠门小气的同义语。

张连印将军无疑就是个“苦守”的人。

为了家乡的绿化事业，他大方到倾其所有、倾囊付出，而在自己的衣食住行等生活问题上，却是能节俭就节俭，“苦守”到一毛不拔。

2015年，因绿化需要，张连印决定买一部工作用车。大大小小的汽车市场跑了好几天，捏在手里的钱都快要攥出了水，还是拿不定主意。

在20世纪八九十年代，汽车是身份的象征。那会儿，配备一辆高级轿车，甚至是一种特权的标志。

当年，时任师级领导的张连印就已经配备了公车，但他从未把车子当作身份和地位来看待。在换车、住房等一些待遇方面总是先别人后自己。1985年前后，随着经济社会发展和部队待遇提升，部队车辆开始更新换代，张连印当师长期间，换车先给副师长、参谋长换，别人都坐上了伏尔加，他还是坐辆212吉普车；后来别人的伏尔加换上了桑塔纳，他仍坐着辆伏尔加。

2001年年底，张连印担任河北省军区副司令员，配上了高级轿车——奥迪，但是，他仍然把车看得很淡。

现在，为了植树造林需要，他不得不买辆车，可对于车是否高级他就更不当回事了。

最后，他相中并买下了一辆不到五万元钱的“圪棒车”。

所谓“圪棒车”，就是一辆类似于中巴的七座车，由于车身如同一截木头棒子，所以当地人俗称“圪棒车”。

接回车来后，村里人包括大同和左云认识他的人，谁见了谁摇头，都说一个将军，坐这样的车，实在是太寒碜了，一点也不体面。

张将军笑笑说：“车就是个代步工具，我买车更多的是为了绿化，不是用来摆谱摆阔，没啥体面不体面的。”

这些年来，“圪棒车”载着张连印前往石家庄、太原、大同、朔州、乌兰察布等地开会、学习、做报告、拉树苗；平时在工地上，车里装着镐锹、树苗、农药，他和民工们挤在一起，翻山越岭跑个不停。

“圪棒车”每年行驶约3万公里，如今已伴随将军行驶了近20万公里。

有一次，县城一个公司的老板上山参观，坐上了将军的“圪棒车”。一路上，摇摇晃晃，东碰西撞，上磕脑袋下碰脚，还吃了一嘴土。从山上下来后，这位老板一脸痛苦地说：“再不敢坐您这‘圪棒车’了，我的尾巴骨都快被它颠折了。”

又有一次，张连印坐“圪棒车”去市里做报告，他进了会场后，司机把车停在礼堂前的主广场等候。不一会儿，来了一个保安说：“别在这儿停，开一边去！”

司机问：“这么多车都在这儿停嘛，咋就不让我停呢？”

保安说：“你看看人家都是啥车，你这破车还往这儿停？今天我们请一位将军来做报告，你别停这儿扫大家的兴！”

恰好这时过来一位机关工作人员，听到保安正在撵“圪棒车”，赶紧制止说：“这就是张将军的车，你咋能随便撵呢？”

保安挺不好意思的，连忙给张连印的司机道了歉，一边转身走，一边嘴里却还不住嘟囔：“将军咋坐这么个破车呢？”

张连印位高不求奢华，奉献不思索取，出门看病都不要组织上安排公车。

大家都觉得这车太掉价，安全系数也低，劝他换一台好车。

张连印却坚持认为：“这车虽旧，可风里来、雨里去的，伴随我这么多年，我和它有感情，看着就舒心。”

一天，“圪棒车”坏在了半路上，前去“救援”的儿子张晓斌趁机说：“爸，不到五万块钱的车，跑了这么多年，干了那么多事，早够本了，咱拖回去展览起来，就别修了，给您换台好的吧！”

张连印一听这话就急了：“换啥换？修一修还能跑嘛，咋就不修了？你老子病了，你咋知道催撵着去看病呢？这道理不是一样嘛。咱日子虽然富裕了，但艰苦奋斗的作风不能丢。别成天价听别人说我的车不好，就琢磨着给我换车。它就是再不好，也是我选中的，陪伴我多年，我喜欢它、离不开它，别的车再好，我跟它没情缘，不喜欢！”

“好，好，听您的！”张晓斌知道拗不过老爸，只好乖乖地把“圪棒车”拖回去并修好。

张晓斌不敢跟老爸较劲，只能给妈妈说：“妈，您也该劝劝我爸，这‘圪棒车’跑到哪儿，让人家笑话到哪儿，我爸口口声声说他和这车有感情，咱也理解，能不能这样，‘圪棒车’就放在苗木基地用，让我爸看着高兴，我再买一台新的，让我爸出门时开，这不是两全其美吗？”

王秀兰想了想说：“你爸的脾气你不是不知道，在做事方面，他从善如流，凡好的意见和建议都能采纳。但在个人的吃穿住行上，他节俭惯了，你就是买个新车回来，他也不会用，还得生一肚子气。不行这样吧，‘圪棒车’也确实快不能用了，等它彻底趴下动不了窝的时候再说吧！”

张晓斌听了妈妈的话，也只能苦笑着点头同意了。

清风林教育基地要接待络绎不绝的四方来客，殊不知，这里的一切室内陈设都是东拼西凑搞起来的。

平房的门窗、屋里的家具，是从县城的二手市场淘来的；张连印的办公桌椅和书柜，学员用的板凳和其他教学设施，是从学校或朋友家里弄来的淘汰物；当年从部队公寓房里搬出来的，用了几十年的老家具和旧衣物，张连印都从石家庄运回了基地。

从石家庄往回运这些旧物件时，女儿们曾说："爸爸，破破烂烂的，扔了算了，那么老远运回去，连那点运费都不值！"

张连印却固执地说："这些东西基地都能用，有些还可以给村里的贫困户嘛，扔了多可惜。"

张晓斌自主择业回到基地后，来基地观摩学习的人越来越多，其中有些是省部级领导，还有的是新闻界、文教界或企业界的名人，于是建议把基地好好装修一下，把这些"旧装备"换一换，使教育基地像个"学校"的样子。

但是这一提议，被将军否决了。

张连印的理由很简单："他们是来这里学习创业精神、绿化经验、治沙理念和艰苦奋斗作风的，不需要搞那些千篇一律的装修。这里的每一个物件都能讲一串故事，跟文物一样价值很高，把他们换掉就失去了特色。我就是我，'清风林'就是'清风林'，要是有人嫌咱这儿破旧，我还嫌他俗气呢，不来也好！"

张晓斌听了爸爸这番话，觉得有道理，就说："好吧，听爸爸的，那咱就多搞搞卫生，里里外外都弄得干干净净的，看上去利利索索、舒舒服服就行。"

张连印满意地点点头说："嗯，就是这个意思！"

有一次，张晓斌的朋友来基地，本以为晓斌是公司经理、"大农场主"，他家一定是深宅大院，或世外桃源式的大别墅。可到基地一看，却是简陋的小平房、破旧的桌椅板凳、掉了皮的沙发……感到很惊讶，也很不理解。

张晓斌从朋友的脸上看出了心事，便坦然地解释说："我爸一直给我们灌输一种思想——我们回来是要改变家乡面貌、改造生态环境的，不是回来讲排场、摆阔气，也不是回来享清福的。"他还把父亲对基地的定位和思考向朋友阐述了一番。

朋友听了张晓斌的话，对将军父子俩顿生敬意。此后，他不断地来基地，不是和晓斌一起到林地里种树或修剪树枝，就是到田地里给小杂粮除草施肥，成为张晓斌的好帮手。

秋季的左云，正逢丰收时节。张连印信步登上长城极目眺望，在秋日阳光照射下，十里河畔远远近近的茂盛林带，高低错落繁花点缀，潺潺溪水穿流其

野外就餐(清风林教育基地　供图)

间，宽阔的河面上芦苇摇曳，碧草丛生。田野里，高粱红、谷子黄，莜麦挂满花铃，葵花大如圆盘，金色沙棘串串熟透，赤橙黄绿青蓝紫七彩美景尽收眼底。蓝天飞云，松涛阵阵，一阵清风吹来，鼓荡起张连印的衣襟，他放声唱起了一首心爱的歌："不管你多富有，不论你官多大，到什么时候也不能忘咱的妈……"

张连印心中始终装着老百姓。他对自己"抠"，而对家乡父老却突显一个"舍"。他从入伍那天开始唱《学习雷锋好榜样》，一直唱到今天。真情投入，百唱不厌。唱着这首歌，他从最初简单地参加学雷锋活动做好事，渐渐地转变成为自觉践行共产党人宗旨的实际行动。

回乡多年来，将军始终把自己定位于心系群众的"公仆"角色，时刻不忘这一方水土，这一方乡亲。

当全国打响农村脱贫攻坚战之后，张连印积极响应党的号召，把帮助村民脱贫致富与植树造林有机地结合起来，不忘初心，身体力行。特别是在帮助社会弱势群体方面，他一改平时对待自己的节俭和小气，变得出手大方，俨然是个"阔绰"之人。

张家场村五十九岁的村民魏随社，是村里建档立卡的贫困户，由于性格内向，不善交际，连个打工的地方都找不到，所以没有固定收入，日子过得非常窘迫。

张连印对魏随社的情况比较了解，所以一回村后，他就主动找到魏随社，邀请他加入植树队，还每天和他同吃、同劳动、同娱乐，帮助魏随社解决生活中遇到的困难，用坦诚的交流和真心的帮助打动魏随社。

在张连印的热情帮助下，魏随社的"心结"逐渐被打开，他的话多了，脾气随和了，渐渐地成为植树造林的骨干，不仅提高了家庭收入，还极大地增强了致富的信心。他逢人便说："张将军是我的救命恩人！"

张连印对魏随社说："随社，看着你各方面的进步，我心里高兴，但你不要把'救命恩人'这样的话挂在嘴上，因为你的进步主要在于你自己的努力。一个人呀，在他要往高处走的时候，他就会越走越高，最终把高山踩在脚底下，成为站在高处的人。但是，一个人要往坑里跳的时候，谁也拽不住，因为别人一不留神，他还会跳下去。你就是那个不往坑里跳、专往高处走的人，我相信你会越走越高！”

张连印鼓励魏随社的这番话，一传十、十传百，已成为张家场村民的励志语，大家都立志要做往高处走的人。

多年来，张连印通过以工代赈的途径，优先吸纳村里与魏随社情况相似的家庭困难村民在造林基地务工，累计为二十六名贫困人口提供年均六千元的劳务收入，既促进了困难家庭“增收”，又实现了家乡荒山“增绿”。

逢年过节，张连印还要带着儿子张晓斌，上门看望这些贫困户，给他们带去慰问金和生活必需品。

父子兵，两代人，在塞北家乡扎下根来，带着乡亲们扩大植树造林面积，还搞起了农产品深加工。老将军父子俩还充分利用自己的社会资源，主动帮助种植、养殖和畜牧户，介绍客户、寻找销路，让大家走上了共同富裕之路。

左云县的领导同志感慨道：要是多一些像张连印父子这样有情怀、有格局、有路数的领头人，就是再荒凉、再贫穷、再落后的地方，也完全可以改变面貌。

病魔打不垮我的意志，就算死，也要倒在这片林地里。

种菜(清风林教育基地 供图)

“想法决定活法，心态决定状态。”这是张连印常常挂在嘴边的一句话。

一直以来，张连印是这样说的，也是这样活的，而且活出了不一样的精彩，做出了许多在他人看来不可能做成的事情。

随着植树治沙规模的扩大，所需运输车辆也在不断增加，雇用司机自然会越来越多，这真成为一笔不小的费用。

张连印是个把一分钱掰成两半花的人，总觉得自己不会开车是一种人力资源浪费，也是一大憾事。于是，他就琢磨着自己去学驾驶、考驾照。

2014年，张连印已经六十九岁了。趁着回到石家庄调整休息的一段时间，他决定报驾校，把驾照拿到手。

当张连印把自己的想法告诉老伴儿后，王秀兰看着他愈显疲惫消瘦的面容，不无担心地说：“你总说右肋那有点儿不舒服，学车的事，先放放，咱去医院检查检查再说吧。”

老将军说：“是有点不舒服，但绝不影响学车，我抓紧时间快点学，拿到驾照就去医院检查。”

王秀兰道：“人家都说，人过三十不学艺，你已经两个三十都有余了，还学啥开车呢？再说了，坐惯了车的人，坐在车上也在想事，注意力不集中，还不得把车开到沟里去?”

张连印不服气地说：“老伴儿，你可不能‘门缝里瞧人——把人看扁了’。开车不过是一项技能，别人能学会，我就能学会，咋就能开到沟里去呢？别看我快七十岁了，我告诉你，我这人生来平衡能力就好，反应也快着呢，心理素质一点没问题。”

张连印这话不假。

那还是在1982年春天，炮兵团例行到某训练基地进行演习，这天下午，团长张连印带领团政治处主任、作训股参谋等外出勘察地形。

“你们看，这周围的地形，非常适合配置炮阵地，又便于伪装……”张连印指着车外面的地势部署道。

突然，“嚓啦”一声，车身剧烈摇晃了一下后停住了。

绿化伴侣(清风林教育基地 供图)

“小王，咋回事?”张连印转头问司机。

“报告团长，车……车轮悬空了，不能再走了。”司机额头上瞬间冒出密密麻麻的汗珠来。

“大家不要慌，左转弯，应该是右轮悬空，都从左边下车。”张连印迅速指挥大家下车察看情况。

果然，碎石路面左转弯，车辆发生侧滑，导致右后车轮悬空，下方是二十多米深的山沟，车子再前进一步，势必连人带车一起坠落，情况十分危急，在场的几个人都捏了一把冷汗。

“小王，你把驾驶室车门打开，从下面控制住方向盘，把方向盘向左打死，我们几个从后方推车。”张连印指挥着大家开始行动，慢慢地，车子又爬上了山路，一场惊险被化解了。

王秀兰耐住性子说：“好汉不提当年勇，你毕竟快七十的人了，手脚肯定没年轻人那样灵活，你开上个车还不天天让我操心？你就不能省心点、省事点吗?”

张连印伸手踢腿做了几个动作说：“你看，我手脚很灵活吧？考驾照的年龄上限是七十岁，我要是再不去，这辈子就永远失去这个机会了。”

王秀兰还想再劝劝，她觉得如果自己再坚决一点或许能让张连印打消这一念想，便说：“带过千军万马的人，还要用考个驾驶执照来证明自己的能力吗？那时候，一个甲种师拉练，汽车开出去的长队浩浩荡荡，你这当师长的下命令就行了，还用管车咋开、方向盘咋转这种小事吗？咱现在做环境治理这篇大文章，你既是总设计师，又是总指挥，应该把精力放在谋划大事上，开车这样的具体事情，交给员工们去做不就行了?”

张连印听出老伴儿还是想阻止他，就换了种口气，心平气和地说：“你这话有一定道理，人站在哪个位置，就应该想哪摊子事情，既不能管得太宽了，也不能抓得太细了。芝麻抓多了会丢掉西瓜，小算盘打多了会影响抓大事。但是，开车这件事呢，一直是我的一个梦想，在部队时是因为有纪律，不允许非司机开车，特别是不允许干部开车，咱得带个好头，所以就从来没摸过方向盘。回到张家场，事情千头万绪，也没有精力圆这个梦。现在，终于理出个头绪来了，我想去试巴试巴，可就连你这一关也过不了。你还口口声声说指挥千军万马呢，我连个老婆也指挥不了，还算啥总指挥呢？看来我是不中用了！”

王秀兰明白这事又拗不过老头了，只好无可奈何地说：“你呀，思谋着想做啥就非得要做啥呢，不达目的不罢休。我不是不听你指挥，也没说你不中用，只是不想让你活得太累了。如果你非要学，那就学吧！大半辈子了，你要想干啥，我也拦不住，拦住也不管用，你总能找出成千上万条理由来说服我。”

张连印笑了：“啥叫好夫妻？啥叫同心同德呢？不是没有不同的看法和意见，而是有再大的分歧也能统一了想法，形成一致意见。这么多年，咱俩总是商商量量、和和美美的，从来没有大吵大闹过。”

王秀兰哭笑不得地说：“还不就是我总让着你嘛。”

经过一番软磨硬泡，老伴儿算是勉强答应了，但儿子和两个闺女却一致反对。

张晓斌说：“爸，遍地都是司机，您想去哪儿，打个的就是了，咱苗木基地和公司也都有司机嘛，非要自己开个车干啥？”

张晓梅说：“老爸呀，啥事都可以依着您，学开车就听我们一句话吧，开车可是个苦力活，年轻人跑长途还顶不下来呢，别说您了！”

张连印赶紧说：“我不跑长途，跑短途！”

张晓花说：“我爸真是的，跟小孩差不多，想起一出来是一出，咋突然想起个学开车来呢？”

张连印不愿惹孩子们不开心，又拿不出太过硬的理由来，只能表示很无辜：“你们几个都会开，就我不会，这不公平！”

张晓花说：“爸，您当过师长，当过司令，我们哪个当过，我们哪个跟您说过不公平来着？”

张连印一时找不到个应对之词，张了张嘴没说出话来。

张晓斌又说：“我们都理解，您在主官岗位上干久了，总爱决断、总想拍板。但是在家里，您面对的是自己的子女，哪有子女不护着父母的？所以，我们有些建议，您也该考虑考虑，正确的、该采纳的也采纳一些。”

张连印感觉到了，这三个儿女不好对付。他决定搬救兵，于是笑了笑说：“家有千口，主事一人。你妈已经同意了，她非常支持我去学，你们就别七嘴八舌了，好不好?”

孩子们又把矛头对准了妈妈：

“好啊，妈妈您咋回事嘛?”

“咋能啥事都顺着爸爸呢?”

“还嫌爸爸干的苦力活少吗?”

王秀兰苦笑着说：“你爸成个老小孩了，想干啥就得干啥呢，你们哪个要是不服气，就给我管管试试!”

三个孩子你看看我，我看看你，都觉得自己底气不足，不是害怕什么，而是不想让爸爸生气，他毕竟是个癌症患者，靠药物维持着生命，能存活下来就够万幸了，所以在一些事上让着他点，让他高兴些，也没啥可说的。

张连印见孩子们都不吭声，觉得机会来了，便开口道：“好，已经没有不同意见了，全家一致通过!”

张晓花急急火火地说：“爸爸耍赖，谁同意了，谁通过了?”

张连印乐呵呵地说：“你妈同意了，你们不吱声也算是通过了，这问题咱就不再讨论了!”

就这样，2014年夏天，张连印前往石家庄一所驾校，报名参加了机动车驾驶的学习培训。

张连印学驾驶，在家里算是受到一场阻击，去驾校报名又引起一片轰动。

首先，这个驾校自建立以来，还是头一次来这么大年龄的学员，这令他们始料不及。

其次，张连印出示的身份证明是军官退休证，上面明明白白地写着河北省军区副司令员、少将军衔——这么大的官来报名学习也是头一次。

办理报名登记的人员，被吓了一个愣怔。他们不敢擅自做主，也不知该怎么办，便跑去找校长请示。

校长听了这个情况，想了想，也没有直接拿主意，而是问办事人员："有没有不允许副司令员学驾驶这一条规定?"

办事人员摇摇头说："没有，没有这样的规定。"

校长又问："张将军超过考驾照的年龄了吗?"

办事人员又摇摇头说："也没有，他不到七十岁。"

校长说："既然都没有，那我们能把人家拒之门外吗?"

办事人员说："不能。"

校长道："这就对了，既然合规合法，不能拒之门外，那还需要请示我吗?"

办事人员这才说："知道了，校长！"然后回到工作台，高高兴兴地给张连印办理报名手续。

张连印心里跟明镜似的，知道办事人员跑出去一趟是干啥去了，心说，你不论跑到哪里、请示到谁，都没理由拒收我这个学员。

名是报上了，但同来报名学习的小伙子们，却一窝蜂似的围住张连印唠了起来：

"您多大岁数了?"

"你们看我有多大?"

"您这把年纪了，还开车干吗?"

"那你们这么小，开车干啥?"

"您哪能吃得下这份苦呀?"

"说句真心话，我吃过的苦，比你们喝过的水都多！"

"这儿的教练个个凶巴巴的，可厉害呢！"

张连印一直面带微笑："看着你们充满活力，我也感觉自己一下子年轻了许多。你们放心，你们敢于面对的'厉害'，我同样不怕。咱可是同期的学员，要团结友爱、互帮互助啊！"

小伙子们见老头如此和善，都倍感亲切，纷纷表态：

"有跑跑颠颠的事，您就言语一声！"

"您当我们的头儿吧，我们听您的！"

"真要有人敢为难您，我们就想办法修理他！"

张连印笑笑说："在家里，家长喜欢的是那些上进的孩子；在学校，老师喜欢的是那些学习成绩好的学生；在部队，干部喜欢的是那些能干的士兵。总之，走遍天下都是一个道理，只要咱走正路、做正事，别人就奈何不了咱。来驾校同样也是，咱好好学、用心练，教练也是人嘛，他为难咱干啥？我预祝大家都能学成个好把式，都能顺利拿到驾驶证！"

小伙子们纷纷给将军报以热烈的掌声。

说到张连印的教练，确实是比较挑剔。他觉得像张连印这样的大龄学员，记忆力一般都不会太好，已经不适合学驾驶了，即便考个驾照也没多大用处，加之当过大官，习惯于指挥人，担心不服管教。他婉转地告诉老将军："各科考试都很难过关，您可要想好了，现在退还来得及。我把丑话说在前面，半中间打退堂鼓，可是一分钱也不退。"

张连印听明白了，教练的言外之意是劝他知难而退，但这不是他的性格，军人的字典里就没有打退堂鼓这句话，他回答说："你该咋教就咋教，该咋要求就咋要求，跟别人一视同仁就行了。我呢，既来之，则安之，不拿下这个驾照不收兵！"

教练也拿他没办法，那就试试看吧。

可让大家没想到的是，张连印将军来了个开门红——他在科目一的考核中，一举取得一百分的好成绩。

教练对此颇感意外，敬佩之心也油然而生。他对张连印说："您不愧是将军，一下子考了一百分，我这当教练的也很有面子。"

张连印心想，人常说，年轻人嘴上没毛办事不牢，打个退堂鼓啥的，人们可以理解；我这把年纪了，既然决定了的事，就是脱皮掉肉也必须拿下，不然的话就贻笑大方了。当然，他没有这样讲，而是谦虚了一句："毕竟还是理论考核嘛，事先我也认真学习了有关法规要求，我这也是摸着石头过河，侥幸得了个高分。”

教练说：“这可不是侥幸，而是真本事！”

在接下来的考试中，张连印同样没让教练失望，他在科目二的考试中，又以优异的成绩过关：倒车入库、侧方位停车、直线转弯……都顺利获得了通过。

这个时候，教练批评人就有了参照系和说服力：“你们年纪轻轻的，一个比一个笨，看看人家张将军，心灵手巧样样行！整整比你们大出四十多岁，你们就不觉得惭愧吗?”

同期来学车的年轻人也都觉得不可思议，特别是个别成绩不合格的学员开始嘟囔了：“这就怪了，咱也不算太笨嘛，居然比不过一个老头！”

有道是，世界上没有无缘无故的好，也没有无缘无故的差。

张连印学开车，那可叫真学，真是下功夫。

学理论，他看了一遍又一遍，背下来还不算，重要章节都要默写几遍才行；练车时一丝不苟，每个动作都要按教练的要求做到位，不允许自己有丝毫的马虎。他的衣兜里总是揣着一个本本，把教练说过的东西随时记下来，并标注出教练强调过的重点。别人休息了，他仍在加班；别人练一遍两遍的动作，他要反复练习好几遍；每次练车回来，他都要反复琢磨，像着了魔似的，不管是走着还是坐着，突然就来一套驾驶动作，离合、挂挡、松刹、轰油、起步……嘴上念念有词、手脚相互配合，还不耻下问，让同期的年轻学员帮他纠正个别动作。

天有不测风云，人有旦夕祸福。

科二、科三考过后，张连印肋部的疼痛感加重了。

他从驾校回到家中，在整理自己的各种证件时，见有小学毕业证、军官证、党费证、结婚证、立功受奖证、国防大学毕业证、退休证等，唯独没有驾驶证。

张连印又面临着一次重要的选择，是抓紧去医院复查，及时看病和治疗，还是继续参加学习考试，一鼓作气把驾照拿到手？为此，他又一次与家人发生了矛盾。

家人虽然不愿大呼小叫，但一个个都带着焦灼的表情。他们知道胸部的疼痛意味着什么，又想让将军保持一颗平静的心，这样更有利于治疗，至少不能让他感到紧张。

王秀兰说："连印，咱还是先去复查吧，及早查一查，调整调整药，回来再考驾照也不迟。"

女儿张晓梅也说："爸爸，听人劝吃饱饭嘛，别总和自己过不去，也别总和我们对着来，最多就是复查一下，耽误不了几天，回来有针对性地用上药，就可以放心地去学习了。"

张连印心里明白，这个病可不同于头疼脑热，吃几片治感冒的、退烧的药片就能好，只要是病灶转移，去了医院就由不得自己了，这一耽误就没准儿了，甚至可能就再也回不来了。他也不想让家人过分担心，故意轻描淡写地说："大概还是上次车祸撞伤的那点事，加上前两天学车安排日程紧，做动作时稍微用力扯了一下，不要紧。"

张晓梅说："爸爸，不管怎么着，先去看看，既对身体负责，也不耽误考驾照，这样多好啊！"

张连印解释说："我理解你们的心情，有病是该早看，但这一次的情况很不一样，要是先去检查，说不好就得住院，可一过年底超过七十岁，我就拿不到驾照了。我已经考过了前两科，再坚持一下，把后两科也拿下，这个驾照就到手了。凡事都要善始善终，我做事从来没有半途而废过，这个时候要我去住院，我心有不甘，对治疗也没啥好处。但如果是拿到了驾照，那我就无所挂碍了，一心一意看病养病，一准儿就能看好。"

他这么一说，老伴儿又妥协了，她问："后两科考下来还得多长时间？"

张连印说："这几天就考科目三，用不了多长时间。"

老伴儿便给孩子们说："本来就是肺病，拿不到驾照又添一块心病，不行就听你爸的，咋高兴咋办吧。"

父母亲都这么说了，孩子们还能说啥呢？弄得爸爸不开心，确实也不是个事。于是，一家人只好再次让步。

倔强的老将军，硬是忍着病痛的折磨，凭着超强的耐性和毅力，坚持参加了科目三和科目四的考试，如期拿到了驾照后，才去医院复诊。

临离开驾校时，校长、教练以及同期的同学们，都给张连印竖起了大拇指。

教练紧紧握着张连印的手说："您是我任教练以来遇到的最好的学员，不论是悟性还是毅力，都是一流的，都值得我们很好地学习！"

校长也握着张连印的手说："您这老首长太不简单了！"

面对一片赞扬声，张连印只跟他们开了个玩笑，他说："简单不简单并不重要，重要的是我拿到驾照，自己开车，出行方便。想去哪，离合挂挡松手刹，一踩油门就出发。"

张连印是兜里揣着驾驶证去复查的。

复查的结果前面讲到了，很不理想——已经肺癌骨转移了。

医院给出了两种治疗方案：或手术取掉两根肋骨，或保守治疗。张连印担心取掉肋骨，影响今后植树造林，决定采用保守治疗。

那些日子，他不断地拿出驾照来欣赏，似乎没把骨转移这么大的事放在心上。

这正符合家人的心愿，已经转移了，耿耿于怀又能怎样，还不如分散一下注意力，该干啥干啥，该治疗治疗呢！

于是，老伴儿也接过驾照欣赏起来，一语双关地说："只要咱自己不放弃，越是别人认为不可能做到的事情，就越有可能争取到，这样的事情往往更有价值！"

张连印也理解妻子话中有话，他直言不讳道："人的生命有限，咱无力改变，但人的精神不能倒，这个权利始终掌握在自己手中。一个小小的驾照，就是对精神的一种考验。我要像考驾照一样对待疾病，永不言弃，科学治疗，决不被它吓倒！"

孩子们都很赞成他这种精神，都给他打气：老爸说得没错，科学治疗加上不害怕，就没有过不去的火焰山！

张连印常说："人太倔强了，有时可能会吃亏，但一点性格和主见都没有，任人拿捏，就很可能会被拿捏死。骨转移到肋骨了就把肋骨锯掉，那要是再转移到别的器官呢，难道再把别的器官割掉？一直割下去，不就一步步地被割死了？”

老伴儿说：“还是你说得对，不能不当回事，也不能全当回事，咱正确对待，科学治疗，思想上放开了，该干啥干啥吧！”

就这样，老两口又回到了张家场，继续干起了植树造林的事业。

尽管保守治疗也很痛苦，需要服用大量的药物，还要不断地做CT进行监控，但张连印以他坚强的毅力和过硬的体魄，倾心于他所热爱的绿化事业，从发现肺癌到现在，已经坚持了十二年，仍然腰板挺直、精神矍铄，像从前一样不辞劳苦地奋战在植树第一线，为实践习近平总书记提出的“两山”理论，兢兢业业地奋斗着。

看到这样的奇迹，但凡认识和了解张连印的人都说，是张将军造福家乡的义举和不信邪的精神感动了上苍，让他战胜了病魔，并在治理风沙、美化环境、扶贫帮困等方面创造了一个个人间神话。

每当听到这些赞扬声，张连印总是不无调侃，也不无认真地说：“人无力与命运抗争，但人绝不能把自己的命运交到别人手里。生了病是要相信科学，坚持科学治疗，但也有个胆量问题。如果完全听医生的，那我肯定废了，而我坚持凭着自己的感觉走，至今还活得好好的。所谓胆量和感觉，就是一种正确的判断和利弊的权衡。在刚刚看到复诊结论的那个时刻，的确也感觉快要崩溃了。可转念一想，反正是无力改变嘛，那就干脆不改变了。一旦下了这个决心，就彻底放下了，爱咋地咋地吧，不就是一死吗？当一个人不怕死了的时候，死神反而会望而却步。”

人们听了张连印的这一席话，或欣然一笑，或点头叹服，总之，都会被他无所畏惧的精神所感染，同时也会唤起人们对生命价值、人生态度以及如何正确看待疾病和生死等问题的思考。

张连印没有白考驾照，他常开着车运送树苗，上山巡查，忙个不停。蓝天澄澈透明，白云轻轻飘荡，行驶在遍洒阳光的防护林通道，看着满山遍野的绿色从身边慢慢划过，将军的心情格外舒畅，连呼吸进的空气都觉得是绿色的。他愈发感到多年来所做的一切都很有意义，非常值得。

老伴儿担心张连印是新手上路，驾驶技术不熟练、不过硬，总为他捏着一把汗，但另一方面也颇感欣慰。她说：老张这个人要强了一辈子，在考驾照这件事上也没有认㞞，在跟病痛的抗争中弥补了心理上的一大缺憾，我在这事上也没拖他的后腿，终于让他如愿以偿、圆了一个久远而现实的梦。他只要一开车、一上路，就全神贯注、思想高度集中，把身患重病的事抛到脑后，这无疑是一种解脱之道。人一旦从病痛的困扰中解脱出来，就增加了战胜疾病的无限力量和可能。

“亦余心之所善兮，虽九死其犹未悔。”面对疾病，张连印始终没有退缩畏惧，他坚定地说：“病魔可以侵袭我的身体，却不能击垮我的意志。防风治沙是我这个老兵的战场，只要还能动，就决不当逃兵。就算死，也要倒在这片林地里。”

开往:白佛
下站:
南八一
公交服务热线:96599
70
下站:
南八一
公交服务热线:96599
开往:北国
场
本首车:6:35
站末车:21:05
148
下站:
南八一
公交服务热线:96599
开往:正定客
公交都
民幸

绿色出行（丁美宁　摄）

衫国演义

抱着金饭碗也要过紧日子，我的责任就是做好治理风沙、致富家乡这篇大文章。

严明

YANMING

一起劳动（丁美宁　摄）

张连印种下的林木渐渐成材了，加上苗圃，总资产已有六千多万元。

面对这样大的一份“家业”，有人生了“红眼病”，说起了风凉话：“老张抱着金饭碗过苦日子，太抠了。”

张连雄一听这话，一股无名火不由得就往脑门上蹿。“你们这些人，就是恨人有，笑人无。当年我哥回村种树的时候，你们都说他非得赔光了不可。现在挣下啦，你们又说他太抠啦，咋这张口闭口全是你们的理啦？莫非把这些财产放到你们家就对啦？”

有人逗张连雄：“连雄，你不也是贵人多忘事吗？那会儿你不是也跟我们一个鼻孔出气，笑话你哥闹不成吗？”

张连雄有点儿哑火，但还是硬着头皮强辩道：“我说，那是因为我跟连印是亲弟兄，我是怕我哥费力不讨好，操的是好心；不像你们，一起头就是想看我哥的笑话，纯粹就是没安好心。”

那人乐了：“好好好，你是好心，我们是没安好心，加起来，咱们就是个二心，对不对？”

张连雄气得半天说不出话来，一拍屁股，径直来到苗圃基地，把和那些人争论的事跟张连印学说了一遍。

张连印笑着说：“兄弟呀，我不是早就跟你说过嘛，植树造林是造福子孙后代、保护地球家园的事，如果说这是一笔财富的话，那也是国家的、社会的，是左云县和张家场老百姓的，他姓公，不姓张。所以，抱着金饭碗也要过紧日子，我的责任就是做好治理风沙、致富家乡这篇大文章。他们说我抠也对，在国家治理生态环境的大战略中，这些资产必须起到它应该起的作用。”

张连雄的眉头挤成了一个疙瘩：“哥，你这个道理太高深，我就想听句明白的，这资产咋就能起了作用？”

张连印拿起手中的笔，顺着桌边往前一推，说道：“让庆丰农林有限公司在轨道上运行。”

张连雄摸摸脑袋，咧了咧嘴，笑着道：“哥，你这么一说，我好像明白一点儿了，你是说通过咱们庆丰农林有限公司发挥作用。”

严明 YanMing

日志(清风林教育基地　供图)

张连印郑重地点点头："对。"

其实，从2014年张晓斌脱下军装自主择业回乡，注册成立大同庆丰农林有限公司那天起，张连印考虑的问题就不仅仅是精打细算、勤俭持家了，而是如何按法定企业的程序实行资产有效运营，把庆丰农林有限公司这个小微企业建设成为具有很强凝聚力的战斗团队，能在关键时刻打硬仗、打胜仗，在植树造林、环境治理和带领乡亲们致富上发挥更大的作用。

张连印强调，办公司绝不是为了个人挣钱，而是为了规范运作，为了让植树造林事业更加顺利、有效的开展。因为在市场经济条件下，涉及与政府、与植树造林相关企业以及与老百姓打交道时，必须依法办事，要签合同，要盖公章，要讲诚信。不采用公司化运作方式，便寸步难行。

为此，张连印明确提出，不管公司大小、人员多少，诚实守信必须作为公司始终不渝的立身根基。签订了合同就一定要履约，答应了乡亲们的事情就一定要做到。从当年回张家场向乡亲们许下"不要地权、林权，三十年后种树成果全部归集体"的庄严承诺那天起，张连印一直都在遵守承诺，践行承诺。2003年刚开始植树时，工人的工资是每天二十五元，后来涨到每天五六十元，最近涨到每天一百元。但是将军从来不拖欠工人的工资，一到植树结束，马上就发。有几次实在周转不开，张连印就向亲戚、村民借钱给工人发工资，等到资金周转开后又马上把钱还上。

十九年过去了，张家场的绿水青山见证着将军的诚信誓言，张家场的父老乡亲目睹了张连印的守信如磐。

张连印常说："我们应该像种树一样，在每个人心中，都种下一颗诚信的种子，自觉地把诚信认识化为诚信意识，主动把诚信理念变为诚信行为，那我们就一定会收获诚信的果实。"

人们都说，从张连印身上，处处可以看到中华民族诚实守信、重情重义的美德，每次跟张连印父子打交道，都踏实放心，获益匪浅。

做企业首先得有人才。为让企业更好地完成植树造林任务，张连印一头扎进了有关现代企业管理的书籍和资料的海洋中，不懈地学习着，同时，也开始了建立人才档案的工作——将多年来帮助过他们的中国科学院的教授、省市县农林牧系统的领导和学者、新近走访过的企业家、曾经打过交道的“土专家”、在与自己合作中积累了实践经验的老员工，都一一列了出来，进行了排队和分类，正式或非正式地与他们达成合作协议。这样，公司的人才库渐渐丰富起来，基本实现了各个业务口上都有专家或内行，让专业的人做专业的事。

张连印从不贪他人之功为己有。每当看到昔日的荒山秃岭和十里河滩如今各类树种得越来越多，长得郁郁葱葱，山绿了，水清了，天蓝了，如今乡亲们都以家乡的绿水青山为傲，日子越过越有奔头的时候，张连印就会跟老伴儿和儿子说：“要不是靠专家学者们的科学指导，靠各个业务口上专业人才的辛勤努力，咱们就不可能有今天这样一番红红火火的事业。”

围绕植树治沙这一主业，张连印父子真正是疑人不用、用人不疑。无论是苗圃基地建设，还是参与京津风沙源治理工程，他们既坚持监督考核，又放手让项目负责人大胆工作。常挂在他们父子嘴边的一句话就是：“项目负责人的意见，就代表我的意见，他咋决定、咋安排，你们就咋干！项目负责人满意，我就满意！”

公司有位老员工，种树是把好手，而且敢抓敢管，不怕得罪人，就是脾气有点儿急，见谁的活干得不好，忍不住就要发火骂娘。有一次，公司接到京津风沙源治理工程的一个重要项目，张连印让这位老员工独当一面，担任某一个分项目的负责人。一天，为了树坑深度的问题，这位老员工又和一名临时聘用的工人吵了起来。张连印当时正在另一处植树工地上种树，接到电话后，他立刻就往现场赶。远远地，他就听见两个人吵架的声音。

老员工高门大嗓：“想干不想干？不想干趁早滚蛋！”

临时工人也不示弱：“我是给将军干呢，又不是给你干。你凭啥叫我滚蛋？要滚你滚！我才不滚呢！”

“哎，越说你还越上劲啦？我看你是不是皮有些痒痒啦！”

“咋！你还想动手？来，有本事你打！”

临时工人说着就要往上冲，被几个员工拉住了。

张连印高声喝道：“有理说理，不许动手！”

两人一看将军来了，都站在原地不说话了。

张连印了解情况后，得知老员工是严格按规范要求，让临时工人根据尺寸再把树坑挖下去半锹，而临时工人却认为差半锹并不影响种树，没必要那么认真，就不愿再往下挖了。于是，两人便争执起来。

张连印旗帜鲜明地肯定了老员工认真负责、严格要求、敢于管理的做法，同时，对临时工人不服从管理的态度给予了批评。

张连印对临时工人说：“你不要以为种树就是个力气活，这是科学，里头的门道多得很，不要说差半锹，你就是差半寸，那树也许就活不了。活不了，就又得补栽，又得花费财力物力，还得搭上人力，这样的教训多得很，所以，谁也不能拿种树当儿戏。还有，你刚才说，你是给我干呢，这就更不对了。植树造林是生态治理的大事，我们都是为国家干，为左云干，同时也是为我们自己干，多种树，空气就好，沙尘也会少，我们自己也会少受害，你说对不对？”

临时工人连连说：“对对对，将军说的对，今天这个事，是我错啦。我向您和老师傅赔礼道歉，差半锹的地方我再往下挖。”

在张连印的正确处理下，植树工作得以顺利进行，并按质按量完成了当天工作进度。事后，张连印又和这位老员工多次认真谈心，让他遇事要冷静，不管发生什么问题，也不能开口骂人，更不能打人。经过张连印不断培养教育和耐心引导，这位老员工的脾气久而久之改了许多，现在已经成了公司植树治沙工作中不可多得的一名重要骨干。

对于一个以植树造林为主业的企业，抓好安全防火是重中之重。因此，张连印父子对安全工作也始终予以高度重视。

张连印在部队就养成了查实情的习惯。他的体会是，越是深入实际，越能看到一些落实不到位的工作，也会发现不少事故的隐患。所以从当排长起，直到当副司令员，经他检查发现并及时消除了的事故隐患，可以说是数不胜数。

有一年冬天的夜里，气温降到了零下十几度，户外飘着雪花，寒风刮在脸上像刀割一般。

“越是下大雪，越要去看看战士们。”

在强烈的责任心驱使下，主管安全工作的张连印副师长披上军大衣，顶着风雪向分布在各处的养猪点走去。

当时部队搞大生产，每个连队都有自己的菜地和猪圈，绝大多数都在营区外，是名副其实的“小散远”。一般都是养猪和种菜的两个人单独坚守一个工作点，所在单位领导很难抽出更多时间和精力来关注他们。但张连印却不这么看，他坚持认为，对“小散远”工作点绝对不能放松，一定要腾出精力来多关注、多关心。为此，他立下了两条规矩，一是在菜地和猪圈干活的战士必须同屋住宿，既可以相互照应，也为了相互监督；二是不定期地查铺查哨，发现问题及时纠正，把事故消灭在萌芽状态。

那时，张连印不管工作多忙，隔三岔五地就要到各连队菜地和猪圈去转转，并且是专挑夜深人静的时候去，去看看人员是不是在位，管理是不是到位，安全措施是不是落实，战士们在生活上有没有困难。

当他来到一个“小散远”单位，走进战士们住的屋子，一下子就惊出一身冷汗。原来，屋里生着的火炉黑烟滚滚，火炉上通往室外的烟筒被大风吹得断开了，烟筒七歪八扭，整个屋子里乌烟瘴气，而两个战士正在酣睡。

“赶紧起床！”

事不宜迟，张连印赶紧叫醒了睡梦中的战士。

好在发现及时，没有酿成大祸。这两名战士虽然有些头晕和呕吐，但送到师医院输了输液就好了，张连印悬着的一颗心才算放下。

正如之前所说，张连印回到家乡植树造林的历程，不单单是顶风冒雨、改造环境的辛勤付出，也有惊心动魄、扣人心弦的化险为夷。

有一次林地发生了较大的火灾，情况十分紧急。张连印奋不顾身带领群众扑灭了大火。险情排除后，他顾不得崴了的脚已经肿得老粗，拄着一根被烧焦了的树杆，就在现场做起了动员："乡亲们，今天的大火虽然造成了一些损失，但是，当我看到全村男女老少齐出动，大家都拼上性命扑灭大火的这种场面，我特别感动！我永远记住了这个感人的场面，也真心地说一声：感谢大家在关键时刻挺身而出！当然，这也是一次深刻的教训。我常说，要把防火看得和种树一样重要。大家今天算是领教过了，长得好好的树，一个不小心就烧成了灰杆杆，不管以前下了多大的辛苦都竹篮打水——一场空了。乡亲们，这就是在给我们敲警钟呀！它告诉我们：第一，我们要时时刻刻把安全防火这件事装进脑袋里头，要把安全防火这颗螺丝钉拧紧再拧紧。今天这场火幸亏我们发现得早，幸亏全村人行动快，幸亏大家舍命救火，如果叫它一股劲地烧下去，闹不好就成了"火烧连营"，那我们的损失可就太大了。第二，我们的防火措施一定要具体，要接地气，光喊口号不行。比方说，祭奠祖先是人之常情，不让人家祭祀显然不行，但祭祀时用火可不可以适当控制一下，焚香烧纸后能不能把火灭尽了再走？这就需要我们统一思想，搞好宣传，让所有的人一起为防火这件事操心，自觉为防火这件事出力。同时，凡是既有坟地又有林地的地方，到上坟祭祖这一天，我们的护林员就要多下点功夫、多盯一盯。老话常说，单丝不成线，独木不成林，办法都是人想出来的。希望我们大家都动动脑子，出出主意，再完善一下我们的防火措施，大家说好不好？"

村民们齐声说好。

张连印讲完话，人们都围拢过来，关切地看他崴了的脚踝，见肿得像个馒头，就有人问："都肿成这样了，还能站着说话？"

张连印开玩笑地说："这就叫'大人穿上了娃娃的鞋——愣撑。'"

逗得大家都笑了起来。

一场火灾过后，张家场村制定了防火补充规定，张连印也对山林防火和防火宣传更加重视。张晓斌自主择业回到家乡后，父子二人带领公司员工、护林队员认真仔细地检查护林防火的工作更勤了。

做企业，质量管理绝对不可忽视。但在乡下干事业，由于人员素质参差不齐，常常会出现一些千奇百怪的事情。最常见的就是，有些人承包了种植养殖或生产加工，却不在深耕细作、质量效益上下功夫，而是想方设法在请吃、送礼、跟张家父子套近乎上动脑筋。

对此，张连印父子坚定地统一了思想："有正气，说话才有底气。咱不和任何人搞庸俗关系学，他们做好了应该做的事情，咋也好办，而正事做不好，想走歪门邪道，在庆丰林业有限公司这儿绝对行不通！"

张连印给大家讲了他当副师长时的一件事。

那是1983年夏天，张连印所在师新建的招待所主体建筑及周边道路硬化基本完工，即将进行工程验收。

一天晚饭后，该项目一名地方施工队队长，手提一件礼品盒来到师家属院。因为长期在营区内施工，施工队队长对哪位领导住哪儿"门儿清"，便径直敲开了项目总负责人张连印的家门。

张连印紧绷的黑脸，令施工队队长不由发怵，他放下东西赶紧就走，张连印提着东西追出屋门大喊："你给我回来！"

那人头也不回地就跑了。

张连印回到屋里，打开礼品盒一看，是一条高档毛毯。当时，市场价格应该在两百元左右，这在20世纪80年代绝对算是贵重物品了。

张连印立马打电话叫来师直工科张科长，严肃地说道："这是那个施工队队长刚刚送来的，马上退回去，告诉他，只要工程质量过关，我给他们送锦旗；如果不合格，那就给我翻修，别想搞这些歪门邪道蒙混过关。"

张科长几经打听，来到几里外的工程队队长家，把东西退了回去。

那个工程队队长觉得很扫兴，仅存的一点侥幸心理顿时消失殆尽。

事也凑巧，两天后正赶上一场大雨，招待所楼前积水成河，广场地面不平，雨水根本无法及时排出。

张连印派人把那个队长找来说："你自己看看，这样的工程能交待下去吗？"

工程队队长乖乖地说："交待不下去，我们马上整改，您放心吧！"

严明　YanMing

安全检查(丁美宁　摄)

就这样，那个队长又带着工队干了一个多月，把该整改的整改好，才交了工。

老将军跟公司的员工们语重心长地讲："你们都记好了，咱们的植树治沙工作，是实打实、见真章的事情，质量意识必须牢牢地刻在每个人的脑子里，种下去的每一棵树都代表我们整个团队。要千方百计地让它们活下来，还要长得好，长得壮。决不能掉以轻心，马马虎虎，如果弄下豆腐渣工程，那就等于砸了你的饭碗，也砸了我们整个团队的牌子。"

工人们都认认真真记住了将军的话，凡干活都十分注意把好质量关。

走出清风林，走向左云山山水水，在张连印和他的绿化团队所到之处，每棵树，每片林，每座山，每处绿，一排排，一行行，一亩亩，一方方……都刻下了他们精心打造、精心管护的印记，苗壮林茂，满目葱茏。每一点细节都沁透了张连印辛勤管理的心血和汗水，每一抹绿色都彰显出庆丰农林有限公司整个团队一丝不苟、精益求精、不断进取的精神风貌。

严把财务关也是一个企业不可忽视的大问题。

当年在部队，张连印在财务上的较真劲儿就是出了名的。

在基层任职时，每次家属来队，他都主动缴纳伙食费。

从河北省军区副司令员岗位退休时，单位组织领导干部离任审计，发现他任职近两年时间里没有以个人名义报销过一张发票。

一八八师炮兵团不少官兵至今还记得张连印当年给驻训地老乡交电费的事。

1982年，春寒料峭。

刚刚结束了在某训练基地实弹演习的炮兵团正组织编队返程。

"这次实弹射击取得了五发五中的好成绩，打得不赖……"坐在指挥车上的团长张连印跟几个参谋聊起了演习收获，因为此次演习像往常一样住在基地附近的村民家中，对演习情况简单总结后，张连印照例询问："走的时候把老乡家里打扫干净没有？家里的东西恢复到位没有？电费结清没有？"

"团长，放心吧，我去几个连都转了转，都安排妥了，但是这次电费是后勤人员负责结算的，他现在在引导车上，我马上问他。”同行的参谋说着，就拿起对讲机和后勤负责结算的同志联系起来。

“小蔡，团长问电费交了没？”

“这个，这……”

对讲机那头支支吾吾，张连印见状，一把接过对讲机，再次问：“小蔡，电费到底有没有结？”

“报告团长，我负责带引导车，车开出来十来公里了，我才突然想起来没交电费，一共就五毛钱，我想着以后再回去补吧。”

“不能拖！我们来这里演习，住在乡亲们家，已经是打扰了，何况老乡还给了我们很多支持，就是五毛钱也要现在交！”

就这样，张连印让小蔡继续带引导车，让随行的参谋乘坐车队最后一辆车返回村里交了这五毛钱的电费。

张连印常说：“我们的财务工作制度不能光是写在纸上、挂在墙上，要不就一股脑地锁在抽屉里。它必须一五一十、清楚明白地落实到账面上，让所有账目都符合国家的财务规定。只有这样，才能既让公司的每个员工都心里有数，又能够经得起政府部门的检查。”

大同庆丰农林有限公司设立了专职会计和出纳，制定了现金管理、支票管理、资产管理、费用审批、成本控制、结算管理等项制度，还设立了专门的核算员，负责项目材料购进入库和出库的登记、项目的成本核算、每日机、工、料的使用登记和上报、备用金及付款手续的办理及财务核对等工作。这个岗位的设立，将项目上的消耗、作业量和施工成果逐日登记上报，为会计建立账目提供了真实数据。

这些年来，张连印把自己多年积蓄的家底、孩子们的资助、亲戚们支援的贷款、苗圃基地的树苗利润，都投入植树造林事业当中，并一笔一笔都公之于众，接受监督。自回乡义务植树以来，战友、同学、朋友、部下获悉他的种种困难，通过各种方式给他送来资金、器材、树苗等，他也一一登记造册，建立了资产账目，谁赠予的，用在了啥地方，都统计得一清二楚，并将使用情况定期对捐赠者进行反馈。他深知，这些资金、物资都是用来植树造林、绿化荒山的，一定要花得明明白白、清清楚楚，不能出现一笔糊涂账。

每个项目完成后，张连印都坚持公布经费开支情况，接受群众监督，发现问题追究当事人的责任。张连印多次在大会小会上强调："不折不扣地遵守中央和国家的规定，不打擦边球，不存侥幸心理，不越雷池一步，因为我们是要还家乡一片绿色、一片蓝天的，政治上和经济上的清白也在其中，并且更加重要。希望大家中规中矩、安分守己做企业，违规的事害人又害己，咱一件也不做！"

万籁俱寂的夜晚，张连印爱在清风林边的小道上走走，静听晚风穿过松涛的声音，回忆自己七十多年走过的人生路程。仰望灿烂星空，思接悠悠千载，将军常常感慨万千，天地如此广阔，人生何其短暂。他觉得自己在有生之年，更应该珍惜每一天，清清白白、坦坦荡荡，一门心思把治理风沙、致富家乡这篇大文章做得更好。

在遵纪守法和清正廉洁上，张连印能够像在部队当排头兵一样，敢说"向我看齐"。他从不铺张，从不浪费，在经费的使用上只有节余而没有超支。员工们都说："将军把好钢都用在了刀刃上，把每一分钱都花在了植树造林上。"

风水，风水，有树才能生清风，有山才能生绿水，我要把有限的资金用在绿化荒山上。

清风

QINGFENG

优秀共产党员(丁美宁　摄)

晨曦初现，红日渐升，凉爽的微风拂过清风林的大片松涛。鸟儿在枝头上飞来飞去，清脆地鸣叫着。

植树基地新的一天又开始了。

5点钟，七十七岁的张连印准时起床，张晓斌自主择业回来后，作息时间也和老父亲一样。爷俩洗漱完毕，一起在镜子前整理着装，扣好迷彩服的扣子，戴好帽子……一套程序严格按照内务条令要求——部队养成的习惯已经成了他们深入骨髓的自觉行动。

王秀兰则早早地给爷俩备好了早餐，父子俩吃完早饭，王秀兰送他们出门。

“老头子，药都带上啦?”

“带上啦。”

“你可别忘了吃呀!”

“你放心吧，我还没老糊涂呢。”

“别一股劲儿地老是个跑，差不离了就歇上会儿。套用一句年轻人的话，‘别人都关心你飞得高不高，我只关心你飞得累不累’。”

“妈，你就放心吧，我替您看着爸呢，不会让他累着。”张晓斌在一旁笑眯眯地说。

父子二人拿着工具，开动那辆被戏称为“圪棒车”的面包车，笑着向王秀兰挥挥手，一路颠簸着向山上驶去。

即便不在植树季节，他们的这一生活作息也不会打乱。因为，随着植树面积越来越大，需要关注的事情时刻不能松懈：森林防火、带人巡查、备课讲课，这些日常的工作一项都少不了，每逢植树造林关键时段，他们往往会一直忙到日落西山，才收拾起铁锹，坐上面包车返回家里。

王秀兰目送面包车远去，心中不由百感交集。

自从2003年开始回乡种树，不知不觉，一晃已是十九年了。当年老两口刚近花甲，如今都已年逾古稀。老头子当兵时，王秀兰就拖家带口跟着他来回跑，刚安好家就又要开拔，总觉得撵不上丈夫的趟。满以为退休了能过几天清闲日子，没想到老张他又选择了种树这件苦差事，而且一干就是十九年。这些年来，

听爷爷讲往事(丁美宁　摄)

她跟着丈夫一起扛着铁锹，拎着水桶树苗，满山满坡到处跑。始终和他相依相伴，苦在一起，乐在一起，风风雨雨，共渡难关，她无怨无悔。因为她知道，这个人从当兵那会儿就是这样，身上就有这股子劲儿，要干一件事，非干成不可。

事实也正是这样。

当年，为了植树造林，张连印倾其所有，把所有积蓄都投在了荒山荒坡上。如今，望着满目青翠、生机盎然的张家场，老将军时常一脸自豪地对周围的人表达自己的欣慰之情："你们看，这些地方那会儿全都是烂石头、烂河滩，到处是沙丘，现在树都长得很好，很茂盛，我的心情很好，很高兴。"

张家场的荒山荒坡已蔚然成林，蓬勃茂盛，可张连印自家在村子里的老屋早已坍塌得不像样子，荒败多年无人居住。事实上，2003年10月，当张连印办完退休手续，带着植树造林、治理风沙、回报家乡的情怀，和王秀兰一起回到阔别四十年的老家张家场村时，自家的老屋就已经破旧得无法进人，老两口只能在堂弟张连雄家里暂时落脚。这么多年，为了植树治沙事业，老将军从来没动过修缮老屋回去长住的心思，而是在十里河故道荒滩上"白天一身土，晚上一身霜"，在乡亲们的帮助下，和老伴儿一道，盖起了他们在老家十多年的住处——十间简易平房和一座小院。

张家本族中的不少老人都语重心长地劝他："连印啊，你看你回来这十几年，心里只想着种树，你咋就不想想自家？咱村几朝几代才出你一个将军，可你家的老宅已经塌得不成样子了，老宅那儿的风水好，还是花些钱翻盖一下吧。"

听罢这些老辈人的建议，老将军颇不以为意，他的心中自有一个"大风水观"。他笑呵呵地对老人们说："风水，风水，有树才能生清风，有山才能生绿水，大环境不好，小家哪儿来的风水？我要把有限的资金用在绿化荒山上！"为了践行自己心中的这套"大风水观"，张连印十九年来不停步地坚持植树造林，影响和带动了许许多多的人加入"绿色梦之队"的行列中。

如果有机会在左云街头偶遇张连印老将军，你一定会对他印象深刻：这位经常扛着工具走在山林间的老人，虽然面容沧桑，但眼神始终坚定明亮，他的身形有些消瘦，却精神矍铄，威风不减，走起路来还是标准的“齐步走”，每一步都行进得铿锵有力。他的手上遍布老茧，关节突出，那都是长年种树留下的印记。

闲来无事时，看看林子就已经是张连印最为享受的幸福时刻。走过十九年的种树历程，从一颗颗种子到一株株小小树苗，再生长为一棵棵参天大树，最后组成片片森林，张连印从始至终都见证着，它们的每一份成长，老将军都亲力亲为、坚定执着地守候。

《“绿化将军”张连印：为党和人民做事不觉得辛苦，反而很快乐》与《“绿化将军”张连印：青山写忠诚》两文分别写道：

> 塞北左云，雁门关下，年复一年，这位“老兵”用生命的年轮，把荒滩变为绿野——各种树木一排排、一行行，映入人们眼帘，绿色的生机漫山遍野……
>
> 曾经飞沙走石的十里河滩，经过张连印坚持不懈的改造，变成了春有花、夏有绿、秋有果、冬有青的育苗基地。培育出樟子松、油松、杜松、云杉、杨柳等优种树苗二十多个品种。一年四季，育苗基地都碧绿苍翠，生机勃勃。夏日里，微风拂来，绿绦摇曳，蝶舞蜂飞，满目嫩绿，美不胜收。没了风沙的侵扰，没了黄土的暴扬，尤其是一到夜晚，皓月当空，繁星点缀，清风徐徐，苗木低语，一派清风朗月的景色。
>
> “三十年是我的‘目标’，种树要种到八十八岁！”张连印说：“每天和树打交道，和老百姓在一起，心情好身体就好。”
>
> 这位戎马一生的将军，本可以选择安度晚年，却饮风咽沙、倾尽所

有，身患癌症仍植树不已，在家乡建起了一道道造福百姓的“绿色长城”。

时至今日，已抗癌十二年的张连印，每天微笑着面对病魔，扭秧歌、唱歌，出门办事不让人开车送，走路比年轻人还快。在左云县，没有人不会惊叹，这位老人的活力使他看起来完全不像是一个患癌的病人，他的豁达乐观令人钦佩不已，他将亲手栽种的树木当作自己手下的“兵”，一路朝着前方高歌猛进，十多年来，面对各种艰难险阻，他无惧无畏，绝不退缩，想方设法，攻坚克难，无论是恶劣的生态环境，还是种树过程中的技术困境抑或癌症病魔，在将军坚忍顽强意志力的抗击下最终都败下阵来，溃不成军。

七年前，张晓斌结束了二十八年的军旅生涯，踏上了回乡植树务农的新征程，他所做的选择很大程度上受到了父亲的影响。七年之前，张晓斌每次回家乡探望父母，都会感受到无论是当地农民，还是县里领导、城里居民都非常尊重将军。父亲像愚公一样年复一年、日复一日，义无反顾地为家乡植树播绿，用生命的衰老，化作那一望无际、漫山遍野的青翠。在将军的感召带动下，左云县造林绿化工程蓬勃发展、方兴未艾，跨入全国绿化百佳县、国家级生态示范区行列。父亲的选择，让张晓斌对人生意义的认识进一步深化，他感到，一个人无论当官还是为民，只要是为国家为人民做点儿事，都能体现自身的价值。

回乡七年时间里，张晓斌与乡亲们同吃同劳动，在持续植树造林的同时，他还尝试着因地制宜种杂粮、搞养殖，想方设法在乡亲们增收致富上做文章，里里外外的事，他不停地忙着跑。

张连印说：这些年来，我们种了不少的树，林业生态状况发生了很大变化，但是，如何让这些生态成果变为经济效益，让乡亲们的钱袋子真正鼓起来，我们今后的路还很长，还有许多工作要做。为此，父子二人积极组织动员乡亲们开展了林下经济作物种植实验，试种了万寿菊、黄芪、党参等中草药，还搞了食用菌栽培等，努力通过各种实践，为实现张家场农民增收不断探索新路子。

七年来，张连印父子参加京津风沙源治理工程，再扩大战果。七年来，张晓斌体验过无数酸甜苦辣、犹豫彷徨，也经历过无数次深刻的思想转变，取得了无数可喜的人生收获。在这七年的农村生活劳动中，曾经在张晓斌身上积累下来的脂肪变成了健硕的肌肉，如今的张晓斌，已经完全适应了农村的艰苦生活，端起碗来大口吃饭，一躺炕上就呼呼大睡。曾经对绿化一窍不通的他，硬是通过刻苦学习，成了种树的行家里手。此外，身为人子，张晓斌还能跟随父母每天一块儿生活，照顾他们的身体，对父母尽了一份孝心，这些收获都使他感到知足满足，也成为他人生中难以忘怀的岁月。

张晓斌感慨道："俯首耕耘若黄牛，千辛换得生活甜。作为家人和儿子，父爱，是我一生最大的财富。学父奋斗，青春有限！下一步，我将在父亲的带领下，继续牢记初心使命，当好经济发展的引路人，积极探索现代农业发展的新路子，逐步增加农民经济收入；当好生态建设的带头人，多种树，种好树，为子孙后代留下青山绿水，为国家的生态建设贡献力量；当好革命传统红色家风的传承人，让革命精神代代相传，为实现'两个百年'奋斗目标，建设社会主义现代化国家做出个人应有的贡献！"

2012年，党的十八大把生态文明建设纳入中国特色社会主义事业"五位一体"总体布局，首次把"美丽中国"作为生态文明建设的宏伟目标。中国共产党成为世界上第一个将生态文明建设纳入行动纲领的执政党。

2017年，党的十九大通过《中国共产党章程（修正案）》，再次强调"增强绿水青山就是金山银山的意识"。2018年，生态文明正式写入宪法，实现了党的主张、国家意志、人民意愿的高度统一。

"绿水青山就是金山银山"这一重要理论指引中国绿色发展之路越走越宽。

践行习近平总书记提出的"两山论"，积极为乡村振兴战略、建设美丽乡村做出贡献，是功在当代、利在千秋的好事，也是张将军最大的心愿。2016年，张晓斌当选了左云县政协委员，他积极建言献策，正沿着父亲开辟的道路继续前行。两代共产党员，一颗为民初心。《河北日报》记者王璐丹在《从"树木"到"树人"，心中有爱光照前方》一文中写道：

如今，陪着父亲种下片片绿荫，体会其中的艰辛，张晓斌发现，父亲身上有些东西一直没变。从火热的军营回到家乡的“园田”，守着肯吃苦、肯吃亏、肯吃冤的“拙”，带着对乡亲、对故土、对祖国的爱，老兵本色依旧。

对此，张连印也曾多次说过自己的“苦乐观”：“我种树，为党和人民做事不觉得辛苦，反而很快乐。”

近些年来，张连印在种树的同时，也把主要精力放在了宣传绿色发展理念，进行绿色生态建设上。老将军常说，如果仅靠一个人种树，这样既改变不了环境，也打不赢治理风沙和荒山这场仗。只有把人民群众全部发动起来，让大家都投入这场“战斗”中，这场仗才能打得赢。所以，他要带着大家一起去种树治沙。

“绿水青山，就是金山银山。我们要向风沙和荒山宣战，我们一定能打赢这场治理风沙和荒山的战斗……”左云县水务局和财政局的干部职工们对张连印说的这句话印象最深。

左云县水务局的领导们介绍，张连印老将军就像一只领头雁，他带着广大干部群众投入这场生态绿化建设的战斗中。张连印的清风林教育基地更成为这场战斗的指挥部，一场场战风沙斗荒山的战斗，从这里发起冲锋。

在张连印将军精神的感召下，左云县干部群众加快了荒山绿化的步伐。张连印制订的《张家场生态园林建设总体规划》，重点是建设苗木基地、生态园林和高效农业三大工程，给县里发展绿色生态建设提供了思路。左云县按照远绿山、近绿川、重点绿化旅游沿线的原则，大力实施人工造林、封山育林工程。出台了《关于防治水土流失、优化生态环境的决定》，使水保生态建设走上了法制化、规模化轨道。实行国家、集体、个人一起上，谁治理、谁开发、谁管护、谁受益的政策，把专业队造林和民营大户、股份制合作等引入水保环境建设，全县涌现出了一批水保治理大户，有的承包荒山荒沟，有的进行股份制合作培育苗木，有的兴办家庭小林场，形成了全社会水土治理的良好局面。

左云县财政局的领导感慨地说，在张连印的宣传带动下，左云县委、县政府大力开展绿色生态建设，财政用于绿色生态方面的支出占到了一般性公共预算的20%以上，“绿色财政”得到进一步体现。据了解，近年来，他们为生态绿化建设累计投入近二十亿元，左云县成为闻名塞内外的“绿色明珠”。

十九年来，张将军不要国家一分钱，自筹资金三百万元，率领他的团队，建设苗木基地300亩，培育优种树苗；义务绿化荒山荒坡6000亩；参加京津风沙源治理1.2万亩，共植树1.8万亩、205万株，为全县的生态建设做出了重要贡献。左云县林木覆盖率由2003年的38.6%上升到现在的45.03%，增长了6.43个百分点，群众亲切地称张连印为“绿化将军”。2021年5月9日，《人民日报》刊登他的事迹后，再次引起了省内外关注，一天时间文章点击量达到219万，网民留言称张将军是新时代的杨善洲、现代版的甘祖昌。左云县扶贫办和他帮助过的贫困户称赞他是“退而不休战荒山，绿了家乡富老乡”的模范带头人。市、县文艺社团自发组织创作了歌曲《植树将军》《幸福树》，利用各种形式传唱、弘扬将军精神。社会各界的赞扬，给张连印增添了奋进力量，他决心把绿化事业坚持到底，代代相传。

2021年6月23日上午，在庆祝中国共产党成立一百周年之际，河北省军区组织召开“光荣在党五十年”纪念章颁发仪式。身为退休将军的张连印代表光荣在党五十年以上的老党员接受纪念章并做代表发言。

“五十年光荣在党，一百年红色传承，从递交入党申请书开始，历经五十年的峥嵘岁月，虽然我们已经从青涩少年步入古稀之年，但一路走来初心不改，使命不渝。无论我们老党员身在何处，心中对党的那份忠诚、那份挚爱、那份初心从未改变……工作可以退休，但共产党员没有退休的时候！老党员们沐浴党恩成长，军队熔炉淬炼，是在党的培养下一步步成长起来的，没有党的培养，就没有我们的今天，任何时候都要听党话、感党恩、跟党走，活到老、学到老、奉献到老，始终发扬党的光荣传统和优良作风，更好发挥余热，竭诚服务部队建设、服务人民、服务社会，一如既往地为党的事业奋斗终生。”张连印的发言铿锵有力，感人至深，极大地鼓舞了参会人员。现在，回忆当时参加“光荣在党五十年”纪念章颁发仪式的情景，老将军的心情仍然十分激动。他说：“在党旗下重温入党誓词的那一刻，我更加深切地感受到党的伟大、祖国的伟大、人民的伟大。今后我要坚定理想信念，铭记初心使命，激发奋进力量，向习近平总书记批示的老英雄张富清同志学习，默默无闻，奉献一生，传承红色基因，永葆共产党人的政治本色。我时常想，在部队服役报效祖国是我的职责和荣耀，退休后回乡报答父老也是我的职责和荣耀，我要把植树造林作为退休后的最后一个战场，力争为家乡人民多做一些事，为家乡绿色崛起征战毕生，站好最后一班岗！”

2021年7月的一天，石家庄警备区第五干休所各党小组召开小组会。

张连印所在的党小组组长，是已退休的原河北省军区政治委员汪潮海。

汪潮海在会上分别宣读了河北省军区、石家庄警备区《关于深入开展向张连印同志学习的通知》。

作为党小组组长，汪潮海提议第五干休所要率先叫响向张连印同志学习的口号，要在全军干休所系统第一个发起向张连印同志学习的倡议。他的提议获得与会同志一致同意，第五干休所所有党员当场在倡议书上签了字，按了手印。

党小组会上，老战友们纷纷感叹道：多年来，连印同志带着老婆孩子奔波在山头，忙碌在林间，休憩在大地。他把自己的退休金、借儿女的钱、吃药省下来的钱都投入绿化荒山上。如今，树已成材，据专家估计价值几千万，有人劝他卖树补贴家用，被他拒绝。有人说他傻，但却得到乡亲们一致赞扬，他对家乡的爱无以言表、对事业的爱至高无上、对党的痴情无以复加。这样一份爱让大家动容，这样一份情让大家感动。

石家庄第五干休所田志国政委对张连印老首长严于律己、忘我奉献的精神深有感触：“我来干休所工作之后，与张副司令员很少见面，因为他每年有十个月以上的时间在山西省左云县开展植树造林、改善生态工作，每次回家都是来去匆匆，有时候我去看望他，劝他在家多住几天，他总是说，只要身体允许，还想为家乡的绿色发展事业多做点儿贡献，家乡的党政机关、企事业单位、学校还要到‘清风林教育基地’参观，还要请他做报告。再说，在‘庄’上时间长了，家乡的人还以为他病了，会牵挂他的。2020年1月，组织上给他分配了经济适用住房，领取住房钥匙、交纳购房款、装修住房、购买家具都是老伴儿王秀兰办理的。王阿姨跟我们讲，他忙活那些树呢，哪有时间顾家啊！”

石家庄第五干休所的同志还说，张副司令对自身和家属要求很严格，从不向干休所提要求、要照顾。他经常打电话向组织汇报思想，并按时交纳党费。他所在的党小组开展组织生活时，如果不能赶回来参加，就利用视频形式向组织汇报思想。2021年7月1日，习近平总书记在庆祝中国共产党成立一百周年大会上发表重要讲话，会后干休所组织集体学习，张连印因在山西未能及时参加，他就把学习感想录制成视频发送回党小组。每次他都利用回家的时间，主动找干休所党委书记和副书记汇报思想，到保密室学习文件，了解党中央、中央军委和习近平总书记的决策部署和指示要求。有时候，干休所担心张副司令员的身体，想派工作人员到家中给他传阅文件，他总是讲，自己身体还可以，不要麻烦组织，再说也不利于保密工作。

部队的同志对将军高度评价，家乡亲人对将军也是赞不绝口。

退役军人魏巧红，也是左云县人，在部队时跟着张连印当司机，退役后又跟着张连印一起植树造林，前后共十五年陪在张连印身边。说起张将军的节俭奋斗的精神来，他不住地感叹：老首长不抽烟、不喝茶、不吃肉，偶尔喝点儿酒。为了节省经费，到城里办事，常常有车也不坐，就走着去，从植树基地到左云县一共有16公里，我和老首长步行走过好几次。在别人看来，这简直不可思议，放着车不坐，非要步行去。但这也许就是老人保持旺盛战斗力的一种方式，不服老，保持军人本色。别看他都七十七岁了，精神头我们谁也比不了。在生活上，首长一点将军的架子都没有，每个月去石家庄的医院进行靶向治疗，他都不用我开车送，非要自己步行到大路边，坐大巴去。去了医院，他自己挂号、取药，老伴儿有事不在的时候，就自己弄药喝，从来也不麻烦别人。只要一说起种树，将军就来了劲头。当年开始选择种哪种树苗的时候，我就和将军

时代楷模（丁美宁　摄）

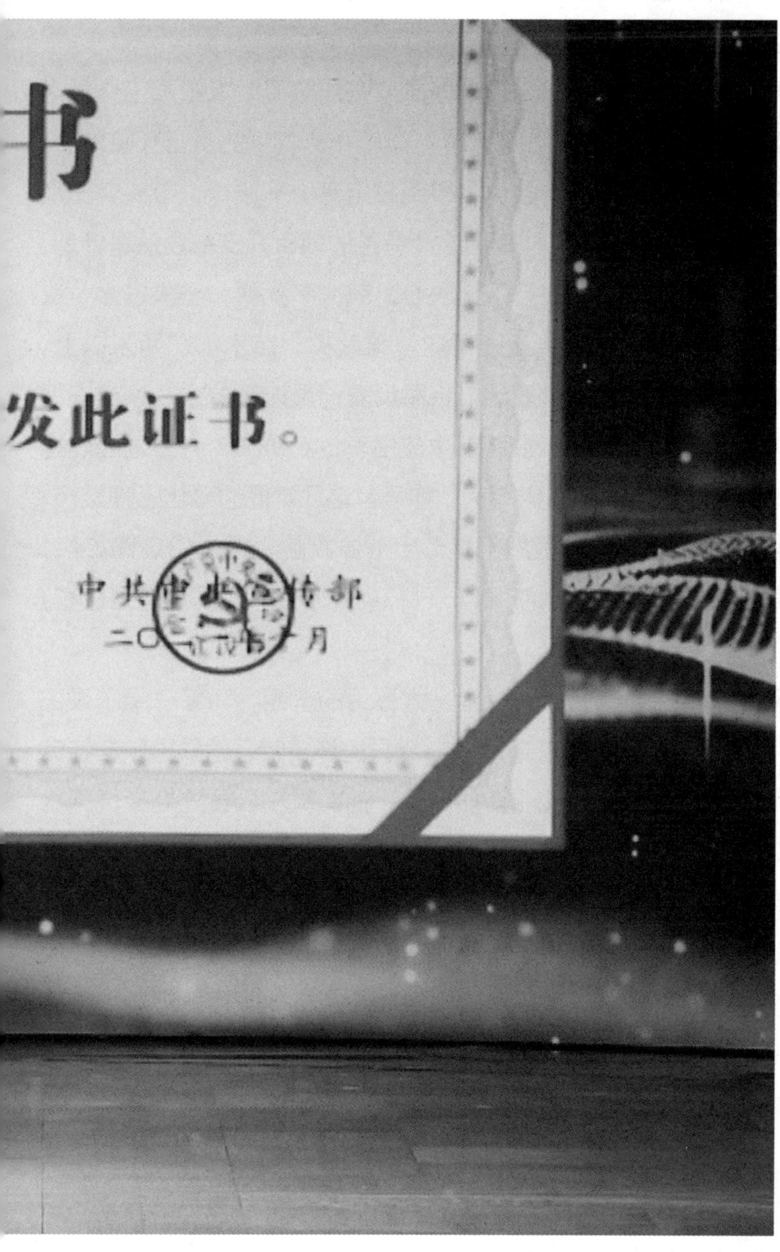
书
发此证书。

多次去外地学习，直到现在，只要听说哪里有类似的会议或者讲座，将军都要尽量去听、尽量去请教。

左云县委组织部副部长、老干局局长池恒广与张连印将军近距离工作生活已近十年。他充满深情地说：左云自然条件差，属于十年九旱的黄土丘陵地区，种棵树比养个孩子都难。就是这样的条件，将军咬定青山不放松，带头实干加苦干。平时将军对经费把关很严，凡与植树治沙有关的项目开支都要认真计划，反复论证，征求专家和群众意见，一旦下定决心，就决不犹豫，坚决投入，决战决胜。2017年春季，将军在水窑乡上山井村沙滩栽树，苗木都在两米以上，当地不少老百姓都认为是蛮干，难以成活。将军反复动员说服群众，亲自在现场组织指挥，加大投入，换土浇水，最后苗木成活率达到98%。老百姓竖起拇指，夸他是好样的，送了他一个“植树专家”称号。这几年他的绿化工程被市、县林业部门评为全优工程。他现在虽然已是七十七岁高龄，但上山走路如风，和时间赛跑，他要趁现在身体还硬朗的时候，再植树几千亩，实现他的绿色梦。

在张家场清风林教育基地院里，有一幅宽大醒目的壁画，写着“绿水青山就是金山银山”，画中长城逶迤，山峦起伏，左云县的许多知名建筑掩映在特有的地理风貌中。张连印说，这就是他的奋斗目标，他希望左云县处处变成绿水青山的美丽家园。在展览室内的沙盘上，密密麻麻标示着这十九年来张连印植树造林的地方，包括张家场乡、水窑乡、三屯乡等八个乡镇。

近年来，在山西左云县张家场乡张家场村，慕名前来参观学习的党员干部、青年学生、民营企业家越来越多。他们参观清风林教育基地展厅、观看“传承将军精神”专题片、重温入党誓词……了解张连印将军退伍不褪色、十九年来矢志绿化家乡的感人事迹，深刻感悟将军精神。

越是在这种时候，张连印越是经常提醒老伴儿和儿子：“战友们的帮助，组织上的关心，是我们搞好环境治理工作的不竭动力。一定要倍加珍惜。绝不能躺在‘功劳簿’上吃老本，或者把它作为一种筹码向组织、向社会索取，那就大错特错了。”

他说：“到河北工作前后，我曾多次去平山县西柏坡参观学习，新中国成立前夕，毛主席在我党历史上具有重要意义的七届二中全会上，向全党发出了‘务必使同志们继续地保持谦虚、谨慎、不骄、不躁的作风，务必使同志们继续地保持艰苦奋斗的作风’的重要指示，今天，‘两个务必’仍然具有非常重大的现实意义。当年，六十三军一八七师五六〇团，曾光荣地为七届二中全会站岗放哨，作为在这支英雄部队战斗过的一名老兵，一名领导干部，我一定要把毛主席的教导牢牢记在心上，始终擦亮底色，保持自己的政治本色。”

“擦亮底色，保持本色。”这是张连印的心声，更是他的人生。

2021年10月18日，中共中央宣传部授予张连印“时代楷模”称号。全文如下：

张连印，男，汉族，山西左云人，1945年1月出生，中共党员，河北省军区原副司令员。他入伍40年，在党的培养下，从吃百家饭、穿百家衣的放牛娃，成长为军队高级干部，把全部青春献给了国防和军队现代化事业。退休后，他毅然回到家乡，18年里带领团队共植树1.8万余亩、200多万株，为家乡生态环境改善和京津风沙源治理做出了突出贡献。他不图名不图利，为了造林倾尽积蓄，将生态建设成果全部无偿交给了集体。他身体力行弘扬党的优良作风，宣讲党的光辉历史，面向干部群众和青少年开展党史教育，受到当地群众高度赞誉，被誉为“新时代的甘祖昌”“穿军装的杨善洲”。先后被表彰为“全国离退休干部先进个人”“全军先进退休干部”。

张连印同志是初心使命的真挚坚守者、“两山论”的生动践行者、革命传统的模范传承者。他信仰如炬、初心如磐，卸甲不移志、退休不褪色，为党的事业拼搏不息、奋斗不止；他少小离家、落叶归根，与人民群众休戚与共、与百姓心手相牵，坚持奋斗在绿化荒山、防风固沙的“新战场”；他退休后脱下军装换农装，住农家屋、吃农家饭，始终保持艰苦朴素作风，模范传承党的优良传统，为广大党员领导干部做出了光辉榜样。为宣传褒扬他的先进事迹和崇高精神，中共中央宣传部决定，授予张连印同志“时代楷模”称号，号召广大党员领导干部和部队官兵，向党的英雄模范人物学习，从中国共产党人的精神谱系中汲取奋进力量，更加紧密地团结在以习近平同志为核心的党中央周围，全面贯彻习近平新时代中国特色社会主义思想，立足两个大局，心怀“国之大者”，始终同人民想在一起、干在一起，风雨同舟、同甘共苦，在新的奋斗征程上为党和人民争取更大光荣。

在2021年10月18日晚，中央电视台举行的那场发布会上，老将军像往常一样穿着那身迷彩服，站在舞台中央。他面对着主持人和台下的观众，一字一句、铿锵有力、饱含深情地说道：“这个荣誉是集体的。我是一个退役军人、普通党员，在我回乡的十八年间，河北省军区，山西省军区，各级领导和有关部门、当地的人民群众，都给予我大力的支持，我们左云县历任领导对绿化荒山荒坡、植树造林非常重视，现在我们万亩以上的精品工程就有十五处，所以这个荣誉是集体的，是一个团体的贡献，是大家的力量。我非常感谢组织，感谢党，我还要继续做好生态建设的宣传员、绿化荒山的战斗员、森林树木的护卫员，只要我的身体还可以，这项工作我还要继续坚持下去。树木漫山遍野，一棵树就是一个防风固沙的兵，千千万万棵树就是一个绿色屏障。看着是植树，事实上我们是在保卫首都，保卫京津冀。我和这些小树苗一样，站好岗，放好哨，当好普通一兵，坚持到底。”老人说到最后，感到自己仿佛又置身于满山青翠中，看着眼前一片新栽的幼苗正笔直站立、茁壮成长，他笑了起来，笑容感染了在场所有人。

左云县的乡亲们自发地为张连印拍了祝福视频，张连印的老师王大国和植树专家桑金海等亲戚朋友们，纷纷为他送上了诚挚的祝愿，提醒他要注意身体，还邀请他到自己家吃饭……老将军看着大屏幕上的每一张亲切的面庞、认真地听着每一声关切的话语，禁不住热泪盈眶。

看着电视里张连印将军那虽然消瘦但依然挺拔的身躯，听着他那朴实而又坚定的声音，人们不禁浮想联翩。

那一刻，人们突然想到了愚公移山，张将军曾无数次念诵，也无数次讲述给孩子们的那个神话传奇。人们似乎感到周遭有树叶沙沙作响，又似乎听到曾经无数个不眠之夜里，那个从过往飞沙走石的旷野上平地忽起、磨人心智的声音，它曾向所有的过路人提问道：

> 愚公移山对你来说意味着什么？只是神话吗？只是传奇吗？只是河东智叟嗤笑一声的不绝于耳？还是坐拥太行王屋山神精怪的最后退让？你说愚公移山最终不过凭借天公感念才能成行，虽有子孙无穷尽也不过一个缥缈的念想，它只是一个未能被实践验证的千古绝唱吗？

这声音一度令人迷茫，徘徊，辗转反侧。

可现在，张连印将军却以他的身体力行毅然决然地做出了响亮的回答：不！

是的，愚公的故事从来就不是一段飘逝的绝唱！人们看到了，夜空中的星光不曾湮灭，崇高的理想永恒闪耀，于是，他们看到了无数愚公的脚印，沿着它的轨迹向前走，看到阻隔前路的山终将向人类臣服，于是，人们看到在那名为“传说”装扮下这段历史的真实面貌：从来就没有被感动的上苍，从来就没有选择退让的山神精怪，天空中落下的只有风霜雨雪，绝无赋予神力的天兵天将。这里只有华夏儿女——千百年来在历史帷幕背后身影无声涌动着的华夏儿女们，只有他们的手刨开坚硬的山石，只有他们的脚踏开艰险的前路，只有他们嘹亮的歌声震慑窥伺的猛兽，只有他们，这一代又一代的、沉淀在历史中的、千百年来生于斯长于斯的繁衍生息的华夏儿女们，无论深陷怎样的困苦深渊，都高举这双手不断传颂那光耀万丈的不朽理想篇章。

于是啊，一代代百折不挠、燃烧理想的人们啊，一代代坚韧前行、破除艰险的人们啊，他们是那山岳可移、瀚海可平的“神话”的实践者和见证者，是他们，造就了神话、传说、历史与英雄，是他们，铸就了无数个当下与永恒。

他们可以是谁?

他们可以是不忘初心、退休回乡十九载坚持绿化治沙植树达1.8万亩、205万株，回报了家乡一片绿水青山，谱写了壮丽生命篇章的张连印。

他们也可以是无数个和张连印一样坚守初心、同样默默无闻奋斗在中华大地的一方土地上，创造奇迹的人。《“绿化将军”张连印：青山写忠诚》一文写道：

> 请诸位试看那60万米高空上的卫星忠实记录下的图像，在绿色合围中逐渐“消失”的毛乌素沙地——那是一个坑一个坑种树、一锹一锹铺设沙障固沙，不懈努力换来的结果。人们前赴后继，用一个甲子的岁月，在昔日的不毛之地播下乔、灌、草科学配置的绿色屏障，让绝大部分沙化土地得到治理，使之成为全球荒漠化防治的典范。
>
> “千千万万个张连印，创造了从‘沙进人退’到‘绿进沙退’的生态奇迹。”审计署自然资源和生态环境审计司高级审计师罗涛感慨地说，党的十八大以来，中国共产党人推进生态文明建设的成功实践，闪耀着中华民族永续发展的“精神密码”。

老将军本以为家乡人的祝福和叮嘱，就是今天送给自己的最大惊喜，却没想到，三个儿女簇拥着他的老伴儿王秀兰——那与自己相伴相守一生的妻子，那一直与他守望相助、共同奋斗、始终不离不弃的妻子，一步步走上了舞台。

2021年是张连印和老伴儿王秀兰结婚五十周年。王秀兰记得，那天她陪着张连印上山，一日忙碌终了，两人在夜幕降临前残存的绯色余晖中，遥遥走在喧闹的众人后。那时，鲜少甜言蜜语的张连印默默牵起了老伴儿的手，对她轻声说，自己这辈子亏欠她太多，没有让她享福。她笑着摇了摇头道，他们之间不说亏欠，相伴一生，她不后悔。

在那个对彼此不说亏欠的夕阳中，他们在清风林中漫步，共同做了一个约定：在2021年这个特殊的金婚年里，他们将不举办任何纪念活动。夫妻俩一起商量好了，要种植500棵沙地柏送给这个有意义的年份。“沙地柏抗旱，扎根于贫瘠的土地，默默奉献着自己，也象征着我们五十年的婚姻。”在“时代楷模”发布会现场，王秀兰向主持人和现场观众这样解释道。

前边就是新的希望，我会一直走下去。

万亩林海（丁美宁　摄）

那天的天空湛蓝湛蓝，那天的太阳特别耀眼。

烈日下，老夫妻各戴一顶草帽，像怀抱孩子一样把沙地柏的新苗一棵棵轻轻放置在挖好的树坑里，立在泥土中，一丛丛个头低矮的幼苗随风摇摆，伸出嫩绿的枝叶轻轻牵拽着他们的衣襟。夫妻俩有时累了坐在一旁休息，就会伸出手，任由沙地柏交错相生的鳞叶从他们的手中轻轻拂过，它们仿佛在撒娇，又好像在挽留，在不舍。

一股莫名的情绪，从方才与沙地柏枝叶相触的掌心中央，缓缓蔓延开来。是啊，漫漫人生路，说长也长，说短也短，一路走到现在。回望过往，难免感慨时光匆匆，如同梦境倏忽而逝。张连印还记得家中仅有的两张全家福——1980年和1994年拍摄的老照片：第一张是他们怀抱着年幼的孩子们冲着镜头大笑；第二张里，他俩正值壮年，精力充沛，三个孩子都是那样的英姿勃发、挺拔欢畅。如今，儿女们都已成家立业，霜发和皱纹也悄悄爬上了他们的两鬓和面颊，他们老两口也都上了一把年纪……结婚相守五十年，在这片土地上为植树治沙事业奉献了十八年，他们有收获，有不舍，一切伴随着生命悲欢离合的感慨涌上两位年逾古稀的老人心头。

可是，当他们再次看到这一片自己亲手栽下的生机盎然的绿意时，却又觉得，他们自己的生命正好比这些沙地柏的幼苗，每一棵都将深深扎根于大地，在未来，在人类自身寿命所不能及的漫长岁月中无限延伸。所以，谁敢说他们的岁月如风，倏忽而过？不，在他们的时间刻度里，这片生养了无数儿女的黄土地上，每一棵树都为他的生命埋下新的生机，在他所立之处，每一片树林都会在风中摇曳枝叶向他呐喊，向前看啊，前面是新的希望，前面是新的岁月，你们将会一直走下去！

终于种完五百棵沙地柏的那天，真是个好天气。

远处的长城，高踞于绿树之间，蜿蜒于群山之上，伴着蒸腾的云海霞光，犹如披上一层金色的外衣。

头顶着漫天彩霞，脚踩着遍地虫鸣，夫妇俩摘下草帽，擦干汗水，直起身子，倚着锄头和铁锹，抬眼望着天边一大片鲜艳的火烧云。它弥漫过半个天际，

种下了500棵沙地柏，纪念他们的五十年金婚（丁美宁　摄）

就像在云端无数座源自上古贯穿今世汹涌起伏绵延不绝的磅礴山脉。他们感到有风吹过，它从远处的樟子松林吹来，吹过侧柏、油松、杜松、云杉、杨柳，吹动这片他们新栽下的沙地柏，它轻柔地掠过清风林里这些老将军一手栽培的“孩子们”——他的“士兵们”的枝叶，又转而吹向远方，吹到天际，最后吹向了眼前那一大片迫近的火烧云“山脉”。

于是，那座“山脉”被那阵从清风林传送而来的风吹动了。太阳露了出来，将绯红色的一瞥留在了他们身上。张连印扭过脸来，深情地看向老伴儿，王秀兰用幸福的微笑，迎着丈夫注视的目光，那目光里透着信任和坚定，还有深深的依恋。他们抓住彼此的目光，久久不愿分开。

“我们走吧！”此刻的张连印——这生于长城脚下，走进钢铁长城行列，又回到家乡建设绿色长城的共和国将军，挺拔的身姿宛如铜像，坚毅的眼神辉映霞光，他看着漫天的红霞，转身拍拍那双关节粗壮的大手，一肩扛起工具，一手牵起老伴的手，沿着山间小路走下去。

王秀兰在心里默默地说：老头子，我会永远跟你在一起，无论走多久，我都会陪着你。

他们一路走向那几乎要与弥漫天际的云山融合的远方，汇入那千万道绚烂瑰丽的金光之中。此时，又有微风吹过，500棵新栽的沙地柏随风轻轻摇摆，满山坡的碧海掀起了层层涟漪，老两口的衣角在轻轻拂动……

张连印笑了，因为他知道，未来还会有更多的风从远方吹来，从四面八方吹来，吹过这片“碧海”，吹向远方。它们会永不停歇，它们会不知疲倦，它们是愚公的誓言在山谷激起的回响，是精卫的翅膀在海面带起的风浪，它们最终会将一片晴朗的天际、万顷绿色的碧涛，归还给这片土地，归还给土地上的人民……

图书在版编目（CIP）数据

绿化将军 / 禹宝东著. — 太原 ：山西教育出版社，2022.9

ISBN 978-7-5703-2581-8

Ⅰ. ①绿… Ⅱ. ①禹… Ⅲ. ①报告文学—中国—当代 Ⅳ. ①I25

中国版本图书馆 CIP 数据核字（2022）第 102615 号

绿化将军

LÜHUA JIANGJUN

选题策划 薛海斌 郭志强
责任编辑 郭志强 薛海斌
复 审 刘晓露
终 审 李梦燕
装帧设计 王春声
印装监制 蔡 洁

出版发行 山西出版传媒集团·山西教育出版社
（太原市水西门街馒头巷 7 号 电话：0351-4729801 邮编：030002）
印 装 山西基因包装印刷科技股份有限公司
开 本 720mm×1020mm 1/16
印 张 20.25
字 数 300 千字
版 次 2022 年 9 月第 1 版 2022 年 9 月第 1 次印刷
书 号 ISBN 978-7-5703-2581-8
定 价 68.00 元